Il Cartello dei Castillo

Un Erede Crudele

Questa è un'opera di fantasia. Nomi, personaggi, luoghi e avvenimenti sono frutto dell'immaginazione o sono utilizzati in modo fittizio. Qualsiasi somiglianza con persone reali, vive o morte, eventi o luoghi, è del tutto casuale.

RELAY PUBLISHING EDITION, NOVEMBRE 2024
Copyright © 2024 Relay Publishing Ltd.

Tutti i diritti riservati. Pubblicato nel Regno Unito da Relay Publishing. Questo libro o qualsiasi sua parte non può essere riprodotto o utilizzato in alcun modo senza l'espressa autorizzazione scritta dell'editore, fatta eccezione per il ricorso a brevi citazioni in una recensione del libro.

Bella Ash è uno pseudonimo creato da Relay Publishing per i progetti romanzeschi di cui è coautrice. Relay Publishing lavora con incredibili team di scrittori e redattori che insieme creano le storie migliori per i nostri lettori.

RELAY PUBLISHING EDITION, NOVEMBRE YEAR
Copyright © 2024 Relay Publishing Ltd.

www.relaypub.com

UN EREDE CRUDELE

Quarta di copertina

Angel Castillo è il diavolo in persona.

Crudele, feroce e spietato. Non voglio avere niente a che fare con il suo mondo violento.

Un mondo del quale è il re e in cui disobbedirgli significa morire. Ora, però, non ho scelta.

La sua proposta è fredda come il suo cuore: diventare sua moglie o morire. Cerco di scappare, ma sono intrappolata tra le sue grinfie. Non ho via d'uscita. Lo odio per avermi rinchiusa in questa prigione dorata. Ovunque io vada, è lì. Osserva. Aspetta.

Quindi perché non faccio che pensare a lui? Perché desidero che mi tocchi?

È l'unica persona che mi abbia mai vista davvero. Dovrei fermare tutto questo, ma Angel non mi lascerà mai andare.

So che non dovrei volerlo. Non dovrei sognare il suo tocco peccaminoso.

Quel diavolo mi rovinerà. Voglio che mi rovini.

Indice

1. Angel	1
2. Angel	15
3. Emma	23
4. Emma	31
5. Angel	41
6. Angel	51
7. Emma	59
8. Emma	67
9. Angel ed Emma	75
10. Angel	83
11. Emma	91
12. Angel	97
13. Emma	105
14. Angel	113
15. Emma	121
16. Angel	131
17. Emma	137
18. Angel	145
19. Angel	153
20. Angel	161
21. Emma	169
22. Emma	179
23. Angel	185
24. Emma	195
25. Angel	203
26. Emma	211
27. Angel	219
28. Angel ed Emma	227
29. Emma	235
30. Angel	243
31. Emma	251
32. Angel	259
33. Emma	267
34. Emma	275
35. Angel	283

Fine di Un Erede Crudele	289
Grazie!	291
Informazioni su Bella	293

CAPITOLO 1

Angel

La ragazza delle consegne mi fece venire l'acquolina in bocca. Mentre mi porgeva la busta di carta di Manila che stringeva tra le mani, i suoi occhi penetranti scrutarono l'interno del Club Elíseo prima di incrociare i miei. Sostenne il mio sguardo e notai un intenso *ardore*.

Il calore mi attraversò la schiena e il pene mi si contrasse nei jeans.

Se solo non avessi mille cose da fare.

Sarebbe stata una piacevole distrazione pomeridiana. Allontanai dalla mente l'idea di possederla sul divano di pelle del mio ufficio e me ne andai nel bel mezzo del suo discorso sul servizio di consegne per il quale lavorava. Mi obbligai a concentrarmi sul compito successivo: la consegna di una spedizione che doveva necessariamente svolgersi senza intoppi.

Sentii un leggero scatto alle mie spalle. Poi qualcosa mi colpì, facendomi cadere a terra.

Udii delle urla, seguite da un rumore assordante. Tirai giù la ragazza sopra di me, mi misi a rotolare e osservai il suo volto spaventato e stupito. "Che cazzo ti viene in mente?" Urlai.

La ragazza indicò il bancone con il dito. "Quell'uomo ha cercato di spararti!"

La porta d'ingresso del club si spalancò e l'inferno si scatenò sopra di noi. Gli spari esplodevano sulle nostre teste in rapida successione. La ragazza mi urlò nell'orecchio, facendomi raggelare il sangue, così la spinsi lontano da me. Riuscivo a sentire i miei uomini urlare e Omar, mio fratello minore, abbaiare ordini.

Maledetto Omar.

Non mi avrebbe mai perdonato che una dannata ragazza delle consegne avesse avuto i riflessi più pronti dei miei. Misi una mano nella giacca per prendere la pistola dalla fondina e mi rialzai. Sparai prima al *pendejo* dietro il bancone: il proiettile gli si conficcò in mezzo agli occhi e rimasi a osservare, con non poca soddisfazione, mentre la testa gli esplodeva schizzando sangue. Le bottiglie sugli scaffali dietro di lui si frantumarono mentre si accasciava su una pozza di costosa tequila.

Mi voltai, vedendo solo sangue intorno a me. La mia pistola divenne un'estensione del mio braccio: la alzai, mirai e un uomo cadde a terra tra gli zampilli di sangue. Lo rifeci diverse volte, fermandomi solo per estrarre il caricatore e inserirne uno nuovo. "Orario previsto di arrivo della polizia?" Gridai a Omar, sovrastando le urla e il frastuono dello scontro a fuoco. Era impossibile che qualcuno in Ocean Drive non l'avesse chiamata. Per fortuna, ricevevamo sempre un avviso quando partivano.

Omar diede un'occhiata allo smartwatch per leggere i messaggi. "Tra meno di dieci minuti." *Cazzo*. Non avremmo avuto tempo per sgomberare i corpi. Aggiunsi mentalmente un altro zero all'assegno di "donazione" che mandavamo ogni trimestre alla polizia di Miami. "Sono gli uomini di Rojas, vero?" Quando la mia pistola si inceppò, la lasciai cadere e afferrai l'uomo più vicino a me. Lo colpii con tutta la mia furia e sentii la sua guancia frantumarsi sotto le mie nocche. Quando urlò, gli diedi un altro pugno, poi un altro, finché non mi trovai ricoperto di sangue e pezzi di carne. Lasciai cadere il cadavere per terra e passai a quello successivo. L'odore di polvere da sparo e di monetine di rame riempiva la stanza, insieme ai lamenti degli uomini che gemevano subito prima di morire. "Angel!" Esclamò Omar. "Sono gli uomini di Rojas?"

Uno degli uomini strinse le mani intorno alla gola del mio assistente Esteban, così allungai il braccio, gli tirai indietro la testa dai capelli unti e gliela feci ruotare, spezzandogli la spina dorsale. Cadde a terra con un pesante tonfo. "Credo di sì. Trovane uno ancora vivo."

La sparatoria si interruppe e Omar osservò la carneficina intorno a sé. Imprecò ad alta voce. "Farò del mio meglio." Si spostò tra i cadaveri degli uomini che erano entrati dalla nostra porta e ne trovò due ancora semicoscienti. Omar ed Esteban li trascinarono sul pavimento del club e li lasciarono cadere ai miei piedi. Omar allungò una mano verso la fondina che portava sulla schiena e mi porse la pistola. La presi con un cenno di ringraziamento e tolsi la sicura.

Uno degli uomini era giovane, al massimo ventenne, e aveva un brutto taglio sanguinante sulla testa. Si era preso il colpo del calcio di una pistola sul viso, ma era rimasto impassibile, senza tradire alcuna emozione. "Chi vi ha mandati?" Gli chiesi. Il ragazzo rispose serrando la mascella e gli appoggiai la pistola sulla tempia. "Dimmelo e ti lascerò vivere."

"Se non mi uccidi tu," ribatté lui, "non vivrò a lungo quando tornerò. Sono morto in ogni caso, quindi credo che resterò leale."

Mi voltai verso l'altro uomo. Era decisamente più vecchio e stava già frignando. Emanava un forte puzzo di piscio. *Fottutamente patetico.* "E tu?" Gli chiesi. "Sei d'accordo con lui?"

L'uomo scosse la testa, facendo un respiro tremante. "Ci ha mandati la famiglia Rojas," mormorò, confermando ciò che già sapevo.

"Traditore!" Sibilò il ragazzo sputandogli addosso.

Appoggiai la canna della pistola sotto il mento dell'uomo più anziano, sollevandogli la testa per obbligarlo a guardarmi negli occhi. "Perché vi hanno mandati?" Padre e Luis Rojas avevano combattuto una sanguinosa guerra per il territorio decenni prima, quando erano entrambi giovani e stavano costruendo i loro imperi, ma i Castillo avevano dominato per molto tempo. Non aveva senso che Luis ci sfidasse in quel momento.

Scosse la testa. "Non lo so," disse quasi piangendo. Stava tremando. "Non ci ha detto perché. Voleva solo che gli portassimo la prova della tua morte."

"È Luis Rojas nello specifico a volermi morto?" Controllai il numero di proiettili nella canna; ne era rimasto solo uno. *Un messaggio ha bisogno di un solo messaggero*, pensai. "Dite al vostro capo che il suo piano era una merda e che lo contatterò personalmente."

Puntai la pistola alla testa del ragazzo, notai la sua espressione furiosa, poi spostai la canna sul suo compagno e premetti il grilletto. La testa gli esplose e sentii un urlo alle sue spalle. Il corpo cadde a terra e la ragazza delle consegne riapparve davanti a miei occhi.

Il suo viso era ricoperto di sangue e pezzi di carne; ciò le aveva reso più scuri i capelli castano chiaro. Non avrebbe dovuto essere tanto carina, con quell'espressione terrorizzata e il sangue che la ricopriva. La mano le tremava mentre la sollevava per toccarsi le labbra carnose, attirando il mio sguardo su di esse. Erano di un rosso intenso, come se se le fosse mordicchiate per la paura.

I suoi occhi incrociarono i miei e riuscii a vederli gridare prima che un urlo le sfuggisse dalle labbra. Era la *stessa* donna che mi aveva salvato dal primo sparo? Ribollendo dalla rabbia, scavalcai il corpo.

Cercò di indietreggiare, ma sbatté sul bancone e fece quasi cadere uno sgabello per lo spavento.

Sembrava un animale in trappola. Rimasi a guardarla impassibile quando trovò una pistola caduta e la prese per puntarla contro di me. "Lasciami andare," mi chiese, ma notai le sue mani tremanti.

"Almeno sai come si usa quell'affare?" Le chiesi, ancora più arrabbiato. Quella donna aveva *evitato* che mi prendessi una pallottola nella schiena. Non l'avrei mai dimenticato.

"Fottiti," ribatté lei e, sorprendentemente, premette il grilletto. Fece uno scatto, ma io sapevo che non era carica, poi la ragazza fissò la pistola con stupore per un attimo prima di lanciarla e si precipitò verso la porta d'ingresso distrutta, scivolando sul pavimento sporco di sangue.

Allungai una mano e la presi per i capelli, facendole quasi perdere l'equilibrio. Cercò di urlare, ma io le misi una mano intorno alla gola delicata. "Se fossi in te, non lo farei."

I suoi occhi, di un azzurro cristallino, erano spalancati e terrorizzati. *Bene*, pensai. *Dev'essere fottutamente impaurita.* "Ti prego," disse lei con la voce strozzata, sussurrando a malapena. "Ti prego, non..."

Mi accovacciai. Ci sarebbe voluto pochissimo per schiacciarle la trachea. "Dammi un motivo per non farlo," le dissi quasi canticchiando. "Dimmi che non eri coinvolta in questo piccolo complotto e che non ti sei tirata indietro all'ultimo istante come una fottuta codarda." Mi avvicinai e sentii il dolce profumo della sua pelle sotto il sangue, che si stava già rapprendendo. *Cazzo, mi è venuto duro.* "Sarebbe stato meglio per te se mi avesse ucciso, sai?"

Gli occhi le si offuscarono e ruotarono all'indietro. Sospirai mentre perdeva i sensi, diventando un peso morto tra le mie braccia, così pensai di lasciarla cadere.

"Che cosa ne facciamo di lei?" Mi chiese Omar.

Sarebbe stato più semplice ucciderla e gettare il corpo, ma mi aveva salvato e tutti i miei uomini l'avevano visto: le ero debitore a vita. *Fanculo, cazzo!* "Ho bisogno di parlare con Padre."

Omar annuì e si mise la ragazza su una spalla. "Dobbiamo andarcene prima che arrivi la polizia. Este può restare a pulire."

Guardai Esteban. "Me ne occupo io, capo," disse. I lividi che gli si stavano formando intorno alla gola sarebbero serviti a convincere la polizia che si era trattato semplicemente di un'aggressione e di una reazione di autodifesa... e se quella storia non avesse funzionato, l'avrebbero fatto i soldi che tenevo al sicuro nel mio ufficio. Esteban conosceva la combinazione e sapeva cosa fare se la polizia avesse insistito.

Inclinai la testa in cenno di saluto, poi Omar e io ci dirigemmo verso l'uscita sul retro, dove sapevo già che un'auto ci stava aspettando. "Chiama in caso di problemi," urlai voltandomi. Esteban non mi avrebbe chiamato: avrebbe preferito strapparsi gli incisivi, piuttosto.

Omar caricò la ragazza sul sedile posteriore e si sedette accanto a lei, in modo che potessi sedermi sul sedile del passeggero. "Dove andiamo, capo?" Domandò Tomas, l'autista.

"A casa, ma non entrare dall'ingresso principale. Abbiamo un'ospite e dobbiamo essere discreti."

"Sì, *jefe*."

∽

Emma

Non riuscivo a tenere la schiena dritta. Avevo i polsi stretti da un paio di manette attaccate sotto la sedia e dovetti chinarmi un po' affinché il metallo non mi logorasse la pelle. In qualche modo, il fatto di non riuscire a raddrizzare completamente la schiena prevalse sulla paura. Mi sentivo a disagio e provavo un dolore fastidioso alla base della spina dorsale e sotto le costole; era l'unica cosa sulla quale riuscivo a concentrarmi.

Forse era proprio quello il punto.

Provai a stringere le mani il più possibile per sfilarle dalle manette, ma riuscii solo a lacerarmi i polsi. Le lacrime mi facevano bruciare gli occhi, ma riuscii a trattenerle. *Come diavolo è successo?* Mi ero trasferita a Miami perché avevo bisogno di un nuovo inizio. Era uno dei pochi posti in cui avevo dei bei ricordi di mia madre e volevo che fosse il posto in cui avrei iniziato a stare meglio dopo averla persa. Fino a quel momento... era stata un'idea tutt'altro che brillante. Ogni cosa era una lotta, ma ero davvero determinata a fare in modo che funzionasse. Non avevo molta scelta; ormai non potevo permettermi di ricominciare da qualche altra parte.

La porta davanti a me si aprì e Angel Castillo entrò nella stanza. Mi si irrigidì tutto il corpo e il dolore alla colonna vertebrale svanì all'improvviso. Sembrava ancora il predatore che ormai avevo riconosciuto. Aveva ucciso quell'uomo mentre lo implorava di salvargli vita, poi mi aveva messo una mano intorno alla gola. Sentivo lo stomaco che mi si contorceva e mi dissi che avevo paura. Quell'uomo mi terrorizzava, ma avevo ancora più paura che il suo sguardo cupo mi facesse battere forte il cuore. Che cosa diavolo c'era di sbagliato in me? "Come ti chiami?" Mi chiese. "Che cosa ci facevi oggi al Club Elíseo?"

Deglutii per sciogliere il nodo che avevo in gola. "Emma Hudson," gli risposi. Mentire sembrava una pericolosa perdita di tempo e, del resto, che cosa avevo da perdere a quel punto? "Lavoro per la South Beach Deliveries; mi avevano incaricata di consegnarti una busta al club. Tutto qui."

Angel non sembrava impressionato. "Che cosa c'era nella busta?"

Che importanza aveva? "Non lo so," gli risposi. "Non ho guardato."

Mi fissò: i suoi occhi scuri penetrarono nei miei, come se stesse per farsi strada fino alla parte più profonda della mia anima. Tremavo. Mi sentii nuda davanti a lui, fino ai miei pensieri; mi venne in mente l'idea di essere davvero nuda davanti a quegli occhi. Immaginavo il modo in cui mi avrebbe guardata, con lo sguardo che mi scrutava il seno e la pancia, fermandosi solo quando le sue mani avrebbero preso il sopravvento. Immaginai la sensazione della sua pelle a contatto con la mia, fredda come il metallo della pistola alla quale era tanto affezionato. *Cazzo, ricomponiti*, mi rimproverai.

"Non ci credo."

Cercai di alzare le spalle, ma le manette mi affondarono di nuovo nei polsi. "Se aprissi i pacchi mi licenzierebbero," gli risposi. "E ho bisogno del mio lavoro per pagare l'affitto." *Qualcosa di cui dubito abbia mai dovuto preoccuparsi.*

Angel sollevò il sopracciglio incuriosito, ma il suo bel viso rimase impassibile. "Qual è il tuo indirizzo?"

"Perché?" Gli vidi contrarre la mascella e stringere il pugno. *Sta per colpirmi*, pensai confusa, poi chiusi gli occhi in attesa del pugno... ma non accadde. Quando osai sbirciarlo di nuovo, Angel mi stava fissando. "Manderò i miei uomini al tuo indirizzo," disse lentamente, mettendomi una mano sulla guancia e costringendomi a mantenere il contatto visivo. Mi parlava come se stesse spiegando qualcosa a una bambina, ma io non lo ero affatto. Mi sentivo ardere la guancia mentre mi toccava, diventando tutta rossa sul collo. Provavo dolore, ma anche qualcosa di più, qualcosa che non ero disposta a definire senza sembrare matta. "Perquisiranno casa tua e se troveranno qualche indizio che lavori per Luis Rojas, non resterà molto di te da trovare, né tanto meno potranno identificarti." Angel strinse più forte. "Non te lo chiederò due volte."

Quando mi lasciò andare, tirai indietro la testa come se mi avesse colpito e gli rivelai il mio indirizzo. Allungò una mano dietro di sé, aprì la porta e comunicò il mio indirizzo ai due uomini nel corridoio. Pensai che avrebbe potuto seguirli fuori, ma chiuse di nuovo la porta e restammo a fissarci.

I minuti passarono e non potei fare altro che contorcermi a disagio sulla sedia. Angel tirò fuori il telefono e iniziò a mandare messaggi a qualcuno, pianificando chissà quanti omicidi, mentre cercavo di non strattonare le manette. Stare in silenzio con lui nella stanza era peggio di essere lasciata da sola e non riuscivo a sopportarlo. "Quando non troveranno nulla, mi lascerai andare?"

Angel mi sorrise. Il suo sorriso era ancora più inquietante delle sue parole precedenti, ma anche bellissimo. Avrei scommesso che quel sorriso avrebbe fatto togliere le mutandine persino a una suora. "Sei coraggiosa per essere una che probabilmente sta per morire."

Sentii le lacrime accumularsi agli angoli degli occhi e feci del mio meglio per trattenerle. A giudicare dal modo in cui Angel aveva trattato l'uomo piagnucoloso nel club prima che gli facesse saltare il cervello, non pensavo che avrebbe accettato con benevolenza qualsiasi dimostrazione di debolezza da parte mia. *Pensa a mamma*, mi dissi severamente. *Pensa a ciò che ti direbbe*. "È questo che fai a tutti quelli che ti salvano la vita? Li uccidi?"

Un'espressione profondamente infelice gli apparve sul volto per un istante, ma poi si mise a ridacchiare e quel suono mi attraversò la schiena, provocandomi i brividi. In un altro contesto, quel suono mi avrebbe suscitato sensazioni *molto* diverse. "Penso che ti porterò nelle Everglades," mi disse infine. "Dopo. Così mi risparmierò la fatica di dovermi sbarazzare dei pezzi del tuo cadavere. Gli alligatori sono molto utili allo scopo."

Mi si contorse lo stomaco e un miscuglio di bile e saliva mi riempì la bocca. Feci del mio meglio per mandarlo giù. Era già abbastanza fastidioso che la schiena si lamentasse per il modo in cui ero seduta. Inoltre, non volevo stare seduta in mezzo al mio stesso vomito. "Cosa dice di te il fatto che ti stia piacendo tutto questo?" Gli urlai.

L'espressione di Angel si rabbuiò. "Che dovresti avere paura di me," mi rispose.

Una risatina isterica, di puro panico, mi sfuggì dalle labbra. "Nessun problema."

Angel si incrociò le braccia sul petto, esaminandomi. "Allora, che cosa ci facevi nel mio club, Emma? Chi ti ha mandata?"

"La South Beach Deliveries," gli risposi. "Chiama il mio capo. Chiedigli di farti vedere i registri. Tutto ciò che faccio in un giorno viene documentato."

Mi sentivo come un disco rotto, ma che altro potevo dire? Angel digrignò di nuovo i denti. "La busta che mi hai consegnato era piena di fogli bianchi," mi disse. "Eri un segnale affinché il barista facesse la sua mossa... vuoi farmi credere di essere solo una casuale spettatrice innocente?"

Se la metteva in questo modo, c'era una parte di me che riusciva a capire perché fossi ammanettata a quella sedia. L'altra parte di me, però, pensava che si stesse arrampicando sugli specchi. Sembravo davvero il tipo di persona che potesse farsi coinvolgere in quel genere di attività? "Sembra un piano stupido. E se fossi arrivata in ritardo? O se semplicemente non fossi venuta?"

"Non sei tu a fare le domande," ribatté Angel.

"Dico davvero," gli risposi. "Che cosa sarebbe successo allora?"

"Smettila di parlare."

"Non sarebbe stato più facile..."

Si avvicinò a me con fare minaccioso. "Ti ho detto di smetterla di parlare!"

Mi si seccò le bocca e le parole mi si bloccarono in gola. Lo sguardo ardente di Angel mi inchiodò alla sedia più saldamente di quanto le manette potessero mai fare. Rabbrividii; nonostante la carenza d'aria della stanza, non riuscivo a smettere. "Lo giuro..." gli risposi con la voce spezzata. "Io non ho niente a che fare con tutto questo."

"Non sei molto brava ad ascoltare, vero?" Angel rimase fermo, fissandomi a lungo. Non riuscii a dire nient'altro. Poi qualcuno bussò alla porta.

Angel si voltò per aprirla e l'omaccione di prima, suo fratello, apparve davanti alla porta. "È pulita," gli disse. "Il suo appartamento è molto lontano dal territorio dei Rojas e non abbiamo trovato nessun indizio che lavori per qualcuno." Mi lanciò un'occhiata. "Avevi un messaggio in segreteria, a proposito. Sei stata licenziata per non aver riportato lo smartphone in ufficio in orario."

Dopo essere stata terrorizzata e sottoposta a tormenti psicologici, *tutto* ciò mi fece esplodere. Le lacrime iniziarono a scendermi sulle guance mentre i singhiozzi mi dilaniavano. Continuai a provare a sfilarmi le manette, ignorando il dolore che mi attraversava le braccia. "Devi lasciarmi andare. Non posso perdere il lavoro. Devo spiegare loro..." Singhiozzai, piangendo ancora più forte.

"Merda." All'improvviso, Angel si inginocchiò davanti a me. Mi liberò un polso dalle manette e piansi ancora più forte quando la pressione della spina dorsale si allentò. Mi sollevò le braccia, con un tocco sorprendentemente gentile, e lo osservai mentre mi esaminava i polsi. Erano scorticati e il sangue fresco mi sgorgava dalla pelle. Angel incrociò il mio sguardo. "È stato stupido da parte tua."

Mi liberai dalla sua presa, sobbalzando all'indietro. "Aggiungilo alla mia lista di oggi," gli risposi, quasi urlando.

"Angel."

Si voltò di nuovo verso l'altro uomo, ancora fermo sulla soglia come se non volesse entrare senza averne il permesso. "Padre deve saperlo..." Spostò una mano verso di me.

"Lo so."

"Gli uomini l'hanno *visto*, Angel, non possiamo ignorarlo."

Angel mi guardò e mi ritrovai a indietreggiare sulla sedia mentre parlava. "Lo so," borbottò, con un'evidente espressione sanguinaria in volto. "Me ne occupo io, Omar." Nonostante fosse fisicamente più massiccio del fratello, Omar fece un passo indietro. Non aveva paura di lui, o almeno non mi sembrava, ma era evidente che lo rispettava. "Di' a Padre che tra poco andrò a parlargli."

Omar annuì, poi sparì un'altra volta. "Ciò significa che posso tornare a casa?" Gli chiesi. Angel mi osservò e capii la sua risposta prima che aprisse la bocca. Scossi la testa, pregandolo di non dirlo ad alta voce. "Ti prego, lasciami andare. Ti prometto che..."

Ma non avrebbe voluto nulla di ciò che avrei potuto promettergli.

"Sei stata coinvolta in un tentato omicidio," mi disse. "I Rojas sanno ciò che hai visto. Quel ragazzo che ho lasciato andare parlerà a Luis Rojas della tua presenza. Sei una testimone. Ci sarà già qualcuno che ti sta cercando." Si incrociò un'altra volta le braccia sul petto. Gli scrutai il volto, sperando di trovare qualche accenno di compassione, ma non vidi nulla, nemmeno un briciolo di emozione. Nei suoi occhi, però, c'erano ardore, rabbia e qualcos'altro che mi fece contrarre le gambe. Se fossi riuscita a uscire da lì, avrei cercato la più grande chiesa cattolica e avrei implorato di fare penitenza. Era l'unica cosa che avrebbe salvato la mia anima dopo tutti i pensieri che avevo avuto quella sera.

Deglutii a fatica e cercai di restare concentrata su ciò che aveva detto e su ciò che avrebbe potuto significare per me. "Quindi se non mi uccidi tu lo faranno loro, giusto?"

Angel abbassò la testa in segno di assenso. Un'espressione spiacevole gli apparve sul viso. "Ma, per tua fortuna, ti devo un favore." Quelle parole gli uscirono dalla bocca come se dovesse tirarle fuori con la forza.

"Che cosa significa?" Gli domandai disperatamente. Se c'era un'opzione che mi avrebbe evitato di finire nelle Everglades tra gli alligatori, volevo saperlo.

"Significa," mi disse, avvicinandosi talmente tanto che quando si chinò le sue parole infuocate mi bruciarono sul viso, "che sono in debito con te."

CAPITOLO 2
Angel

"Che cosa vuol dire che devi la vita a una *ragazza delle consegne?*" Mio padre, Gustavo Castillo, era seduto dietro la scrivania, con le braccia dignitosamente incrociate, e mi stava fissando. Dalla sua espressione, sembrava che stesse fissando una merda di cane sul tappeto. Riuscii a sentire i miei *tíos*, Jose e Andre, alle mie spalle. Erano seduti, aspettando di bere un bicchierino con mio padre.

Non mi era sfuggito che Padre non avesse chiesto loro di andarsene. Voleva un colloquio quella stessa sera.

Quel proiettile avrebbe dovuto colpirmi, se non altro per evitarmi quella situazione. Mio padre, il capo della famigerata famiglia Castillo, aveva un brutto carattere e non ci pensava mai due volte a sfogarlo sui propri figli quando ne sentiva il bisogno o era di cattivo umore. La pubblica umiliazione era uno dei suoi sfoghi preferiti. "Si è buttata su di me," spiegai. Quelle parole mi addolorarono. "Il barista, Tony, ha cercato di spararmi. Poi gli uomini di Rojas ci hanno attaccati."

Speravo che la discussione su ciò che era successo si allontanasse da

Emma, ma Padre non si sarebbe lasciato influenzare. "Eri voltato di spalle," disse. "*Estúpido*."

Quelle parole mi colpirono come un rovescio e abbassai la testa in segno di supplica, stringendo forte la mascella quando mio *Tío* Andre si mise a ridacchiare. Stronzo. "È stato un errore," affermai a denti stretti.

"Non è una buona scusa!" Mi rispose urlando. "Se ti aspetti di prendere il comando di questa famiglia, non puoi commettere errori simili. Mai."

Se. Quindi, quella sera voleva iniziare la conversazione con quella specifica minaccia. "Hai ragione, Padre." Mio padre sospirò pesantemente e abbassò lo sguardo sui fogli sulla scrivania, congedandomi senza parole. Evidentemente, la mia messinscena non era stata abbastanza convincente. Omar mi toccò la spalla, dicendomi che dovevamo uscire mentre eravamo in vantaggio... ma non potevo andarmene. Non ancora. "Signore." Mio padre incrociò di nuovo il mio sguardo. "Che cosa dovrei fare? Non si può annullare questa promessa di esserle debitore?"

Mio padre alzò un sopracciglio e si mise a ridacchiare. "Non sei un uomo?" Si alzò in piedi e, per una frazione di secondo, vidi la sua espressione di dolore. Stava diventando troppo difficile nasconderlo e presto avremmo dovuto parlare della sua diagnosi con gli altri. Aveva un maledetto cancro al pancreas e la prognosi non era buona. "Non ti ho insegnato niente su come si comporta un uomo?"

Strinsi i pugni e, quasi inconsciamente, raddrizzai la schiena, sollevandomi in tutta la mia altezza. "Io sono un uomo," gli risposi. "Tu mi hai insegnato a esserlo."

"Allora dimmi," mi chiese in tono canzonatorio, "che cosa facciamo in questi casi?"

Per anni avevo immaginato come sarebbe stato dare un pugno a mio padre. Solo uno, con tutte le mie forze. Quando mio *Tío* Andre ridacchiò un'altra volta, chiaramente divertito, visualizzai quell'immagine: il mio pugno che sfondava il naso di mio padre. Un pugno tanto forte da colpirgli il cervello.

Non sarei sopravvissuto molto a lungo dopo averglielo dato, ma in quel momento non riuscivo a non pensare che ne sarebbe valsa la pena. "Li ripaghiamo. Un uomo deve onorare i propri obblighi," risposi recitando quelle parole a memoria, resistendo alla tentazione di strofinarmi gli occhi. Il mal di testa mi si stava iniziando a insinuare nei seni paranasali e se non avessi fatto qualcosa al più presto sarebbe diventato un'emicrania. "Quindi devo proteggerla dalla famiglia Rojas. Per quanto tempo?"

Il sorriso di mio padre si fece ancora più odioso. "Non dovrai *proteggerla*; dovrai sposarla."

Il mondo si fermò bruscamente e tutto ciò che riuscii a sentire fu il mio stesso respiro nelle orecchie. Non poteva dire sul serio. "Padre..."

Il suo sguardo divenne tagliente. Smise di sorridere: stava perdendo la pazienza. "È carina?"

Carina non era la parola adatta per descriverla. Ripensai ai gelidi occhi azzurri di Emma, alla sua espressione di sfida nonostante la sua evidente paura; ripensai al suo seducente labbro inferiore, che si era mordicchiata quasi fino a farlo sanguinare. La brutta polo e gli orribili pantaloncini che indossava non rendevano affatto giustizia alle sue curve, ma non potevano comunque nasconderle. "Sì," gli risposi bruscamente.

Emma, però, non era nessuno. Sposarla e farla diventare la madre degli eredi della famiglia Castillo era un insulto. Inoltre, non aveva idea di come fosse la mia vita. Avrei dovuto insegnarle molte cose. La mia pazienza non sarebbe bastata.

Padre sorrise di nuovo, come se riuscisse a leggere tutti i miei pensieri. Scrollò le spalle, come se il matrimonio fosse una sciocchezza. "Allora qual è il problema? È decisamente ora che ti trovi una moglie. Sposarla le darebbe il privilegio di non poter testimoniare contro di te e la famiglia Rojas non si avvicinerebbe a lei. Una volta che inizierà a darti dei figli legittimi, potrai avere un'amante, se vorrai."

Non era la prima volta che qualcosa mi stupiva. Mi avevano sparato al petto e ricordavo quella sensazione quasi piacevole di torpore. La mente mi aveva tenuto al caldo mentre il corpo iniziava a raffreddarsi per la perdita di sangue. In quel momento, stava cercando di rifarlo. Mi stava inondando di dopamina per farmi mantenere la calma, per impedirmi di esplodere. Era entrata in modalità di sopravvivenza, altrimenti avrei avuto un infarto. "Non la conosco."

Mio padre rispose in tono beffardo. "Come se facesse la differenza," disse. "Devi solo scopartela. Non serve che tu faccia conversazione con lei."

"Non accetterà mai," ritentai. "Ho trascorso il pomeriggio a dirle che sarebbe morta e che l'avrei *uccisa*."

Tuttavia, Padre non sembrava minimamente preoccupato. "Lo capirà," rispose. "Quando si renderà conto che siamo gli unici in grado di offrirle protezione e sicurezza, non si opporrà."

Ripensai involontariamente a mia madre. La ricordavo bellissima, con un sorriso che avrebbe fatto tornare il buon umore a chiunque, persino a mio padre. Però, quando nessuno la guardava, aveva sempre un'espressione triste; a volte il suo sguardo sembrava spento e inerte. Non si conoscevano quando si erano sposati e, per quanto ne sapevo, a mia madre non era stata data molta possibilità di scelta al riguardo. Era stata portata qui dal Venezuela per diventare sua moglie, come regalo di un fornitore che Padre aveva fatto arricchire.

"Padre, non posso sposare quella ragazza," dissi, mentre Omar si strozzava dietro di me. "Farò tutto il necessario per proteggerla dalla famiglia Rojas, ma non..." Omar brontolò. Dire di *no* a mio padre era come sputargli in faccia.

Mio padre girò intorno alla scrivania, impassibilmente furioso. "Non puoi?" Mi chiese, con un tono di voce pericolosamente basso. "Non lo farai? Mi stai dicendo di no, *mijo*?" Incombeva sopra di me; aveva la stessa stazza di Omar, solo più alta e robusta, e non perdeva *mai* occasione di ricordarmelo. Rimasi immobile; indietreggiare non era un'opzione. Sogghignò. "Omar. Andre." Mio fratello e mio zio si fecero avanti e mi presero per le braccia. Mio padre strinse il pugno e fece oscillare la mano, colpendomi sulla guancia. Il dolore fu immediato e acuto, ma non emisi alcun suono. Non era la prima volta che ricevevo una simile punizione ed ero stato al posto di Omar, tenendolo per un braccio, altrettante volte.

Il pugno successivo mi colpì la mascella. Fu meno forte del primo e distolsi lo sguardo dal muro per guardare mio padre. Da vicino, vidi che le sue sclere stavano iniziando a ingiallire. Aveva la pelle itterica. Poteva farlo passare per l'effetto di una sbornia, ma entrambi sapevamo la verità.

Vedere che lo fissavo lo fece infuriare. "Hai il coraggio di sfidarmi dopo tutto ciò che ho fatto per te? Dopo tutto ciò che ho costruito per te? È così che mi ripaghi?" Oscillò di nuovo il pugno, puntando in basso e colpendomi sulle costole. Poi di nuovo. "Dovrei lasciare tutto a Omar, ingrato *moccioso* viziato."

Strinsi il braccio di Omar, apprezzando il sostegno silenzioso di mio fratello; decisi di tacere, accettandolo come avevo fatto tante volte in passato. Quando ero bambino, quelle punizioni si basavano sul dolore. Se hai fatto una scelta che ti ha provocato dolore, non la rifarai o diventerai più bravo a nasconderlo.

L'ultima volta che mi aveva fatto davvero male avevo quattordici anni ed ero stato beccato a letto con una ragazza vicina di casa. Era tornata a casa piangendo e mio padre mi aveva fatto scoppiare la milza con la punta della sua scarpa di pelle italiana. Era preoccupato che diventassi padre di un bastardo, ma non gli importava dell'intervento chirurgico d'urgenza che avrei dovuto subire per salvarmi la vita. Dopo quell'episodio, mi impegnai per farmi addestrare dagli sgherri di mio padre. Trascorsi diversi anni con dei lividi su tutto il corpo, causati dagli allenamenti e dai lavori che svolgevo per mio padre, quindi prendermi calci e pugni non era un grosso problema. Soprattutto da lui.

Aspettai che finisse, sapendo che avrei potuto reagire facilmente. Potevo sopraffare mio padre e togliergli il potere che pensava di avere su di me... ma sarebbe stato considerato un tradimento. Sarebbe stato peggio che dichiarargli guerra; sarebbe stato un suicidio. Se l'avessi fatto, nessuno mi avrebbe sostenuto nel mio tentativo di guidare la famiglia e i colpi di stato funzionano solo quando si ha un supporto. Così, decisi di accettare l'umiliazione di essere picchiato come un bambino disubbidiente... e persino davanti al suo pubblico.

Mio padre mi diede un altro pugno sulla mascella, facendomi oscillare la testa di lato. Mi si annebbiò la vista e sentii il sapore del sangue in bocca. Pensai di sputarlo sulle scarpe di Padre, ma decisi di rispondere con un sorriso. Ero deciso a sopportare tutto ciò, perché un giorno, molto presto, quell'uomo sarebbe morto e io avrei preso il suo posto come capofamiglia. Avrei potuto aspettare fino ad allora.

Una volta placata la rabbia, Padre fece un passo indietro, massaggiandosi le nocche. "Lasciatelo andare," disse, e io cercai di non ridere sentendolo ansimare. Colpirmi aveva tolto a lui molto di più di quanto avesse tolto a me. Omar e *Tío* Andre mi lasciarono le braccia e roteai le spalle per placare il dolore. "Ora, hai altro da dire riguardo al tuo matrimonio con..." Disse schioccando le dita.

"Emma," gli suggerii, ricordandola con lo stomaco in subbuglio. "Emma Hudson... e, no, Padre, non ho più bisogno di discuterne con te."

Mio padre mi guardò, cercando di capire se fossi sarcastico. "Bene. Mi aspetto che mi porti la licenza di matrimonio entro la fine della settimana." Agitò una mano per congedarmi e Omar quasi mi trascinò fuori dalla stanza.

"Per caso vuoi morire?" Mi chiese mio fratello, mentre la porta dell'ufficio si chiudeva dietro di noi.

Sollevai le spalle mentre camminavamo. "Non mi ha fatto male."

Omar mi appoggiò una mano sulla spalla. "Sei un disastro. Indossava il suo anello."

"Sto bene," lo rassicurai. "Chiederò a Lara di medicarmi."

Lara, la nostra vecchia governante, era la migliore quando si trattava di primo soccorso. Quando ero un ragazzino, le chiesi perché una governante dovesse saper mettere dei punti rudimentali, facendola ridere tanto forte che tossì per ben cinque minuti. Fu la risposta di cui avevo bisogno: far parte della famiglia Castillo significava imparare le tecniche di sopravvivenza, indipendentemente da quale fosse il proprio lavoro diurno.

"Lascia che se ne occupi la tua nuova fidanzata," mi suggerì Omar. "Falle vedere cosa significa far parte di questa famiglia."

"Pensi che così si innamorerà di me?" Gli chiesi. "Se deve curarmi le ferite, la notizia del nostro imminente matrimonio sarà meno sconvolgente?"

Omar fece spallucce. "Forse è un tipo materno e vorrà prendersi cura di te." Mi guardò agitando le sopracciglia con un'espressione drammatica.

Gli diedi una spintarella. "Tieniti le tue fantasie per te," gli risposi, ma il tono allegro del nostro scambio di battute svanì con la stessa rapidità con cui era iniziato. Emma non avrebbe reso le cose facili. Era insolente e disubbidiente, l'avevo già notato. Nonostante sapessi esattamente cosa avrei voluto fare a quella graziosa boccuccia, non mi piaceva l'idea che potesse diventare una spina nel fianco. "Che cazzo dovrei farmene di una moglie?"

Omar fece di nuovo spallucce. "Scopatela per bene, spera di metterla incinta, poi mandala in una delle famiglie più piccole per 'tenerla al sicuro'." Mi diede una pacca sulla spalla. "Poi potrai andare avanti con la tua vita."

La maggior parte delle persone pensava che Omar fosse stupido, perché era massiccio come un carro armato e non si faceva molti scrupoli a mostrarsi spietato, ma sapevo che non lo era. Omar era acuto; osservava attentamente ciò che lo circondava. Se non fosse stato per la sua lealtà e il suo totale disinteresse per i ruoli di comando, mi sarei preoccupato di dover affrontare mio fratello riguardo a chi avrebbe preso il posto di mio padre quando sarebbe arrivato il momento.

Fa sembrare il matrimonio talmente semplice, pensai. "È questa la tua soluzione? Quando arriverà il momento?"

Omar mi rivolse un sorriso brutale. "Sei tu il bel ragazzo con tutte le responsabilità familiari, Angel. Sei tu ad aver bisogno di un erede. Io posso fare ciò che voglio con chiunque voglia, purché ti tenga in vita per prendere il posto di papà." Vedendo l'espressione sul mio viso, scoppiò a ridere.

Cabrón, pensai mentre lo seguivo. Non sapevo chi fosse più coglione tra lui e me.

"Andiamo," disse Omar, mettendomi un braccio intorno alle spalle. "Andiamo a dare la bella notizia alla tua fidanzata."

CAPITOLO 3
Emma

Qualunque fosse stato l'argomento della conversazione tra Angel e suo padre, era andata male. Quando la porta della mia stanza — cella di detenzione, prigione, o qualsiasi cosa fosse — si aprì e Angel entrò, non riuscii a trattenere un sussulto.

Il suo viso era un disastro assoluto. Aveva la guancia e il labbro spaccati e la mascella sembrava gonfia. "Che cosa è successo?"

Omar entrò dalla porta con in mano un kit di pronto soccorso. Girò intorno ad Angel e me lo mise in mano. "Il tuo fidanzato ha bisogno di essere medicato," mi disse.

Il mondo intorno a me smise di girare e sbattei le palpebre una volta. Poi un'altra. Avevo sentito ciò che aveva detto, ma la mia mente si rifiutava di capirlo. "Il mio cosa?"

Angel fulminò il fratello con lo sguardo. "Esci, coglione."

Omar fece un sorriso decisamente poco cordiale. "Visto? Ti ho evitato il disturbo di dirglielo."

"Omar." Angel pronunciò quella parola in tono minaccioso e l'altro uomo scomparve di nuovo nel corridoio. Riuscivamo a sentire la sua risata attraverso la porta. *"Ese puta madre,"* ringhiò Angel prima di rivolgere di nuovo la sua attenzione su di me. Fu allora che vidi il taglio sanguinante sulla sua guancia. "Sai fare una medicazione?" Mi chiese bruscamente.

Guardai il kit che avevo tra le mani. Era ben fatto e, a giudicare dal peso, fornito di tutto il necessario. "Sì," gli risposi, facendogli cenno di sedersi sulla sedia alla quale ero stata ammanettata. "Siediti." Mentre si sedeva, Angel emise un respiro tremante, come se provasse dolore muovendosi. Dovevano essere le costole, ma avrei prima dovuto dare un'occhiata per accertarmi che non ci fosse nulla di davvero grave. "Puoi toglierti la maglietta?"

Lo sguardo di Angel si soffermò sul mio. "Perché?"

"Sono piuttosto certa che tu abbia le costole rotte, ma voglio controllare le ferite per assicurarmi che la situazione non sia più grave."

La sua espressione sconvolta era vagamente offesa. Mi lanciò un'occhiataccia, come se avessi appena scoperto qualcosa di importante. "E cosa ne sa una ragazza delle consegne di medicina d'urgenza?" Mi chiese.

"Ho passato anni a prendermi cura di mia madre prima che morisse di cancro. Anche se non sono riuscita a *salvarla*, sono in grado di controllarti le costole," ribattei. "Toglitela."

Per un attimo, Angel rimase stoicamente in silenzio. Poi disse: "Aiutami solo con la guancia, va bene?"

Iniziare a discutere era l'ultima cosa che volevo fare, ma era evidente che stava soffrendo. Che cosa sarebbe successo se avesse avuto una costola rotta che gli perforava un polmone, un'emorragia interna o qualcosa del genere? Gli toccai delicatamente la spalla. "Penso proprio che..."

Mi strinse la mano nella sua e urlai. Sentii le ossa sfregarsi tra di loro. "Non me ne frega un cazzo di quello che pensi," sbottò, con un tono di voce cupo e pericoloso. "Adesso puoi smetterla con queste stronzate. Se dico che sto bene, allora sto bene, d'accordo?"

Un brivido mi attraversò il corpo. Anche se era arrabbiato, il suo volto era diventato freddo e inespressivo. Era esattamente la stessa espressione che aveva assunto quando aveva sparato a quell'uomo al bar. "Sto solo cercando di aiutarti," gli dissi, sforzandomi di non farmi tremare la voce. "Potresti essere davvero ferito."

"Non fingere che te ne freghi qualcosa."

"Ok," dissi, poi mi lasciò andare. "Me ne fregherò, allora." Piegai la mano e cercai di ignorare quel dolore acuto. "Solo la guancia."

Posai il kit e tirai fuori ciò di cui avrei avuto bisogno per disinfettare e bendare la ferita. Notai che c'era un kit di sutura in caso di bisogno, ma speravo che il taglio non fosse tanto profondo. Versai un po' di antisettico su una garza e tornai da Angel.

Nonostante fosse più minuto di suo fratello, che dominava qualsiasi stanza in cui entrava con la sua stazza, Angel *non* era un uomo esile. Anche da seduto, sembrava che riempisse lo spazio e mi resi subito conto che non c'era un modo appropriato per mantenere le distanze e fare ciò che dovevo.

Inspirando profondamente, mi misi tra le sue ginocchia divaricate e mi sporsi in avanti. La sua acqua di colonia terrosa, calda e fin troppo buona, mi avvolse. All'improvviso, sentii i brividi. *Hai solo la nausea per l'odore del sangue.* Ero ancora ricoperta di quella roba secca e squamosa. Non sarebbe bastata nemmeno l'acqua calda a togliermela dalla pelle.

"Potrebbe bruciare," gli dissi per avvisarlo, tamponandogli la garza sul viso. Angel non batté ciglio, ma contrasse la mascella. "Perderai i denti se continui a digrignarli in quel modo."

Spostò lo sguardo sui miei occhi senza distoglierlo e una sensazione di calore liquido mi si accumulò al centro del corpo. I suoi occhi erano scuri, quasi neri, e la loro ardente profondità... mi fece rabbrividire. Sentivo un dolore tra le cosce, ma cercai di non contorcermi. Perché doveva essere tanto attraente? Perché, dopo tutto, volevo stringermi a lui come un cappotto?

Datti una calmata, Emma.

Angel incurvò un angolo della bocca verso l'alto, solo un po', come se sapesse esattamente ciò che mi stava accadendo in testa. "Serviranno dei punti?" Mi chiese, con un tono di voce cantilenante.

Scossi la testa per risvegliarmi da quel torpore e guardai il taglio. Fortunatamente, non aveva i bordi irregolari e non sembrava molto profondo. Mi allontanai da lui e frugai nel kit. C'era una boccetta di colla chirurgica. "Penso che potremo cavarcela," risposi sollevando la bottiglietta.

Angel la guardò per un attimo, poi annuì. "Procedi."

Potresti ringraziarmi. Fui abbastanza furba da non dirlo ad alta voce, anche se una parte di me l'avrebbe voluto. La paura — o meglio, il terrore — mi rendeva difficile *non* dire tutto ciò che mi veniva in mente e quello era sicuramente il posto peggiore per farlo.

Usai dei cerotti a farfalla per unire i bordi della ferita e poi la sigillai con la colla chirurgica. Una volta asciutti, la ripulii e vi misi sopra un cerotto sterile. "Ti resterà la cicatrice," gli risposi, "ma non farà infezione." *Se tutto va bene.*

Angel incrociò di nuovo il mio sguardo. Sembrava che mi stesse esaminando e mi resi conto di quanto fossimo vicini. Ero praticamente seduta sulle sue ginocchia. Provai a spostarmi, ma allungò una mano e mi strinse il polso. Trasalii mentre mi stringeva la pelle scorticata. Angel se ne accorse e mi sollevò il polso per controllarlo; il suo tocco si fece più delicato. "Dovremmo darci una ripulita," disse.

Quell'improvvisa delicatezza, sempre preceduta da una stretta forte, mi fece girare la testa. Il ragazzo che due ore prima mi aveva letteralmente minacciata di buttare il mio cadavere nelle Everglades era capace di tutto ciò? "Sto bene," gli risposi scimmiottando le sue parole. "Non preoccuparti per me."

Mi aspettavo che mi lasciasse il polso, ma non lo fece. "Non mi hai chiesto cosa intendesse dire mio fratello," mi disse. "Quando mi ha definito il tuo fidanzato."

"Perché so cosa significa la parola 'fidanzato'. Non sono un'idiota," gli risposi prima di riuscire a fermarmi.

Angel assunse un'espressione tagliente. "Hai proprio la lingua lunga, sai?" Il suo tono di voce *poteva* anche essere scherzoso, ma aveva un'espressione quasi omicida.

Tremai sotto la sua presa, ma cercai di non mostrarlo. Non mi stava facendo male; mi stava solo tenendo ferma. Potevo farcela. Inspirai lentamente dal naso ed espirai. La sua acqua di colonia sembrava penetrarmi in gola e non capivo se mi piacesse o meno. "Gli *ho chiesto* cosa intendesse dire," sottolineai. "Ti sei solo spaventato e l'hai minacciato prima che mi rispondesse." Angel ci rifletté per un attimo, poi mi lasciò il polso. Feci un passo indietro per mettere un po' di distanza tra di noi. "Che cosa voleva dire?"

"Ti devo la vita," disse Angel. "Mi hai salvato quando mi sei saltata addosso dentro il bar." La sua espressione mi fece capire quanto ne fosse felice. "Significa che ti devo un favore."

"Allora lasciami andare," gli risposi, "e potremo considerarci pari."

Angel scosse la testa. "Prima non mentivo sulla famiglia Rojas," mi disse. "Adesso sei spacciata. Se lascerai la tenuta, morirai entro ventiquattro ore."

I brividi mi attraversarono il corpo e mi strinsi tra le braccia. "Allora portami via dalla Florida," gli risposi. "Aiutami a iniziare da qualche altra parte e non mi sentirai mai più."

"Mio padre..." Quella parola sembrò bloccarglisi in gola. Deglutì a fatica, poi ci riprovò. "Mio padre vuole che ti sposi."

Scossi la testa. "Non se ne parla."

"Gli ho detto la stessa cosa," disse indicandosi la guancia. "Non ha preso bene la mia reazione." Mi lanciò un'occhiata gelida e pensierosa. "Immagina cosa farebbe per costringerti a obbedire."

Deglutii per sciogliere il nodo che avevo in gola.

Il matrimonio era qualcosa di speciale. Il matrimonio era *per sempre*. "Mia madre si rivolterebbe nella tomba se sposassi un uomo che non amo."

Mi guardò con un'espressione tagliente. "Nessun problema se fosse un criminale, però," mi disse scherzando.

Cercai di trattenermi, perché non avevo intenzione di *parlarne*, ma poi, non riuscendo a resistere, gli risposi: "Sei stato tu a dirlo, non io."

Angel scoppiò a ridere. Quella risata non gli si addiceva affatto. "La logica di mio padre ha senso: sposandoti potrei proteggerti, te lo devo; inoltre il privilegio matrimoniale manterrebbe la famiglia al sicuro dal punto di vista legale." *Perché ho assistito a una dozzina di omicidi e a un tentato omicidio*, pensai.

"In che modo sposarti mi terrebbe al sicuro? Non mi metterebbe un bersaglio sulla schiena?"

"Uccidere la moglie di un membro importante di una famiglia come la mia significherebbe morte certa. Tutti i Castillo si abbatterebbero sui Roja come una pestilenza e li eliminerebbero tutti. Luis Rojas non è un uomo brillante, ma non è tanto stupido da sollecitare quel genere di guerra."

"Parli di 'famiglia', ma non mi sembra che tu ti riferisca a genitori, figli e nonni. Si tratta di un cartello, vero?"

"È la mia famiglia," rispose Angel. "È l'unica famiglia che abbia mai conosciuto."

"E tu sei il capo?"

Angel scosse la testa. "Lo diventerò quando mio padre andrà ufficialmente in pensione." *O quando qualcuno lo ucciderà*, pensai.

"Sposarti mi terrebbe al sicuro dalla famiglia Rojas," gli risposi, obbligandomi a dire quelle parole perché era l'unico modo che avevo per capire. "Ma che cosa significherebbe per me e per te?"

Angel mi guardò sollevando un sopracciglio. "Che cosa significa di solito un matrimonio per un uomo e una donna?" Mi domandò retoricamente.

"Ma io non ti amo."

Fece di nuovo quella risata profondamente inquietante. Si alzò dalla sedia e, anche mentre alzavo le mani per respingerlo dato che non avrebbe dovuto *muoversi*, mi spinse contro il muro. "Non sei tanto ingenua, vero, Emma?" Mi chiese avvicinandosi. Sentii il suo respiro sulla pelle e rabbrividii. "L'amore non c'entra niente qui." Mi sfiorò l'orecchio con le labbra e, per quanto volessi respingerlo, quella sensazione mi fece sussultare.

Non riuscivo a respirare, ma feci tutto ciò che potevo per raccogliere ogni briciolo di forza e resistergli. Gli appoggiai una mano sul petto, facendo attenzione alle ferite, e lo respinsi... ma non si spostò di un centimetro. Il cuore iniziò a battermi all'impazzata. "Ti dispiacerebbe allontanarti?"

"Chiedimelo per favore." Disse borbottando, poi sussultai di nuovo quando mi mordicchiò il lobo dell'orecchio, stringendolo tra i denti e le labbra.

Non volevo. "Per favore."

Si mise a ridacchiare e quel suono mi fece vibrare la pelle. Mi stavo bagnando e mi *odiavo* per quello; in qualche modo, Angel l'aveva capito. "Penso di no," mi rispose. "Penso che possiamo continuare la nostra conversazione anche se resto qui." Cambiò piede d'appoggio, sussurrando molto vicino a me.

Provai a respingerlo un'altra volta. "Per favore, spostati," ripetei, odiando il mio tono di voce lamentoso.

Per fortuna lo fece, ma la sua espressione, a metà tra il desiderio e l'odio, era inquietante. Era colpito quanto me da… qualunque cosa fosse quel calore tra di noi, era evidente, ma non voleva esserlo. Vedere Angel Castillo arrabbiato era davvero terrificante.

Poi contrasse la mascella prima di rilassarla. "Tu sarai mia moglie," disse, come se fosse la sua decisione definitiva.

"Sarò tua prigioniera."

Angel scosse la testa. "Sarai sotto la mia protezione," ribatté. "Intoccabile da tutti." Si sporse di nuovo verso di me, avvicinandosi ancora più di prima. Sentivo il suo corpo massiccio contro il mio. "Tranne che da me."

Il calore mi attraversò il corpo e mi mordicchiai il labbro per trattenere un gemito. "E io non ho voce in capitolo?" Ribattei.

Angel indietreggiò per non sfiorarmi più. Si sollevò, raddrizzandosi la schiena per guardarmi dall'alto in basso mentre mi appoggiavo il più possibile al muro, anche se mi spronai di non apparire tanto spaventata. Avrebbe *vinto* se avessi avuto paura. "No," mi rispose. "Non hai scelta. Hai due giorni per abituarti all'idea."

CAPITOLO 4

Emma

Fedele alla propria parola, Angel mi diede due giorni per abituarmi all'idea del matrimonio. Sempre che "abituarmi" significasse chiudermi in una camera da letto e lasciarmi ai miei pensieri.

Certo, la stanza era magnifica. Decisamente migliore rispetto alla cella in cui mi avevano tenuta quando mi avevano portata lì per la prima volta. Quando entrai nel bagno per lavarmi *finalmente* il sangue di dosso, quasi inciampai per lo stupore. Il bagno era più grande del mio attuale appartamento, con un'enorme cabina doccia che occupava tutta la parete posteriore e una vasca da bagno autoportante in cui desideravo immergermi.

Mi accontentai della doccia, anche se non fu certo un compromesso, con i suoi prodotti dal leggero profumo di cocco. Nel bagno trovai un kit di pronto soccorso più piccolo e feci del mio meglio per ripulirmi e bendarmi i polsi. *Perché non avevo lasciato che lo facesse Angel?* Mi lamentai mentre avvolgevo casualmente le bende.

Trovai nel cassettone dei vestiti che mi stavano un po' grandi, ma erano puliti e morbidi. Quando mi buttai sul letto, il materasso mi avvolse. Era decisamente il letto più comodo sul quale mi fossi mai sdraiata. Ma che prigioniera ero? Accidenti, avevo accesso a un account Netflix e tante ore per abbuffarmi di qualsiasi cosa desiderassi! Sarebbe stato come andare in vacanza, solo che la porta della camera si chiudeva dall'esterno.

Tuttavia, indossare vestiti che non mi appartenevano mi faceva preoccupare per il mio appartamento. L'avevano perquisito, ma qualcuno si era preso la briga di preparare una valigia da portarmi? Di pagare il mio padrone di casa per non fargli buttare la mia roba nella spazzatura? Ne dubitavo. Dovevo andarmene da quel posto.

Iniziai a pianificare la mia fuga e, dopo due giorni, avevo elaborato una specie di piano. Angel mi dava da mangiare e le guardie mi portavano i pasti al cambio turno. Ogni volta che sentivo dei passi nel corridoio, sapevo che stava arrivando una guardia con un vassoio di cibo.

C'era solo una guardia di stanza alla mia porta, per quanto ne sapevo; anche se non sarei stata in grado di sopraffare nessuno, avrei sicuramente potuto correre se fossi riuscita ad attraversare la porta. I sei mesi trascorsi a trasportare pacchi avanti e indietro per Miami mi avevano irrobustito le gambe. Correvo veloce e potevo arrivare lontano.

Seduta sul bordo del letto in attesa del prossimo pasto, mi dissi che era un buon piano... ma più passava il tempo, più i dubbi si insinuavano dentro di me. *Ti farai uccidere*, pensai, ed era quasi certo, ma non potevo restare seduta lì a far controllare la mia vita da persone che non conoscevo.

La serratura scattò e la porta si spalancò. Al posto di una delle guardie, entrò una donna con un vassoio in mano. Diede un calcio alla porta alle sue spalle e appoggiò il vassoio sul cassettone, accanto a quello mezzo pieno che mi avevano portato prima. Quando lo vide, aggrottò la fronte. "Devi mangiare," disse. "Ne avrai bisogno per domani."

Mi si bloccò la salivazione. "Domani?"

La donna mi guardò e mi resi conto che aveva una busta per abiti appesa al braccio. "Apá ha dato tempo ad Angel fino alla fine della settimana per presentargli te e la licenza di matrimonio. Il tempo è quasi scaduto."

Mi si contorse lo stomaco. "Che cosa succederebbe se non ci sposassimo?"

Gli occhi color nocciola della donna si soffermarono su di me. Era uno schianto: sguardo caloroso e lunghi capelli neri sciolti e fluenti. Aveva il tipo di corpo che tutte le donne invidiano e tutti gli uomini desiderano; sembrava decisamente sicura di sé, come se fosse perfettamente consapevole del proprio aspetto e delle reazioni delle persone. "Deludere Apá sarebbe tremendamente stupido e Angel è già sul filo del rasoio dopo quanto accaduto all'Elíseo." Indicò il vassoio con un cenno della testa. "Mangia, così poi potrai provare il tuo abito."

"Il mio abito?"

La donna annuì, poi mi esortò di nuovo. "Mangia, mangia," mi disse. "Angel mi ucciderà se lascio che la sua futura sposa muoia di fame."

Sbattei le palpebre. "Tu chi sei?"

La donna sorrise. "Sono Lili," disse presentandosi. "La piccola della famiglia." Mi porse la mano e, quasi passivamente, allungai il braccio e gliela strinsi.

"Non sapevo che Angel e Omar avessero una sorella minore."

La sua espressione si rattristò. "Tipico," disse lei, rivolgendosi più a sé stessa che a me. Lili guardò di nuovo il vassoio e colsi il suo suggerimento. Lo presi e lo appoggiai sul bordo del letto. Non ero sicura di cosa fosse, ma era un piatto caldo di riso e gamberetti e aveva un profumo paradisiaco. Era anche una porzione da giocatore di football.

"Vuoi mangiarlo con me?" Le chiesi. "Non riuscirei mai a mangiarlo tutto."

Lili fece schioccare la lingua. "Dovrai imparare a mangiare."

Mi avventai sul mio pasto. Per quanto non volessi ammetterlo, ogni piatto che mi avevano portato era migliore del precedente. I gamberetti erano cotti alla perfezione e non erano gommosi; il riso era condito con qualche spezia che mi scaldava lo stomaco. "Io mangio normalmente."

Fece schioccare di nuovo la lingua. "Sei tutta pelle e ossa," mi disse. "Lara dovrà impegnarsi parecchio per farti mettere su qualche chilo."

"Lara?"

"La nostra governante. È con noi da quando ero piccola. Apá l'ha assunta dopo che mia madre..." Lili fece una pausa e contorse leggermente la bocca. Poi però, in un batter d'occhio, la sua espressione tornò all'amichevole indifferenza di prima. *Tutti i Castillo erano in grado di farlo?* Si spostò i capelli scuri sulla spalla e iniziai a sentirmi un po' insicura con la mia maglietta oversize.

Mangiai un boccone di quel profumatissimo riso e sospirai; era davvero delizioso. Degno di un ristorante a cinque stelle. Ne presi un altro boccone e cercai di non sentirmi in imbarazzo per la velocità alla quale stavo mangiando. Del resto, non dovevo impressionare né lei né nessun altro. Non avevo intenzione di restare. "Lili, sai che io e Angel non... non ci sposeremo perché lo *vogliamo*, vero?"

Lili sbatté le palpebre, poi scoppiò a ridere in modo un po' perfido. Si coprì la bocca con la mano per soffocare il suono, ma il corpo le tremò per le risatine. Poi mi guardò un'altra volta; aveva gli occhi lucidi per le risate. "Lo so," mi rispose. "Lo sa già tutto il quartiere. Apá ha fatto in modo che tutti sapessero della piccola... punizione di Angel."

Ricominciò a ridere, ma non era divertente. "Sposarmi è una punizione per lui?"

Lili non ebbe nemmeno la decenza di sembrare imbarazzata. "Ovviamente," rispose. "Non sei esattamente una scelta vantaggiosa per mio fratello."

Cercai di non offendermi. "Pensavo che fosse in debito con me."

L'espressione divertita le svanì dal viso. "So cosa è successo al club," mi disse, poi allungò la mano e mi toccò il braccio. Aveva la pelle morbida e mi resi conto di quanto tempo era passato da quando qualcuno mi aveva toccato dolcemente. Sicuramente era stato prima della morte di mia madre. Quel pensiero mi si insinuò nel petto e feci del mio meglio per riprendere fiato. "Sono sicura di essere l'unica in questa famiglia a dire ciò che sto per dire. *Grazie* per aver salvato mio fratello, Emma," mi disse.

"Non c'è di che," risposi sinceramente. "È stato solo il mio istinto."

Lili sorrise. "Sei una buona samaritana. Scommetto che eri capoclasse alle elementari."

Mi sentii arrossire le guance e Lili fece un'altra risatina. Nonostante tutto, mi ritrovai a sorridere per la prima volta dopo tanti giorni. Le guance mi tremarono per il movimento, come se non fossero più in grado di stare ferme. "Non capoclasse," le risposi gonfiandomi il petto. "Assistente della maestra."

Lili applaudì. "Ancora meglio. Ora finisci di mangiare, così potrai provare l'abito. Ho appena il tempo di portarlo a casa prima di domani."

Mi sentii risucchiare di nuovo l'aria dai polmoni. "Lili, non posso..."

"Sì che puoi," mi disse, "e lo farai. Se hai in mente di fuggire, scordatelo. Anche se riuscissi a uscire dalla porta, cosa di cui dubito fortemente, Angel non ti lascerebbe mai andare. Non dopo che Apá gli ha dato una punizione esemplare quando *ha cercato* di rifiutare il matrimonio."

"Come va la sua guancia?" Le chiesi.

Lili mi lanciò un'occhiata maliziosa. "Perché? Sei preoccupata per lui?"

"Assolutamente no," le risposi. "Voglio solo sapere se ho la stoffa per frequentare la facoltà di medicina."

"Anche se ce l'avessi, non potresti," disse Lili. "Non è più un'opzione. Un giorno sarai la nostra matriarca. Credimi, è un lavoro a tempo pieno." Qualcosa nella sua espressione mi diceva che aveva ricoperto quel ruolo e che lo odiava.

"Quindi dovrei fare la moglie e avere i bambini di Angel," ribattei amaramente. "Molto moderno." Lo schiaffo fu rapido e intenso. Il rumore della sua mano che mi colpiva la guancia riecheggiò nella stanza silenziosa. Mi sentii bruciare il viso.

Lili mi prese la mano e riportò il mio sguardo su di sé. "Il sarcasmo non funzionerà qui," si affrettò a dirmi, come se stesse cercando di salvarmi la vita. Mi resi conto, con un leggero sussulto, che era esattamente ciò che stava facendo. "Con me va bene, ma non con Angel e di certo non con mio padre, d'accordo?"

Le strinsi la mano. "Aiutami," la supplicai. "Trova un modo per farmi fuggire e nessuno di voi mi rivedrà mai più, te lo prometto. Sono brava a scappare e a ricominciare da capo, credimi."

Lili scosse la testa e, proprio come i suoi fratelli, alterò la sua espressione, che divenne improvvisamente gelida. "Solo le persone tenaci sopravvivono in questa famiglia," mi disse.

Le lasciai la mano. "Non ho mai chiesto di far parte di questa stupida famiglia," le risposi demoralizzata. "Non ho mai chiesto *niente* di tutto ciò."

"In ogni caso," mi disse severamente, "questa 'stupida' famiglia è l'unica cosa che ti impedirà di finire..."

"Come un altro dei corpi senza nome ritrovati a pezzi nelle Everglades," conclusi al suo posto. "L'ho già sentito dire."

Lili annuì. "Esattamente."

Quell'immagine mi fece rivoltare lo stomaco. Spinsi via la mia cena; non sarei riuscita a finirla in quel momento. Le mie scelte erano chiare: unirmi alle vipere nella fossa dei serpenti o essere fatta a pezzi da loro. Erano entrambe poco allettanti, ma solo una mi avrebbe permesso di sopravvivere.

Lili mi stava evidentemente analizzando e alzai lo sguardo per guardarla negli occhi. "Adattarsi per sopravvivere, giusto?" Le chiesi. Lili fece un cenno di assenso. Mi alzai in piedi. "Diamo un'occhiata a quell'abito, allora."

"Ottima scelta," mi disse dolcemente, più gentilmente di prima. Avrei voluto urlare che non era affatto una scelta, ma mia madre non mi avrebbe mai perdonata se mi fossi arresa.

Lili tirò giù la cerniera della busta per abiti e tirò fuori un abito da cocktail bianco con qualche decorazione in pizzo e la vita aderente. "So che dovrò stringerlo," disse mentre me lo porgeva, "ma voglio controllare la lunghezza."

Presi il vestito; se non avessi notato l'etichetta di Gucci, avrei *sentito* che si trattava di un tessuto costoso. Il pizzo economico era duro sulla pelle, ma quello sembrava leggero come una farfalla. Era troppo bello per un matrimonio che né la sposa né lo sposo volevano, costava più di sei mesi del mio affitto... e Lili l'avrebbe sistemato personalmente. *Quanto bisogna essere ricchi per non preoccuparsi di rovinare un abito come questo?* La guardai. "Quest'abito è tuo?"

Lili annuì. "Non lo indosso da anni."

"Non posso..." Ma quando cercai di renderglielo, me lo spinse tra le mani.

"Davvero, mio fratello mi ha chiesto se avessi qualcosa di 'appropriato' per te. Per lui potresti indossare anche uno straccio, ma a me importa."

Presi il vestito tra le mani. La stoffa si spiegazzava e doveva essere stirato a vapore. "Perché?" Le chiesi.

Lili rifletté prima di parlare. "Mio padre e i miei fratelli vedono il mondo in un certo modo," disse con cautela. "Anch'io la vedevo così, ma... ci sono delle cose che voglio realizzare per me stessa. Credo che, anche se sei costretta ad assumere questo ruolo e a sposare mio fratello, dovresti farlo alle tue condizioni."

Non mi spiegò più nulla, nemmeno quando insistetti. Mi disse di cambiarmi e rimase a osservare mentre mi toglievo i vestiti che mi avevano prestato. Poi mi aiutò a indossare l'abito. Era un po' troppo ampio sulla vita, ma non era eccessivamente grande. Se l'avessi provato in un negozio, avrei detto che mi andava bene e l'avrei comprato così com'era. "Credo che vada bene," dissi mentre mi guardavo allo specchio appeso al muro.

Lili non rimase altrettanto colpita. "La lunghezza va bene," disse, "ma dovrò stringerlo un po' sui fianchi." Prese in mano il tessuto più lento intorno alla vita e lo tirò, così mi resi conto di come avrebbe dovuto essere il vestito. "Bellissimo," disse, poi la sentii mettere uno spillo su entrambi i lati per poterlo modificare. "Domani verrò ad aiutarti con i capelli e il trucco." Mi diede un'occhiata ai polsi. "Magari qualche gioiello per coprirli?"

Ero d'accordo. "Ti ringrazio, Lili." Era la conversazione più normale che avessi avuto in tre giorni, quindi ne ero grata. Mi rimisi i vestiti e le porsi l'abito per permetterle di andarsene. "Ti prometto che mi comporterò bene domani."

L'espressione di Lili si indurì mentre appendeva il vestito all'appendiabiti e lo riponeva nella busta. "Mi hai fraintesa," mi disse un attimo dopo. "Non voglio che ti comporti bene."

"E allora che cosa vuoi?" Mi bruciava ancora la guancia per la sua lezione sul sarcasmo. A cosa serviva tutto ciò?

"Ora sei bloccata nel tuo ruolo come io lo sono nel mio," mi disse. "Nessuna di noi può fare niente al riguardo, ma non vuol dire nemmeno che tu debba arrenderti e accettarlo." Mi appoggiò una mano sulla spalla e me la strinse. "Fa' vedere a mio fratello chi sei, ok? Mostragli che hai carattere."

Carattere? Guardai Lili negli occhi e ritrassi le spalle, raddrizzando la schiena. Le feci un breve cenno del capo per dirle che avrei fatto del mio meglio. Non avevo scelta.

CAPITOLO 5

Angel

"Sei sicuro di volerlo fare?" Mi chiese Omar per la centesima volta mentre mi aggiustava la cravatta. Se me l'avesse chiesto di nuovo, gli avrei tirato un pugno in faccia.

Mi allontanai per guardarmi allo specchio dell'ingresso. Lara mi aveva costretto a indossare il mio completo migliore quella mattina e aveva scelto una cravatta più chiara, color grigio tortora, perché "i matrimoni sono troppo allegri per indossare una cravatta nera, *mijo*," e in effetti ero la perfetta immagine di uno sposo il giorno del suo matrimonio. Fatta eccezione per la mia espressione cupa. Provai a sorridere, sforzandomi di sollevare gli angoli della bocca, ma mi sembrava di essere ancora più idiota. Lasciai che il mio viso tornasse alla sua espressione originale. "Che cosa faresti al mio posto, Omar?" Gli chiesi, guardandolo attraverso lo specchio. "Sfidare Padre?" Risucchiai l'aria tra i denti, emettendo un verso di *disapprovazione*. "Vuoi proprio diventare l'erede a tutti i costi?"

Quella domanda mi fece contorcere lo stomaco. Anche se non l'avesse *voluto*, c'erano altri membri della famiglia ai quali non sarebbe dispiaciuto vedermi perdere il mio posto.

Omar mi rivolse un sorriso idiota a trentadue denti. "Preferirei mettermi il cazzo dentro un frullatore." Mi appoggiò una mano sulla spalla e me la strinse; la sua espressione si fece improvvisamente seria. Accolsi il suo messaggio senza parole: *ti sono vicino, fratello.*

Sollevai le spalle. "Andrà tutto bene."

Omar annuì una volta e allungò una mano per stringermi di nuovo la spalla. "Magari potresti smetterla di fissarmi, allora? Spaventerai la tua bella fidanzatina quando scenderà quaggiù."

Strinsi i pugni. Sentii di nuovo l'impulso impetuoso di dare un pugno sulla mascella a mio fratello. "Non mi *importa* ciò che prova." Non era una bugia, ma allo stesso tempo... non mi importava dei sentimenti di Emma. Non mi importava ciò che provava, ma ciò non significava che non fosse stata nei miei pensieri negli ultimi due giorni.

Era diventata una seccatura che la mia mente e il mio corpo si rifiutavano di dimenticare.

Omar ridacchiò. "Sei proprio un tesoro!"

"*Vete a la verga*," sibilai verso di lui, facendolo semplicemente ridere. Lo colpii con forza sullo stomaco. Omar spalancò gli occhi per una frazione di secondo prima di piegarsi in due gemendo. Agitai la mano e cercai di ignorare le nocche che mi pulsavano.

Omar raddrizzò la schiena; il buon umore gli svanì dal viso. *Bene*, pensai brutalmente. Non era il giorno adatto per sorridere, cazzo. "Potrei romperti il naso," disse Omar, "ma Lili mi ucciderebbe se ti insanguinassi i vestiti il giorno del tuo matrimonio."

"Puoi provarci," ribattei.

"Ragazzi!" Ci voltammo e vedemmo Lili che ci stava fissando ai piedi della scalinata. Nonostante la sua bellezza, Lili era più tosta della maggior parte degli uomini che conoscevo; si allenava con noi al poligono di tiro da quando aveva otto anni. Avevo visto molti uomini potenti lasciarsi intimidire da quello sguardo. "Niente liti oggi."

Annuimmo entrambi. *"Lo siento,"* le risposi. Lili spalancò gli occhi — evidentemente non mi credeva — e alzò lo sguardo. Un sorriso le fece contrarre gli angoli della bocca. Seguii il suo sguardo e sentii una fitta al petto.

Emma stava scendendo le scale con un abito bianco di pizzo, che probabilmente apparteneva a Lili ma che l'avvolgeva come se fosse stato fatto su misura; indossava dei diamanti intorno al collo e ai polsi. Si era fatta arricciare i capelli, che le incorniciavano il volto, e Lili l'aveva truccata. *Sembra un angelo,* pensai distrattamente. Mi faceva venire voglia di scoparmela.

Non fartelo venire duro adesso. Questo completo non nasconde nulla.

Poi, però, il mio sguardo si posò sul suo *sorriso*, provocandomi un'intensa rabbia. "Che cazzo hai da sorridere oggi?" Le domandai, dando voce a quella rabbia.

Emma si bloccò sulle scale e il suo sorriso si attenuò prima di svanire del tutto. Guardò Lili per un istante prima di voltarsi di nuovo verso di me. La osservai inspirare profondamente. Poi, Emma ruotò le spalle all'indietro per raddrizzare ulteriormente la schiena. Scese gli ultimi gradini e si fermò davanti a me. "Scusa se ho cercato di trarre il meglio da una situazione di merda," disse seccamente. "Non lo farò più."

Accidenti. Se al suo posto ci fosse stato qualcun altro, non avrei tollerato l'espressione di sfida dei suoi gelidi occhi azzurri. Tuttavia, quella mascella rigida e il suo atteggiamento altezzoso mi facevano venire voglia di toccarla... di scoparla.

"Dovremmo andare," disse Omar, con uno tono di voce fin troppo divertito. "Il nostro appuntamento in tribunale è tra mezz'ora."

L'espressione altezzosa di Emma, quella che aveva assunto dopo aver smesso di sorridere, si alleviò leggermente. Non era affatto sicura come fingeva di essere. Quel dolce sguardo da Bambi mi faceva lottare contro la mia stessa rabbia per la situazione. Le porsi il braccio. "Andiamo?"

Non si fidava di me, come evincevo dal suo sguardo cupo, ma mi appoggiò la mano sul braccio dopo solo una frazione di secondo di esitazione. "È meglio di morire, non trovi?" Disse, rivolgendosi più a sé stessa che a me, ma riuscii a vedere Omar che mi sorrideva. Alzai il dito medio verso di lui sopra la testa di Emma.

La accompagnai fuori di casa, stringendola mentre varcavamo la soglia. Avrebbe potuto pensare di scappare. Anch'io ci avrei provato al suo posto. Invece di irrigidirsi o cercare di allontanarsi, però, si appoggiò a me, cercando un conforto che non avrei *potuto* darle, perché non riuscivo a ignorare quella sensazione sgradevole.

Una grossa Range Rover nera era parcheggiata fuori, pronta a partire. Omar e Lili si sedettero davanti e aprii lo sportello posteriore alla mia futura sposa. Emma si fermò, guardando l'interno buio, e mi chinai. "Hai intenzione di entrarci da sola o devo spingerti?"

Emma mi lanciò un'occhiataccia contraendo le spalle, ma salì risolutamente sul sedile posteriore della Rover allontanandosi il più possibile da me. Tuttavia, mentre mi sedevo accanto a lei, mi resi conto che non stava realmente tentando di allontanarsi. Invece, si sedette con lo sguardo rivolto in avanti, come se fosse determinata a non guardarmi.

Come se avessi voluto che mi guardasse, poi, pensai. Strinsi i pugni. Non ero affatto un bambino e mi rifiutavo di provare qualcosa di tanto meschino come l'ostilità passiva. "Sei..." Emma si voltò sentendo il suono della mia voce. Spalancò gli occhi quasi divertita, come se non si aspettasse affatto che le parlassi. "Sei carina," le dissi, cercando quasi di trattenere quelle parole.

Emma sbuffò. "Non sei tenuto a farlo," mi disse.

"Fare cosa?"

"Non sei tenuto a essere gentile con me," precisò. "Davvero, la tua gentilezza è irritante."

Le sue parole mi fecero rizzare i capelli sulla nuca. Forse Emma non le aveva intese come una sfida, ma io non riuscivo a vederle in altro modo. "Non ti piace quando sono gentile?" Le chiesi, allungando il braccio per accarezzarle la nuca con il pollice. Un brivido le attraversò il corpo ma, quando cercò di sottrarsi al mio tocco, le presi la testa per tenerla ferma. "Preferisci che io sia spietato?"

Emma rabbrividì un'altra volta. "Preferirei che non mi toccassi," ribatté, cercando di liberarsi dalla mia presa.

Non la lasciai andare. "Sappiamo entrambi che non è vero."

Pensai di tirarla verso di me e di rovinare tutto l'impegno che mia sorella aveva messo nel pettinarle i capelli e nel truccarla. *Vediamo se le piacerà sposarsi con l'aspetto di una che ha appena finito di scopare sul sedile posteriore*, pensai, ma mia sorella cambiò posizione sul sedile prima che riuscissi a muovermi. "Falla finita, *pendejo*," sibilò. "È già sgradevole senza che ti comporti come un bambino."

Aveva ragione, odiavo tutto ciò. Lasciai andare Emma e appoggiai la schiena sul sedile, tamburellando con le dita sulla coscia mentre Omar si faceva strada nel traffico. Dopo meno di venti minuti, ci fermammo nel parcheggio adiacente al tribunale e Omar posteggiò l'auto in un posto all'ombra.

Accanto a me, Emma fece un respiro profondo, ma si interruppe prima di toccare la maniglia e mi guardò. "Abbiamo gli anelli?"

"Io ho un anello per te," le dissi. Ce l'avevo in tasca; era appartenuto a mia madre. Padre l'aveva dato a me e se non l'avessi conosciuto tanto bene avrei detto che mi stava donando qualcosa di prezioso per lui. Invece, tutto ciò affondava ulteriormente il coltello nella piaga.

"E tu?"

Sollevai un sopracciglio con un'espressione dubbiosa. "Perché dovrei indossare un anello?"

"Se non lo fai tu, perché dovrei farlo io?" Ribatté lei.

Omar ridacchiò dal sedile anteriore. "Vedo che va tutto bene."

"Sta' zitto, Omar," sibilò Lili. Guardò l'orologio e poi si voltò verso di noi. "Dobbiamo sbrigarci se vogliamo andare, altrimenti perderemo il nostro appuntamento."

Aprii lo sportello e mi ritrovai sotto il sole di Miami. Omar aveva aperto lo sportello a Emma dall'altra parte e quando la mia futura sposa scese dall'auto il suo abito bianco la rendeva talmente luminosa che era difficile guardarla. Lili emise un leggero fischio. "Ho fatto un buon lavoro, vero?" Domandò.

Guardai la mia sorellina, con il suo ampio sorriso, e abbassai la testa una volta. "Sì, devo ammetterlo," riconobbi.

Omar e io affiancammo Emma mentre attraversavamo la strada verso il tribunale. C'era un metal detector all'interno della porta, ma Omar strinse la mano alla guardia di sicurezza e fummo condotti intorno alla corda di velluto senza attraversarla. "Come…?" Iniziò a chiedere Emma, ma poi si interruppe e scosse la testa. "Non importa, non voglio saperlo."

"Ti ci abituerai," disse Lili avvicinandosi alla reception.

Emma sbuffò. "Ne dubito."

Dopo essere stati registrati, ci condussero nell'aula di tribunale vuota dove il giudice di pace ci stava aspettando. "Siete voi i Castillo?" Domandò, controllando i documenti che aveva in mano.

"Sì, signore," dissi. "Io sono Angel e questa è la mia fidanzata, Emma Hudson." *Fidanzata*. Come se avessimo avuto un fidanzamento grandioso o qualcosa del genere.

Il giudice di pace si presentò come Darrel Waters, poi ci fece cenno di avvicinarci per firmare la licenza di matrimonio insieme ai testimoni. Dopo aver firmato tutto, ci fece disporre in modo che Emma e io ci guardassimo negli occhi, tenendoci le mani. "Possiamo saltare la parte del 'Gentili presenti'?" Gli chiesi, con lo sguardo ancora fisso su di lei. Emma impallidì all'improvviso; tutta la sua spavalderia stava svanendo.

Darrel si mise a ridacchiare. "Manteniamo solo le parti importanti, d'accordo?" Domandò bonariamente. "Avete gli anelli?"

Tirai fuori l'anello di mia madre dalla tasca. Era un delicato cerchietto dorato, semplice ma elegante. Probabilmente Omar e Lili erano troppo giovani per ricordarsi quando lo portava al dito, diversamente da me. Ero certo che addosso a Emma sarebbe stato altrettanto bene. Forse il suo peso non l'avrebbe uccisa come era successo a mia madre.

"Niente anello per lei?" Mi chiese Darrel.

Scossi la testa. "Non ancora." Gli rivolsi un sorriso ammaliatore. Emma sbuffò leggermente e io le strinsi le mani finché non sentii le ossa che si sfregavano tra di loro. Notai che stava lottando con tutte le sue forze per restare impassibile e mollare la presa, continuando a sorridere.

"Sta diventando sempre più comune," disse Darrel sospirando. "I giovani uomini non apprezzano più la tradizione." Batté le mani. "Comunque, iniziamo lo spettacolo." Fece un cenno verso di me. "Angel Castillo, vuole accogliere come sua sposa Emma Hudson per amarla e onorarla in salute e in malattia, in ricchezza e in povertà, ogni giorno della vostra vita?"

Serrai la mascella tanto da provare dolore. "Lo voglio," risposi.

"Metta l'anello al dito di Emma e ripeta dopo di me: 'Con questo anello, io ti sposo.'"

Feci scivolare delicatamente l'anello sul suo anulare. "Con questo anello, io ti sposo."

Gli occhi di Emma diventarono lucidi. L'osservai mentre cercava di trattenere le emozioni. "Ora," disse Darrel, sorridendole. "Emma Hudson, vuole accogliere come suo sposo Angel Castillo, per amarlo e onorarlo in salute e in malattia, in ricchezza e in povertà, ogni giorno della vostra vita?"

Emma tirò su con il naso, evidentemente infelice, nonostante il tentativo di nasconderlo. "Lo voglio." Quelle parole risuonarono forti e chiare, segnando il nostro destino. Riuscivo praticamente a sentire il cigolio della porta di una prigione.

"Con il potere conferitomi dallo stato della Florida, vi dichiaro marito e moglie. Può baciare la sua adorabile sposa, signore."

I nostri sguardi si incrociarono e mi resi conto, con assoluta certezza, che baciarla sarebbe stato un errore. Bloccarla al muro nella stanza in cui l'avevo tenuta prigioniera mi aveva quasi distrutto. Poi, però, ebbe il coraggio di sembrare *sollevata*, come se sapesse che non mi sarei avvicinato.

Le rivolsi un sorriso, consapevole che non era affascinante come quello che avevo rivolto al giudice di pace: era perfido e tagliente e il suo respiro affannoso non avrebbe dovuto farmi ridere ulteriormente, ma lo fece. Mi voleva e aveva paura di me: quella era per me una combinazione incredibile.

Mi abbassai e appoggiai la bocca sulla sua. Fu molto diverso dal mio primo bacio – non ero mai stato particolarmente appassionato di baci – ma non mi sarei mai aspettato che una bomba mi esplodesse nello stomaco. Era dolce e le sue labbra sapevano di burrocacao aromatizzato, così non riuscii a trattenermi dal sollevarle il mento per metterle la lingua in bocca. *Cazzo, sa di buono.*

Emma sussultò. Mi affondò le dita degli avambracci, anche se non ero sicuro se volesse aggrapparsi a me o cercare di respingermi. Non riuscivo a concentrarmi su molto altro al di fuori della dolcezza della sua bocca, identica a quella delle sue labbra. Quel sapore tanto buono mi fece perdere la testa.

Avrei potuto restare lì a baciarla per ore, o persino per giorni, se non avessi sentito qualcuno schiarirsi la voce. Mi allontanai e fissai mio fratello, che aveva un'espressione fin troppo divertita. "Hai qualcosa da dire, *pendejo*?"

"Voglio solo ricordarti che Padre vuole conoscere tua moglie."

Cazzo. Mi voltai di nuovo verso Emma, che mi guardava con un'espressione confusa. Era mia moglie. *Mia*, sussurrò cupamente la mia mente. Qualcosa di oscuro mi riempiva il petto e mi si faceva spazio nei polmoni. Niente prima d'allora era mai stato soltanto mio e da quel momento avevo una moglie tutta per me. Allungai la mano e le toccai la guancia; la chiarezza le illuminò il volto, ma mi accorsi che non si allontanò da me. "Andiamo a casa."

CAPITOLO 6

Angel

Dopo che i documenti furono totalmente firmati e archiviati, riaccompagnai Emma alla macchina. Diversamente da prima, però, appoggiò il braccio sul mio mentre attraversavamo la strada per raggiungere il posto in cui Omar aveva parcheggiato la Range Rover. Era silenziosa, in un certo senso quasi abbattuta, ma sapevo di non averla domata.

Era rassegnata, forse, ma non si era data del tutto per vinta.

Le aprii lo sportello e si sedette sul sedile posteriore senza voltarsi. *Potrebbe funzionare*, pensai mentre raggiungevo l'altra fiancata della macchina. "Che cosa è successo lì dentro?" Domandò Lili, restando in piedi con la mano appoggiata sulla maniglia del sedile del passeggero.

La guardai. "Mi sono sposato," le risposi come se fosse ottusa. "Hai firmato come testimone, sai?"

Ero certo che avrebbe voluto darmi un pugno e le sorrisi. "È stato un bellissimo bacio," disse.

Lo era stato davvero, ma non avevo alcuna intenzione di dirglielo. Né a lei né a nessun altro, a dire il vero. "Non è stato niente," le dissi.

Mia sorella scoppiò a ridere. "È stato un niente molto intenso."

"*Cierra la boca*," borbottai aprendo lo sportello posteriore. Emma si voltò immediatamente verso di me mentre mi sedevo accanto a lei. "Adesso torniamo a casa," le dissi, "così potrò presentarti mio padre."

Emma rabbrividì visibilmente. Non potevo biasimarla per quella reazione, ma dovevo farle capire cosa la aspettava. "Non mostrarti timorosa," le dissi. "Quando lo vedrai, mantieni la calma e rispondigli solo se si rivolge direttamente a te, altrimenti…"

"Dovrei tenere la bocca chiusa?" Mi chiese, sollevando un sopracciglio.

La guardai con un'espressione impassibile. "Esattamente," le risposi in modo glaciale. "Adesso sei mia moglie. Ci sono delle aspettative sul tuo comportamento." Emma deglutì a fatica, leggermente incupita. "Qualsiasi cosa provi, ignorala. Non puoi incontrare Padre mentre singhiozzi."

Gli occhi le diventarono immediatamente lucidi per le lacrime, come se sfidarmi fosse nel suo DNA, ma non si mise a piangere. "Se non dovessi piacere a tuo padre, verrei uccisa?" Mi chiese quasi sussurrando.

Quella sensazione oscura che mi si era risvegliata nel petto mentre ci baciavamo riaffiorò prepotentemente. *Nessuno* me l'avrebbe portata via. Nessuno poteva toccare ciò che mi apparteneva. L'avrei fatto a pezzi se ci avesse provato. "Ora sei sotto la mia protezione," le assicurai. "Farti del male sarebbe come dichiararmi guerra."

"Varrebbe anche per tuo padre?" Mi chiese angosciata.

"Padre ha il suo codice d'onore," disse Omar dal sedile anteriore. "Nessuno può arrecare un danno perenne alla moglie di qualcun altro."

Una risata quasi isterica le uscì dalla gola. "Un danno perenne," disse in tono beffardo.

Allungai il braccio e le misi un dito sotto il mento, obbligandola a guardarmi. "Non ti toccherà nessuno," affermai dolcemente. Le parole *al di fuori di me* erano implicite. Emma annuì e da quel momento rimase in silenzio. Cercai di guardare fuori dal finestrino, per distrarmi con il panorama, ma il mio sguardo continuava a tornare su di lei. *Mi esposa.*

Fino al giorno prima, l'idea di avere una moglie mi infastidiva profondamente e una grossa parte di me era ancora risentita nei confronti di mio padre per avermi obbligato a sposarmi. Guardando Emma, però, volevo di più. Volevo sapere come sarebbe stato vederla distesa sul mio letto.

Fui distolto dai miei pensieri quando superammo la guardiola ed entrammo nella tenuta. "Padre è nel suo ufficio," disse Lili, leggendo un messaggio sul telefono. "Vi sta aspettando."

La Rover si fermò, così aprii lo sportello e scesi dall'auto. Emma rimase seduta; non cercò nemmeno di aprire lo sportello. Le presi la mano. "Vieni," le dissi.

Mi fissò impaurita per un istante e la vidi incupirsi. Era come quando poco prima l'avevo presa in giro per aver sorriso: aveva assunto all'improvviso un'espressione impassibile. Poi, mise la mano sulla mia e si lasciò aiutare a scendere dall'auto.

Entrai in casa con Emma sottobraccio. La distanza tra la porta d'ingresso e l'ufficio di mio padre sembrò quasi una marcia della morte. Nonostante mi stringesse il braccio, aveva il volto calmo e controllato.

Mio padre era seduto alla scrivania, intento a esaminare alcuni documenti, ma ci stava evidentemente aspettando. "Padre," gli dissi. "Vorrei presentarti mia moglie, Emma Castillo." La guardai. "Emma, ti presento mio padre, Gustavo Castillo, il capofamiglia."

"Puoi chiamarmi 'Padre,'" le disse. "Adesso sei mia figlia, dopotutto."

Emma trasalì a quelle parole e io le strinsi la presa sul braccio, calmandola. Padre si alzò dalla sedia e girò intorno alla scrivania. "Piacere di incontrarla, signore," riuscì a dire con voce ferma.

Padre sorrise e, per un attimo, recitò la parte del suocero gioviale. "È più carina di quanto mi avessi lasciato intendere, *mijo*," mi disse bruscamente. "Forse otterrai da tutto ciò più di quanto pensassi." Quelle parole mi sembrarono pesanti come il piombo. Si diresse verso di noi e si avvicinò a Emma. Sapevo cosa stava per fare: le avrebbe afferrato il mento, per esaminarla come se fosse uno dei suoi cani o dei suoi cavalli.

Con lo stomaco in subbuglio, tirai Emma dietro di me per tenergliela lontana. Nessuno l'avrebbe toccata. Ormai *apparteneva* a me. Padre abbassò la mano e, mentre continuava a sorridere, aveva un pericoloso bagliore negli occhi. Non gli piaceva essere respinto. "Benvenuta in famiglia, *mija*," disse guardandola.

Emma rimase in silenzio per un attimo, poi disse: "Grazie, signore." La voce le tremò soltanto un po'.

Mio padre scoppiò a ridere. "Ti sei scelto una moglie timida," disse. "Forza, facciamo un brindisi." Padre indicò con un cenno della testa la credenza dove aveva messo a raffreddare il rum e alcuni bicchierini. Vi si avvicinò e iniziò a versarlo.

Io uscii a fare due passi, ma Emma sembrava inchiodata al pavimento. "Cosa?" Sibilai verso di lei.

"Posso rifiutarmi di bere?" Mi chiese, con un tono di voce appena udibile.

"No."

Assunse un'espressione preoccupata, ma quando la presi da parte si avvicinò. Mio padre ci porse un bicchierino ciascuno. "¡*Por los novios!*" Esclamò Padre, facendo tintinnare il bicchierino prima con il mio e poi con quello di Emma.

Lo bevvi in un solo sorso, proprio come padre. Quando Emma tirò la testa all'indietro, iniziò immediatamente a tossire e fece quasi cadere il bicchierino che aveva in mano. "Mi dispiace," disse asciugandosi la bocca. Così facendo, si tolse il rossetto. Davvero patetico.

Come futura matriarca della famiglia, Emma avrebbe dovuto essere una brava padrona di casa. Doveva imparare a brindare, a mantenere il sorriso e a *non* strozzarsi con qualche liquore costoso come se fosse il prodotto di scarsa qualità di un bar.

Ridacchiai, ma presi il fazzoletto dalla tasca e glielo porsi. "Asciugati il viso," le dissi, indicando uno specchio appeso alla parete. "Hai un aspetto ridicolo."

Mi prese il fazzoletto di seta dalle mani. Aveva uno sguardo arrabbiato, ma si voltò per andare a sistemarsi senza dire nulla. *Forse può imparare*, pensai. "Hai la licenza di matrimonio, vero?" Mi chiese Padre, riportando la mia attenzione verso di sé.

Misi la mano nella tasca interna della giacca e tirai fuori il documento ripiegato in tre. "Omar e Lili ci hanno fatto da testimoni," dissi mentre glielo porgevo.

Mio padre lo aprì e lo lesse prima di ridarmelo. Mi accarezzò il viso; era il suo tipico gesto d'affetto brusco. Schioccò le dita verso Emma. "Altri due bicchierini, *mija*," disse in tono sprezzante, poi mi mise un braccio sulle spalle per condurmi verso la sua scrivania. "Dobbiamo parlare del reclutamento."

"Padre..." Non avremmo dovuto parlare d'affari davanti a Emma. "Forse non è il momento giusto."

Emma riempì altri due bicchierini, ce li mise davanti e fece un passo indietro. "Posso fare qualcos'altro per voi?" Domandò. Percepii il suo tono di voce teso.

Mio padre la fissò con uno sguardo vuoto e mi resi conto che si trattava di un test. Tuttavia, non sapevo se volesse spingere oltre i limiti lei o me. "Sai cucinare?" Le chiese.

"Sono in grado di seguire una ricetta," rispose Emma.

Padre mi guardò, con un'espressione evidentemente fredda. "Permetti a tua moglie di essere così diretta con me?"

Emma spalancò gli occhi. "Io non ero..."

"Emma," La interruppi. Quindi era un test per entrambi. "Chiedi scusa. Subito."

"Ma..." La guardai ed Emma inspirò per concentrarsi. "Mi dispiace," disse guardando mio padre. "Non intendevo essere tanto diretta. Stavo solo cercando di essere sincera. Non sono dotata in cucina, ma riesco a riprodurre una ricetta piuttosto bene."

Fu una buona risposta: mio padre apprezzava la verità e non sopportava il sarcasmo. Tuttavia, il suo interesse per lei stava scemando. "Almeno mio figlio non morirà di fame," disse.

Come se il compito di Emma fosse quello di cucinare, pensai. Lara si occupava di cucinare per tutta la famiglia da anni. Prima che mia madre morisse, la cucina era stata il suo regno, ma anche il posto dove trovava rifugio da tutto. Di certo non era stato un obbligo in quanto matriarca della famiglia Castillo. "Mi prenderò cura di vostro figlio, Padre," disse Emma gentilmente. Sembrava quasi sincera. *Ma che cazzo?*

Gli occhi di mio padre quasi si illuminarono a quelle parole e io mi sentii contrarre il labbro. Non mi piaceva il modo in cui la guardava. "Lo spero bene, *mija*. Lo spero bene." Poi si voltò verso di me. "Ti incarico di sostituire gli uomini che hai perso. Hai un mese di tempo."

Un mese non era abbastanza per esaminare attentamente i miei nuovi uomini e Padre lo sapeva benissimo. Omar si sarebbe infuriato e io sarei stato incolpato se non avessero rispecchiato il modello di Padre. "Certo, Padre," gli dissi.

"Anche tuo cugino Manny potrebbe essere pronto a svolgere qualche lavoro."

Strinsi i pugni. Manny aveva quattordici anni: non aveva mai baciato una ragazza, figuriamoci portare una pistola. "Credevo che dovessimo aspettare che Manny finisse il liceo prima di dargli un lavoro."

Padre rispose in tono derisorio. "A che cosa gli serve il liceo?"

"Io uso il mio diploma per gestire i nostri club, no? Manny non potrebbe riuscire bene nel ruolo di manager?"

"Sembri sua madre," ribatté Padre, lasciando intendere che sembravo una femminuccia. Vidi un movimento con la coda dell'occhio e mi resi conto che Emma era ancora lì. *Accidenti*, pensai. Non era il tipo di discussione da avere davanti a lei. "Darai a Manny un lavoro," mi disse. "Qualcosa che possa fare dopo la scuola. Per rendere felici le *donne* della sua vita."

Mi costrinsi a inspirare una volta. Poi un'altra. Presto sarebbe morto. Quel pensiero era diventato un chiodo fisso. "Certo, Padre," ripetei. "Ora posso mostrare a Emma la proprietà? È già stata in una delle stanze dell'ala est ed è necessario che conosca la disposizione del terreno."

Mio padre ci congedò. "Bene. Ne riparliamo domani mattina, così potrai espormi le tue idee su chi reclutare."

"Grazie, Padre." Poi guardai Emma. "Pronta?"

Emma inclinò leggermente la testa e uscimmo dalla stanza. Mentre la pesante porta in legno di quercia si chiudeva alle nostre spalle, mormorò: "Non vorrai davvero coinvolgere tuo cugino in tutto questo, vero?" La rabbia che aveva trattenuto mi fece esplodere. Smisi di camminare ed Emma mi sbatté addosso. "Angel...?"

Mi voltai e l'afferrai per la gola, stringendole le dita sotto la mascella e spingendola verso il muro più vicino. Percepii il suo sussulto, ma non lo udii. "Non impicciarti nei miei affari," le dissi con un tono di voce impassibile. "La tua opinione non interessa a nessuno."

Emma, spalancando gli occhi con aria *infuriata*, si mordicchiò il labbro. Dovette provarci due volte prima di riuscire a dire: "Se sarò la matriarca di questa famiglia, non dovrei avere un'opinione? Anche se mio marito fosse l'unico ad ascoltarla?"

Cazzo. Una parola non avrebbe dovuto mettermi a dura prova i nervi. Non riuscivo a ricordare l'ultima volta in cui avevo tanto voluto scoparmi qualcuno. *È da un po' che non ti dai da fare.*

Tuttavia, ciò non spiegava perché riuscissi ancora a sentire il contatto della sua bocca con la mia. La lasciai andare. "Non insistere," le dissi, "o dovrò sculacciarti." Emma trasalì dalla sorpresa, così non dovetti più aspettare. "Vieni. Ti mostro la nostra stanza."

Emma sbatté le palpebre. "La *nostra* stanza?"

CAPITOLO 7

Emma

La *nostra* stanza. Quell'uomo si aspettava che dormissimo nella stessa stanza, nello stesso *letto*. Serrai i pugni mentre camminavamo per nascondere il mio tremore.

Tra il padre di Angel, la cui presenza mi faceva raggelare fino al midollo, e il mio nuovo marito che mi afferrava per la gola poche ore dopo lo scambio delle promesse, sarei stata stupida a *non* aver paura... ma il calore che si accumulava dentro di me aveva molto poco a che vedere con la paura che mi faceva battere il cuore.

Che cazzo c'è che non va in me?

Seguii Angel, cercando di non inciampare mentre mi sforzavo di calmarmi. Osservai le sue spalle tese mentre attraversavamo la casa. *Forse non sono l'unica a sentirmi così.* Continuavo a tremare, ma facevo di tutto per ignorarlo. Potevo stare da sola con Angel. *Posso farcela,* mi dissi mentre iniziavamo a salire una scaletta che non era neanche lontanamente elegante come la maestosa scalinata dell'atrio. "Il terzo piano dell'ala ovest è tutto per noi," disse Angel, non preoccupandosi di controllare se fossi dietro di lui. "C'è la nostra camera da letto, un bagno e un ampio salone con un televisore."

"Non ti interessa la privacy?" Gli chiesi.

Angel si fermò in cima alle scale, permettendomi di raggiungerlo. Aveva lo sguardo puntato sui miei occhi. "Abbiamo bisogno di molta privacy, *mi esposa?*"

Il cuore mi pulsava nelle orecchie. "Volevo soltanto dire che…" Le parole mi si bloccarono in gola e Angel mi appoggiò una mano sulla schiena e mi tirò verso di sé. Il cuore mi esplose nel petto e non ero sicura se fosse meglio liberarmi dalla sua presa… o lasciare che succedesse. L'indecisione mi bloccò sul posto e Angel ne sembrava parecchio compiaciuto.

"Sì?" Mi provocò.

Perché parlare con lui era tanto difficile? "Come fai a impedire alle persone di invadere i tuoi spazi?"

Angel si mise a ridacchiare. "Se qualcuno lo facesse, non andrebbe via tutto intero," mi rispose. "Ci sono dei luoghi della casa nei quali possono stare tutti; gli altri sono privati, quindi non possono andare in giro a curiosare."

Quella era letteralmente l'ultima cosa che avrei fatto, pensai, ma non lo dissi ad alta voce. Lili aveva ragione: se non fossi stata attenta, il sarcasmo mi avrebbe fatta uccidere. "Non lo farò," risposi.

Angel annuì. "Bene." Mi lasciò andare e continuammo a camminare.

Raggiungemmo la nostra ala. Era enorme, decisamente più grande di qualunque posto in cui avessi mai vissuto prima. Era anche *molto* maschile. Era tutto scuro: il divano era di pelle nera e le tende bloccavano la luce del sole. La libreria e la scrivania erano color espresso. Tutto era progettato in modo impeccabile e ordinato, ma lo trovavo opprimente.

Angel mi indicò il bagno e quasi sobbalzai per lo stupore quando vi feci capolino. Era sempre scuro — evidentemente non aveva *mai* sentito parlare di colori — ma la doccia e la vasca da bagno mi fecero venire l'acquolina in bocca. "Ma è una vasca o una piscina?" Gli chiesi.

Mi rispose in tono derisorio. "È solo una vasca."

Gli lanciai un'occhiata incredula. "Ti rendi conto che il tuo bagno è più grande del mio ultimo appartamento, vero? Non sto esagerando."

"Allora vedi che sei fortunata?" Disse Angel con un tono di voce rigido.

La rabbia mi strinse lo stomaco e mi aggrappai a essa, respingendo la paura e il desiderio che si scontravano dentro di me da alcuni giorni. "Sì!", Esclamai. "Mi sento proprio *fortunata* ad aver visto una dozzina di persone morire davanti a me e ad aver dovuto sposare uno psicopatico violento perché l'alternativa sarebbe che i suoi nemici mi farebbero cose indicibili." Le lacrime mi facevano bruciare gli occhi e feci del mio meglio per trattenerle. "Non ho chiesto niente di tutto ciò."

Angel avrebbe potuto rompere uno specchio con un solo sguardo, ma sorprendentemente non disse nulla. Al contrario, mi prese di nuovo il braccio, stringendolo quasi eccessivamente. "Lascia che ti mostri la nostra stanza, *mi esposa*," disse a denti stretti.

La paura ebbe di nuovo il sopravvento sulla rabbia, ma riuscii a restare calma mentre Angel mi trascinava lungo il corridoio. Aprì una porta e, come tutte le altre stanze che avevo visto fino a quel momento, era enorme. Il letto dominava la camera, ma c'erano anche un salottino con un televisore e una porta che immaginavo conducesse a un armadio altrettanto imponente.

"I tuoi vestiti sono stati riposti nell'armadio," mi disse. "Potrai darci un'occhiata più tardi."

I miei vestiti? "Qualcuno è andato a prendere le mie cose nel mio appartamento?"

Angel scosse la testa. "Lili è andata a fare compere con le tue misure; ti ha preso alcune cose, ma dovrai completare il tuo guardaroba in modo adeguato."

Oh. Qualcosa mi si spezzò nel petto. Sapevo che probabilmente nessuno avrebbe pensato di andare a prendere le mie cose. In ogni caso, la maggior parte non era niente di speciale, ma... c'era una piccola scatola di ricordi di mia madre. "Grazie," risposi. "Per questo."

"Ringrazia Lili," disse in tono sprezzante. "È stata una sua idea."

Presi mentalmente nota di farlo. Poi, esitando, gli domandai: "Per caso... qualcuno è tornato nel mio appartamento? Dopo la perquisizione?"

"Perché avrebbero dovuto?"

Perché avevo una vita che è stata distrutta? "Niente," dissi, cercando di ignorare il forte dolore che provavo nel petto. "Non importa."

Angel *esitò* leggermente. "Va' a cambiarti," mi disse, indicando l'anta chiusa dell'armadio. "Io vado a fare una doccia."

Mi lasciò nel bel mezzo della stanza e, per la prima volta dopo tanti giorni, sentii di poter respirare per un istante... ma non sapevo nemmeno quanto tempo ci avrebbe messo Angel a lavarsi. Volevo indossare qualcosa di più comodo prima che finisse. A strati.

Mi avvicinai all'armadio e lo aprii, aspettandomi di trovare alcuni vestiti appesi. Tuttavia, metà della cabina armadio era piena di abiti femminili che potevo solo immaginare fossero destinati a me. Tra la parte maschile e quella femminile c'era un'isola come quelle che si trovano in cucina, ma da entrambe le parti c'erano dei cassetti.

Afferrai una delle maniglie cromate e lo aprii. "Ma che...?" Tutto lì dentro era di seta e pizzo e non avevo la minima intenzione di indossare niente del genere.

Frugai in qualche altro cassetto finché non trovai qualcosa che sembrava sicuro: un paio di pantaloni da yoga e una maglietta. Tornai nella camera da letto e sentii Angel imprecare in spagnolo, come se si fosse fatto male.

Lanciando i vestiti sul letto, mi diressi verso il corridoio. *Probabilmente ha sbattuto un piede o qualcosa del genere*, pensai, ma continuai a camminare finché non mi ritrovai davanti all'enorme bagno. "*Mierda*," disse Angel, così abbassai la maniglia, quasi aspettandomi che avesse chiuso a chiave la porta.

Tuttavia, la porta si aprì e vidi Angel a torso nudo davanti allo specchio. Per fortuna si era messo un asciugamano intorno ai fianchi, ma il resto del corpo era perfettamente visibile. All'inizio, notai soltanto la pelle e le spalle larghe, ma poi... *porca miseria!*

Angel era ricoperto di lividi sugli addominali e sulle costole; sembrava che qualcuno l'avesse picchiato con una mazza. "È stato tuo *padre*?" Gli chiesi. "Perché non hai voluto che li vedessi prima?"

Sospirò profondamente; non sembrava affatto sorpreso della mia presenza. "Sto bene," disse. "Sto guarendo." Si voltò per guardarmi e riuscii a vedergli tutto il petto. *Accidenti*, pensai, spostando lo sguardo sul suo petto scolpito. Il mio sguardo fu attirato dai muscoli addominali che facevano capolino dall'asciugamano e dal ciuffetto di peli scuri sotto l'ombelico.

Tuttavia, nonostante tutta la sua bellezza, era comunque ricoperto di lividi giallastri. "Ti piace ciò che vedi, Emma?" Mi chiese. Cercai di ignorare quanto mi piacesse il modo in cui pronunciava il mio nome. *Hai paura di lui, te lo ricordi?*

Le mie mutandine bagnate, però, dimostravano il contrario. "Ti ho sentito," dissi, obbligandomi a guardarlo negli occhi. "Sembravi molto dolorante... dovresti far controllare quei lividi a un dottore."

"Non è necessario che ti preoccupi per me," rispose in tono derisorio.

Che cazzo di problemi ha questa famiglia? "Sono tua moglie adesso, no?" Gli chiesi. "Non è compito mio preoccuparmi per te?" Inoltre, la mia vita non dipendeva da lui?

Angel mi rivolse un sorriso pericoloso e tagliente. "Vuoi davvero che io stia meglio?" mi chiese.

All'improvviso, mi si seccò la bocca. "Sì," risposi con un filo di voce.

"C'è solo una cosa di cui ho bisogno."

Sapevo cosa stava per dire – me lo sentivo nelle ossa – ma non riuscii a trattenermi dal chiedergli: "Di che si tratta?"

Fece un passo verso di me. "Penso che tu mi debba la prima notte di nozze." Fece un altro passo e io indietreggiai istintivamente. Angel si fermò; il sorrisino gli svanì dal volto e smise di avvicinarsi. "Non voglio obbligarti," disse. Il suo tono canzonatorio era sparito.

All'improvviso, sentii la tensione nelle spalle sciogliersi. "Ok."

Angel fece un altro passo verso di me, ma quella volta non esitai. Mi cinse i fianchi con le mani. Erano grandi e calde; potevo sentirne l'ardore attraverso il tessuto sottile del vestito che Lili mi aveva prestato. Sentii il respiro troppo forte nelle mie stesse orecchie. "Se ti aspetti che io sia fedele, però..." Angel si interruppe quando mi sfiorò il collo con le labbra.

Sussultai e gli misi una mano sul petto. Sentivo la sua pelle calda sotto la mano. "Angel. Fermati."

"Di cosa ti preoccupi, eh?" Mi strinse delicatamente, sfiorandomi il punto di pulsazione con un bacio. "Nessuna donna si è mai lamentata che io fossi un amante egoista."

Sbuffai mettendomi a ridere. "Dubito che, anche se si lamentasse, una donna lo direbbe ad alta voce."

"Emma."

Sentirgli pronunciare il mio nome *non* poteva essere tanto eccitante. Soprattutto con quel tono di voce, come se stesse a malapena nascondendo quanto lo infastidissi. "Non sono preoccupata che *tu* non sia abbastanza bravo," gli dissi, mordendomi il labbro quando mi mordicchiò la pelle. Qualcosa di tanto semplice *non* avrebbe dovuto sembrarmi tanto bello. "Sono io che temo di non esserlo."

Mi tolse una mano dai fianchi per afferrarmi il mento. Fece una leggera pressione e mi immersi all'improvviso nei suoi occhi scuri. "Non capisco se stai insultando te stessa o se stai insinuando che io sia una specie di sciupafemmine," mi disse. "Non mi piace nessuna delle due opzioni."

Cercai di spostargli la mano, ma Angel strinse la presa, costringendomi praticamente a mostrargli la gola. Era troppo vulnerabile. L'area del cervello adibita alla sopravvivenza si attivò e mi urlò di fuggire da quel predatore che mi teneva in trappola. "Non ho mai fatto niente del genere."

Il suo sguardo si oscurò. Aveva la stessa intensità di quello che avevo visto al club, ma in quel momento era fisso su di me. Mi sentii pulsare tra le cosce e mi contorsi nella sua stretta. *Ma che cazzo?* Che cosa c'era di sbagliato in me? Non avrei dovuto volerlo in quel modo. "Non hai mai fatto cosa, Emma?" Mi chiese. Il suo tono di voce era basso e aggressivo, ma non mi stava minacciando. Stava giocando con me, come un gatto con un topo. Non avrei dovuto trovarlo tanto eccitante.

"Sono vergine," sussurrai.

Angel si fermò. Non ero nemmeno sicura che stesse respirando. "Nessuno ti ha mai toccato?" Scossi lentamente la testa. *"Perché?"*

Come potevo spiegargli che prendermi cura di mia madre era stata la mia priorità? Che prima che se ne andasse non avevo mai provato il minimo desiderio di permettere a qualcuno di toccarmi, né in modo romantico né in qualunque altro modo? Flirtare poteva essere divertente e avevo avuto qualche appuntamento, ma non avevo voluto avvicinarmi a nessuno. "Non volevo che mi toccassero," gli risposi alla fine.

Angel sembrava *fin* troppo compiaciuto. "E io?" Mi chiese. "Vuoi che ti tocchi?"

"Mi farai...?" Deglutii. "Mi farai male?"

Mi fissò per un attimo. Poi per un altro. Poi scosse la testa. "Farò del mio meglio per non farlo."

CAPITOLO 8
Emma

Mi voltai quando Angel si sporse per baciarmi, così le sue labbra mi si posarono sulla guancia. Non avevo nemmeno deciso che non l'avrei baciato... proprio non ci riuscivo. Non dopo quell'intenso bacio in tribunale. Avevo la sensazione che se ci fossimo baciati... gli avrei dato tutto ciò che avevo e non potevo farlo. In qualche modo, non sarei riuscita a sopravvivere.

Il viso di Angel assunse la sua consueta e terrificante espressione vuota. "È un no?" Mi chiese.

Scossi la testa. "Non è un *no*," sussurrai. "Solo... non voglio che mi baci."

Mi osservò per un istante, evidentemente dispiaciuto, ma poi qualcosa nel suo sguardo si addolcì. Solo un po'. "Non ti bacerò qui," disse, sfiorandomi il labbro inferiore con il pollice. "Ma posso farlo da qualche altra parte?"

Mi eccitai a quell'idea. "Puoi..." La gola mi si strinse a quelle parole. Il sorriso di Angel non fu affatto d'aiuto. Alla fine, mormorai: "Puoi mettere la bocca in altri posti." Mi sentii arrossire sulle guance.

Angel mi baciò di nuovo la guancia; indugiò con le labbra, come se gli piacesse sentire il calore delle mie guance. Rabbrividii. In quale universo un bacio sulla guancia poteva essere tanto sensuale? "Ho intenzione di farlo, *mi esposa*," mi sussurrò all'orecchio. "Posso portarti a letto?" Annuii, ma Angel si limitò a emettere un verso di *disapprovazione*. "Di' quelle parole, Emma, voglio sentirle." Iniziò a baciarmi sulla guancia, sulla mascella e di nuovo sul collo. Ovunque mi sfiorasse con la bocca, sentivo quasi una scossa. Angel mi appoggiò delicatamente i denti sul punto di pulsazione e inclinai la testa all'indietro, ansimando.

Non riuscivo a guardarlo, ma avevo *bisogno* di lui, più di quanto avessi mai avuto bisogno di qualcosa prima d'allora. "Portami a letto," gli risposi. Il sorriso di Angel si ampliò e allungò la mano verso di me, sollevandomi tra le braccia. Istintivamente, mi aggrappai a lui, stringendolo con le braccia e le gambe. "Che cosa stai facendo?" Urlai, pensando ai lividi che aveva sul petto. "Mettimi giù! Ti farai male!"

Angel scoppiò a ridere e, per la prima volta in una settimana, non mi sentii come se avessi i polmoni schiacciati nel petto. Invece, mi strinsi a lui. "Sono un tipo robusto," mi giurò percorrendo il corridoio fino alla camera da letto mentre mi baciava il collo, le spalle e le clavicole. Non riuscii a evitare di ansimare leggermente a ogni sfioramento della sua bocca.

Una volta tornati nella nostra stanza, mi rimise giù. "Vuoi toglierti quel vestito? O devo farlo io?" Mi chiese, sfiorando una delle spalline.

Avrei potuto farlo fare a lui, ma volevo partecipare. Dovevo dimostrargli che non gli avrei permesso passivamente di farmi qualcosa. Sganciai la collana che Lili mi aveva prestato, poi i braccialetti; Angel aggrottò la fronte quando vide le fasciature, ma gli feci cenno di allontanarsi quando allungò la mano per toccarle.

Con un respiro profondo, armeggiai dietro la schiena e afferrai la cerniera del vestito. La tirai giù abbastanza da allentarmi l'indumento intorno ai fianchi. Cercando di farmi coraggio, guardai mio marito negli occhi e mi abbassai le spalline sulle braccia, lasciando cadere il vestito ai nostri piedi.

Non ero mai stata tanto grata che Lili mi avesse comprato un completo di mutandine e reggiseno abbinati quando Angel emise un gemito. Mi appoggiò le mani sui fianchi. Mi agitai sotto il suo sguardo; sentii i muscoli irrigidirsi. Avrei voluto stringermi di nuovo a lui e sentire il contatto con la sua pelle, ma non ero certa di come procedere. "E adesso?" Gli chiesi, sussultando alle mie parole ansimanti. Angel sorrise e abbassò una mano per farsi cadere l'asciugamano dalla vita, restando nudo davanti a me. Lo fissai. Non riuscivo a smettere di guardarlo. *Oh, non se ne parla.* "Quello... quello dovrebbe entrare...?"

Angel sembrava troppo fiero di sé e in qualche modo immaginai di cancellargli quell'espressione dal viso. Avrei dovuto fare qualche commento che avrebbe ferito il suo ego... ma non mi venne in mente nulla. Invece, lasciai che mi stringesse a sé, proprio come avevo desiderato pochi istanti prima, ed emisi un gemito quando mi diede un altro bacio sul collo. "Non solo," mi disse Angel all'orecchio, "ti prometto anche che ti piacerà." Mi appoggiò i denti sulla giuntura tra il collo e la spalla. Un piacere *doloroso* mi attraversò il corpo, così gemetti e mi strinsi alle sue spalle.

Angel ci spinse all'indietro finché non toccai il letto con le gambe e mi ritrovai in posizione orizzontale. Il materasso e le lenzuola erano tra i più soffici che avessi mai sentito, persino migliori di quelli della stanza precedente, in perfetto contrasto con l'uomo irrigidito che stava sopra di me. Mi contorsi quando mi sfiorò il seno con una mano, tirandomi giù una coppa del reggiseno per scoprirlo.

Si chinò e mi strinse le labbra intorno al capezzolo e improvvisamente non riuscii a respirare. "*Oh!*" Non avrei mai immaginato di essere tanto sensibile; di certo non provavo nulla quando mi toccavo il seno. Le sue mani, però, erano un po' ruvide sulla pelle e sentii dei brividi lungo la schiena mentre mi sfiorava l'altro capezzolo con le dita. Mi sentii contrarre il basso ventre. "Toccami," sospirai, non riuscendo a trattenermi. "Ti prego, Angel, toccami."

Mi aspettavo che mi prendesse in giro, ma non lo fece. Al contrario, Angel mi guardò negli occhi, come se gli piacesse ciò che vedeva nel mio sguardo. Poi, quasi con violenza, mi abbassò le mutandine sulle cosce. Quasi istintivamente, cercai di chiudere le gambe, ma Angel si posizionò tra le mie ginocchia. "Non essere timida adesso," disse, quasi provocandomi. "Voglio vederti."

La vergogna e l'eccitazione vorticavano dentro di me; dovetti impegnarmi con tutta me stessa per rilassare i muscoli delle cosce intorno a lui, permettendogli di guardare finché avrebbe voluto. Sobbalzai quando un profondo gemito uscì dalla gola di Angel. Mi sollevai sui gomiti. "Cosa?" Angel mi strinse le braccia intorno alle cosce e si mise a pancia in giù. Appoggiò il viso su di me e io urlai al primo contatto della sua lingua, perdendo l'equilibrio sui gomiti. Tracciò un cerchio con la lingua intorno al clitoride, poi si spinse più in basso e mi leccò la vulva. "Sei tanto buona quanto bella," disse Angel con voce roca prima di inserire la lingua dentro di me.

Oh, Dio... non sarei sopravvissuta a tutto ciò; il fuoco che mi aveva acceso dentro mi avrebbe fatta bruciare. Sentii un vago gemito e, quando mi resi conto che proveniva da me, serrai la mascella e mi mordicchiai il labbro per trattenere quel verso.

Angel si allontanò da me e mi lamentai mentre agitavo i fianchi per cercare di inseguirlo. "Voglio sentirti, Emma," disse mordicchiandomi la coscia. "Lascia che tutti sentano quanto ti faccio stare bene."

Quelle parole erano allo stesso tempo una sfida e un ordine e non volevo ubbidire, ma quando mise il pollice dentro di me e strinse le labbra intorno al clitoride, non riuscì più a trattenere quel gemito. A ogni tocco della sua lingua, i muscoli si facevano sempre più tesi e mi arresi al suo controllo. "Sto per..." Ansimai. "Oh, mio *Dio*." Tutta quella tensione si alleviò all'improvviso e raggiunsi il limite, provando l'orgasmo più intenso che fossi mai riuscita ad avere da sola.

Il suo tocco si fece più delicato e Angel indietreggiò. Il suo sorriso era scaltro, pericoloso e decisamente troppo autocompiaciuto. Cambiò posizione per mettersi sopra di me, con le mie cosce avvinghiate ai fianchi; riuscivo a sentirlo, grosso ed estremamente duro, tra di noi. Mi preparai, cercai di farmi coraggio, ma... Angel si fermò.

Voleva forse uccidermi? Il cuore stava per balzarmi fuori dal petto. Alzai lo sguardo e notai l'espressione più famelica che avessi mai visto nei miei confronti. Persino in quel momento, Angel si stava trattenendo... come se volesse darmi la possibilità di dire di no.

Il desiderio mi si accumulò nella pancia. Allungai una mano e strinsi le dita intorno a lui. "*Cazzo*," borbottò mentre lo inclinavo in modo da posizionarlo davanti alla vulva. "Non l'ho mai fatto senza preservativo prima d'ora. Sei sicura?"

Fermarsi a prendere un preservativo sarebbe stata la cosa più intelligente da fare, ma a una parte di me piaceva *molto* l'idea di essere per lui la prima con la quale fare qualcosa. In un certo senso, ciò ci metteva sullo stesso piano. "Non andrai a letto con nessun'altra," gli dissi, e non era una domanda. "Se dobbiamo dormire insieme, mi aspetto fedeltà."

Gli ripetei le sue stesse parole, sapendo che ciò avrebbe potuto ritorcersi contro di me, ma mi sentivo un po' incosciente. Angel mi fissò per un lungo istante prima di abbassare la testa in segno di accordo. "Nessun'altra al di fuori di te, Emma," disse spingendo e facendosi strada dentro di me.

Non mi fece male nel modo in cui avrei pensato, non nel modo in cui le ragazze ne parlano ai pigiama party nel tentativo di spaventarsi a vicenda. Tuttavia, non era nemmeno piacevole. Mi sentivo tesa. *Carica* come non mi ero mai sentita prima. I fianchi mi si sollevarono di loro spontanea volontà, cercando un po' di sollievo da quella sensazione. "Ho bisogno di... è..." Balbettai.

Angel mi zittì. "So di cosa hai bisogno," disse facendo scivolare una mano tra di noi; cercò il mio clitoride con il pollice e lo premette, riaccendendo il fuoco che aveva già acceso prima. Un gemito acuto mi uscì dalla gola e Angel rispose con un borbottio, appoggiando la fronte sulla mia. "Canta per me, Emma," mi ordinò inclinando i fianchi in avanti.

Non lo delusi. Mi avvinghiai alle sue spalle e alla sua schiena, gemendogli nell'orecchio mentre iniziavamo a muoverci insieme con dedizione. Accoglievo le sue spinte in modo inelegante, ma ogni volta che lo facevo Angel gemeva. Sapere che si sentiva altrettanto coinvolto mi fece provare dieci volte più piacere. "Angel," urlai mentre aumentava il ritmo delle sue spinte. "È bellissimo."

All'improvviso, Angel si staccò dalle mie braccia e dal mio corpo e quel repentino vuoto fu quasi doloroso. "Voltati," mi disse aiutandomi a farlo e facendomi appoggiare sulle mani e le ginocchia. Avrei potuto morire dall'imbarazzo... ma durò solo finché non tornò dentro di me. In quel momento mi sembrò tutto più intenso, così feci una smorfia, gemendo leggermente per il dolore, ma oltre a quella lieve sofferenza provavo piacere. Sentii le sue mani allargarmi il sedere e il gemito soddisfatto che ne seguì fu intensificato da una forte spinta che mi fece cadere sui gomiti e afferrare il piumone steso sul letto. "Mi fai sentire dannatamente bene," disse spingendo più intensamente dentro di me.

Tra un respiro e l'altro, venni all'improvviso, quasi violentemente, e urlai dal piacere appoggiando la bocca sul materasso. Sentii Angel gemere dietro di me e il tremore dei suoi fianchi mentre anche lui raggiungeva l'orgasmo.

Restammo fermi in quella posizione per un istante, poi lo tirò fuori dolcemente e crollò accanto a me sul letto. Non mi toccò; al contrario, lasciò deliberatamente dello spazio tra di noi. "Dovresti andare a farti una doccia," mi disse, con il suo consueto tono di voce prudentemente neutrale. Esattamente lo stesso che aveva usato con il padre. "Io vado a prendere qualcosa da mangiare." Poi si alzò dal letto e raccolse l'asciugamano dal pavimento.

Sentii un peso freddo e opprimente sullo stomaco. Come poteva essere tanto distaccato dopo tutto quello che avevamo fatto? Non poteva restare lì con me per cinque minuti? Con tutta la dignità che riuscii a racimolare sulle gambe instabili, mi alzai dal letto e feci del mio meglio per ignorare la mia nudità. Riuscivo a sentire lo sguardo di Angel su di me e non volevo dargli la soddisfazione di mostrarmi imbarazzata.

Al contrario, presi i vestiti che avevo scelto dall'armadio e mi diressi verso la porta. Voltandomi, gli dissi: "Qualunque cosa fosse quel piatto a base di riso e gamberetti. Quello che ho mangiato alcune volte quando ero nell'altra stanza. È quello che voglio."

Mentre tornavo verso il bagno, mi ricordai ciò che mi aveva detto Lili: farlo penare un po'. *Ho sbagliato tutto, vero?*

CAPITOLO 9
Angel ed Emma

Emma non era appassionata di motoscafi. Trascorse le prime tre ore del tragitto tra Miami e La Isla Castillo, la nostra isola privata situata in acque internazionali, con la testa china sul bordo. Da qualche parte c'erano delle medicine per il mal di mare, ma non potevo allontanarmi dal timone per andare a cercarle ed Emma non riusciva a stare in piedi per più di trenta secondi per farlo da sola.

Che bel modo di cominciare una luna di miele!

A quel pensiero, alzai lo sguardo. Se avessi fatto a modo mio, non sarebbe stata necessaria la farsa della luna di miele, ma Padre voleva che mi occupassi di una consegna e andarci con la mia nuova moglie era una copertura eccellente. Secondo Padre, avere Emma intorno ci stava già portando dei vantaggi.

"Dovresti uccidermi," urlò lei al vento. "Sarebbe un gesto di compassione."

Trattenni il respiro che minacciava di farmi sollevare gli angoli della bocca. *Sabihonda*, pensai. "Posso arrivare lì in venti minuti," risposi. "Ma sarà tosta. Riuscirai a resistere?"

Emma rimase in silenzio per un istante. "Farò del mio meglio," rispose flebilmente. Il sorrisino che avevo cercato di trattenere mi apparve sul viso. Emma fingeva di essere docile, soprattutto davanti a Padre, ma aveva sempre un fuoco nello sguardo ogni volta che mi guardava. Era eccitante e indisponente allo stesso tempo. Mi faceva venire voglia di sbatterla sul muro più vicino.

Spinsi l'acceleratore, saltando sulle onde ancora più velocemente di prima, ed Emma gemette ad alta voce. Dopo pochi minuti, l'isola apparve all'orizzonte e dovetti fare retromarcia per evitare di urtare il molo.

Feci il giro dell'isolotto per mettermi nella posizione corretta e quando finalmente accostammo per fermarci riuscii a legare il motoscafo alla galloccia di metallo attaccata al molo. Tre degli uomini che Padre aveva mandato in anticipo per preparare la casa ci stavano aspettando e finirono di agganciare l'imbarcazione. Saltarono a bordo per prendere le nostre valigie.

Scesi per raggiungere il posto in cui era seduta Emma, che si stava finalmente riprendendo dopo tante ore. Aveva ancora il viso pallido e cinereo. "Andiamo," le dissi aiutandola ad alzarsi.

"Che cos'è questo posto?" Emma osservò il piccolo molo e il sentiero che conduceva alla casa sulla spiaggia, a circa duecento metri di distanza. La nostra isola non era affatto grande, ma Padre la teneva bene e ricordavo di averci trascorso molte estati prima di unirmi a lui.

"La Isla Castillo."

"Qualcuno ha ragionato più di due secondi per sceglierne il nome?" Chiese Emma, alzando gli occhi al cielo. "Come mai non sono affatto sorpresa che la tua famiglia possieda un'isola privata?"

"La *nostra* famiglia, *mi esposa*," le ricordai. "La nostra famiglia possiede un'isola privata." Scesi dalla barca sul molo e le porsi la mano. Emma la fissò per un istante, come se non si fidasse di me, ma poi mise la mano nella mia, afferrandola mentre rimetteva i piedi sulla terraferma.

Vidi gli sguardi di quegli uomini su Emma, intenti a esaminarle le curve; valutai l'idea di mettermela sulle spalle, portarla a casa e possederla di nuovo. Oppure, avrei potuto spezzare il collo a uno di loro come monito per gli altri due.

Devi già occuparti di reclutare nuovi uomini, ricordai a me stesso.

Così, invece, li fissai con uno sguardo freddo e vuoto, sfidandoli a continuare a guardare ciò che mi apparteneva. I tre distolsero lo sguardo e tornarono lentamente a scaricare i bagagli dalla barca. *Bene*, pensai, mettendole una mano sulla parte bassa della schiena mentre percorrevamo il molo. Non potevano guardarla. Solo io potevo farlo.

Mentre sgombravamo il molo e imboccavamo il sentiero di mattoni che era stato costruito prima che io nascessi, l'edificio alle spalle della casa, ovvero la struttura di detenzione che mio padre aveva fatto costruire dopo aver deciso che l'isola non potesse essere solo un semplice luogo di vacanza, apparve davanti ai nostri occhi. "Che cos'è quello?" Mi chiese Emma.

"Non fare domande," le consigliai. "Soprattutto se non vuoi conoscere la vera risposta."

"Stai *dando per scontato* che io non voglia sentire la vera risposta."

Spostai la mano dalla schiena alla nuca, stringendogliela finché non emise un lamento. "Bada a come parli," sibilai.

"Sei stato tu a fare supposizioni e io devo stare attenta a come parlo?" Ribatté, con un impetuoso sguardo di sfida. *Accidenti a quello sguardo*. Volevo scoparmela fino a farle sparire quell'espressione dal viso.

Presto.

Le lasciai la mano sulla nuca e continuammo a dirigerci verso la casa. "È bellissimo qui," mi disse un attimo dopo.

Guardai la casa bianca, eretta su dei pilastri per evitare i danni da allagamento durante i temporali, e cercai di vederla dalla sua prospettiva. Era tutta bianca con le persiane di un blu intenso e sapevo che l'interno era decorato con gusto nello stile preferito di mia madre, in un'alternanza di colori neutri e vivaci. Ci venivamo tanto spesso che non riuscivo quasi più a notarne la maestosa bellezza.

"Già," affermai, poi lanciai un'occhiata a Emma. "Se c'è qualcosa che ti piacerebbe cambiare, devi soltanto dirmelo," le dissi.

Emma non riuscì a nascondere il proprio stupore. Si schiarì la voce e mi ringraziò mentre salivamo al primo piano.

Entrando in casa, mi piacque subito più della villa di Miami. Era semplice, di buon gusto e luminosa. Le nostre valigie giacevano nell'atrio. "Le porto di sopra," mi disse Angel. "Non volevo che quegli uomini vagassero per la casa."

Pensai che fosse un gesto di gentilezza da parte sua. "Posso prepararti un po' di caffè?" Gli proposi. Dal nostro matrimonio, avevo appreso una minima quantità di informazioni su mio marito, ma sapevo come voleva il caffè: leggero e dolce.

Angel sorrise e una sensazione di calore divampò dentro di me. Angel non si apriva facilmente, anzi per niente, ma sembrava che non avesse problemi a spogliarsi davanti a me. Sapevo che il sesso non era un grosso problema per molte persone e non ero andata a letto con Angel perché sentivo un'intensa connessione emotiva con lui... ma speravo che ci avrebbe fatti avvicinare un po' di più. Se avessi dovuto restare in quell'inferno per il resto della mia vita, tanto valeva godermelo.

Solo che Angel mi teneva a distanza, impedendomi di farlo.

"C'è solo una cosa che voglio davvero in questo momento, *mi esposa*," disse lui, mettendomi una mano sulla vita.

Evitai il suo tocco. *Non ancora*, mi dissi. La nostra prima volta era andata molto bene... finché non mi aveva congedata. Non avrei mai più permesso che accadesse. "Mi piacerebbe fare un giro della casa," gli risposi.

Il sorriso di Angel svanì, facendogli assumere la sua consueta espressione impassibile. "Va' pure," mi disse, congedandomi come avrebbe fatto con uno dei suoi uomini. "Io porto le valigie in camera nostra." Si voltò e si diresse verso i bagagli.

Quindi... nessun giro adeguato della casa, per il momento, pensai esaminando il luogo. C'era un'ampia area comune lontano dall'atrio, con un camino assolutamente inutile per un'isola privata nei Caraibi. La libreria a parete era piena di libri rilegati in pelle. Pensai di tirarne fuori uno e controllare se fosse reale o meno, dato che mia madre aveva una teoria sui ricchi che compravano libri con le pagine bianche come decorazione, ma andai avanti.

Attraversai un'elegante sala da pranzo, che sembrava uscita dalle pagine di una rivista. Riuscivo a immaginare il padre di Angel seduto a capotavola con quel sorriso freddo e calcolatore che mi aveva fatto accapponare la pelle. Rabbrividendo, superai la stanza e andai in cucina, che era più accogliente, proprio come quella della villa. Gli stipetti erano dipinti di un giallo chiaro; il paraschizzi era in marmo bianco punteggiato d'oro.

Aprii alcuni stipetti: c'era una serie di stoviglie, pentole e padelle, sufficienti per una cucina professionale. Avrei potuto prepararci dei pasti a cinque stelle... se avessi avuto un libro di ricette. Anche la dispensa e il frigorifero erano stati riforniti di recente. Tutto era ben etichettato e pronto per me.

Guardando nel frigorifero, mi si formò una risatina in gola. Tutto era sistemato nei contenitori di plastica e *perfettamente* etichettato. Sembrava uno di quei video di rifornimento su YouTube che ossessionavano mia madre, nei quali pareva che tutti avessero lo stesso tipo di Tupperware e di accessori per l'organizzazione della cucina. Da quel momento ero *anch'io* una di quelle persone.

Che cosa direbbe se ti vedesse adesso? Sposata con un uomo che non ti dice nemmeno come gli piacciono le uova a colazione. Quel pensiero invadente e crudele trasformò la mia risatina in un singhiozzo. *Era davvero quella la vita che mi aspettava?*

"Emma?"

Angel mi stava fissando come se mi fosse spuntata un'altra testa. Sicuramente pensò che fossi pazza, vedendomi singhiozzare davanti al frigorifero aperto. "Mi manca mia madre," gli dissi, come se quella spiegazione fosse sufficiente. Avrei potuto parlargli dei video che guardavamo insieme mentre si sottoponeva ai trattamenti di chemioterapia, ma dubitavo che mio marito avrebbe capito o che gli sarebbe importato. "Mi... mi manca moltissimo."

Angel non mi confortò; non cercò nemmeno di toccarmi, facendomi soltanto singhiozzare ulteriormente perché ciò dimostrava che, a meno che non fosse per motivi sessuali, non aveva alcun interesse per me. "Mia madre era la persona più dolce e gentile che abbia mai conosciuto," osservai quando Angel non disse nulla. Dovevo spezzare quel silenzio. "Nei suoi ultimi giorni di vita, mi parlava di come avrebbe organizzato la cucina una volta guarita. Sapevamo entrambe che non sarebbe successo, ma non parlava mai della fine. Non faceva programmi... così nemmeno io pianificavo niente, poi se n'è andata."

Quelle parole mi uscirono liberamente dalla bocca ed ebbi la sensazione che Angel si stesse avvicinando a me. Pensai che volesse abbracciarmi, ma poi allungò il braccio e chiuse il frigorifero. Quindi entrò nella dispensa e prese una lattina di latte condensato zuccherato, latte in polvere e zucchero a velo.

"Quando ero triste, mia madre mi preparava le *papitas de leche*," mi disse. "Ti va di imparare a farle?" Angel indicò gli ingredienti che aveva messo sul bancone.

Non c'era nulla di dolce nel viso di mio marito, ma il cuore mi batteva ancora per quella domanda. Era un'informazione quasi insignificante su di lui, ma Angel l'aveva condivisa con me. Non sarebbe servito estorcere qualcosa a Lili o cercare di corrompere Omar. "Volentieri," gli risposi. "Insegnamelo."

Angel serrò la mascella, ma accennò un sorriso. "Ti avverto," mi disse, "se riuscirai a farle bene, mi aspetterò che le prepari spesso." Disse in tono di avvertimento, ma mi resi conto che era il prezzo di quella confessione.

Accettai. "Se ti piacciono, posso imparare a farle," gli risposi. "Se mi dicessi quali sono i tuoi piatti preferiti, potrei imparare a prepararteli tutti."

Angel alzò gli occhi al cielo. "A casa c'è Lara a occuparsene. Pensiamo solo ai giorni che trascorreremo qui, d'accordo?"

"Ciò significa che non c'è personale di servizio qui?" Gli chiesi.

"Abbiamo mandato alcuni uomini a preparare la casa," rispose Angel, iniziando a mescolare gli ingredienti in una ciotola. Non usava strumenti di misurazione, quindi cercai di esaminare tutto ciò che faceva il più attentamente possibile. "Ma non sono qui in casa perché volevo un po' di privacy." Mi lanciò uno sguardo difficile da decifrare. Lascivo, sì, ma anche arrabbiato. "È la nostra luna di miele, del resto."

Voleva irritarmi usando quella parola, ma lo ignorai e mi sedetti accanto a lui. "Spiegami ciò che hai appena fatto, così lo saprò per il futuro."

Angel abbassò lo sguardo sulla ciotola e annuì. Poi iniziò a spiegare.

CAPITOLO 10

Angel

Non avrei mai pensato che mi sarebbe piaciuto avere qualcuno che dormiva nel mio letto, ma c'era decisamente qualcosa di piacevole nel sentire il peso e il calore di un altro corpo accanto a me. In tutta la mia vita, non avevo mai dormito tanto bene. Quella mattina, però, mi risvegliai avvolto da quel peso e da quel calore.

In qualche modo, durante il sonno, Emma aveva indietreggiato fino ad appoggiarmi la schiena sul fianco e mi ero rannicchiato accanto a lei. La guardai; era sorprendente vederla tanto rilassata. Quando era sveglia, aveva sempre l'espressione e gli occhi vigili, ma in quel momento tutta la tensione era sparita. In quel modo sembrava più giovane e persino più bella.

Le sfiorai la spalla con le labbra. Emma sospirò nel sonno. Sarebbe stato davvero *facile* svegliarla e farla rotolare sotto di me. Le diedi un altro bacio sulla spalla, poi sulla nuca, quando il mio cellulare, in carica sul comodino, iniziò a vibrare. *Accidenti*. Lo presi e lessi il messaggio. Era Esteban. La spedizione era arrivata e dovevo raggiungerli nel magazzino per esaminarla. Guardai di nuovo

Emma, ancora profondamente addormentata. *Lasciala dormire*, mi dissi.

Mi alzai dal letto e presi silenziosamente i vestiti. Avevo appena preso un paio di jeans quando mi resi conto che non avevo *mai* dovuto evitare di fare rumore per qualcun altro al di fuori di mio padre, così chiusi rumorosamente il cassetto del comò. Emma trasalì e si sollevò a sedere, con gli occhi spalancati. "Che cosa sta succedendo?" Mi chiese, cercando di sbattere le palpebre per svegliarsi.

"Ho del lavoro da fare," le risposi iniziando a vestirmi.

Emma mi guardò con un'espressione irritata. "Ok...?"

"Cosa?" Sbottai.

Emma sospirò. Chiuse gli occhi per un istante e fece un respiro profondo. "Hai bisogno che *io* faccia qualcosa?" Mi chiese.

"No."

Spalancò di nuovo gli occhi. "Quindi posso tornare a dormire?"

"Fa' ciò che vuoi, *mi esposa*." Le risposi in tono di scherno.

Mi diressi verso la porta e mi sembrò di sentirla borbottare un *non ce la può proprio fare*, ma proseguii. Mi sentii ribollire lo stomaco: Emma non aveva fatto niente per provocare la mia ira, quindi perché l'avevo fatto? A che pro?

Non avevo tempo di preoccuparmene in quel momento. Esteban mi stava aspettando in fondo alle scale. "Hai visto il carico?" Gli domandai mentre iniziavamo a camminare verso il magazzino.

"Gli uomini lo stavano scaricando, *jefe*," mi disse. Il suo tono di voce mi fece capire tutto ciò che avevo bisogno di sapere sul carico: era leggero.

"La squadra delle consegne non è ancora andata via," dissi, e non era una domanda. Mi fidavo di Este con tutto me stesso; non avrebbe permesso a chiunque imbrogliasse la famiglia Castillo di andarsene tranquillamente.

"No, *jefe*," mi disse. "Abbiamo fatto in modo che si sentissero a proprio agio; ti stanno aspettando."

Feci un cenno con la testa. "Ottimo lavoro."

Il magazzino non era grande — Padre non voleva che attirasse troppo l'attenzione — ed era stato progettato in modo da sembrare un bacino di carenaggio per le barche. All'interno, c'era un piccolo ufficio dove ricevevamo i nostri ospiti d'onore.

Gli uomini avevano un'espressione cupa, ma li ignorai per guardare Jorge, un altro dei miei uomini più leali. "Più leggero di quanto?"

Jorge guardò la cartellina che aveva tra le mani. "Di circa un quintale, *jefe*," mi rispose.

Padre si sarebbe infuriato. "Ditemi," domandai rivolgendomi a quegli uomini, "è caduto dalla barca, giusto?"

Uno di loro, più giovane degli altri due, trasalì. "Señor Castillo…"

Allungai una mano e Jorge mi mise sul palmo due tirapugni d'ottone. Me li misi teatralmente sulle mani. "Ti consiglio di non pronunciare la scusa che stavi per dire," lo intimai. "Dov'è il resto del mio carico?"

Non ricevendo alcuna risposta, diventai glaciale. Feci oscillare la mano e colpii la guancia del primo uomo. Il tirapugni gli scorticò la pelle, facendolo gemere dal dolore. Continuai a colpirlo finché il suo volto non divenne irriconoscibile.

Guardai il secondo uomo. "Tu hai qualcosa da dire?"

"*Por favor…*" Mi tolsi i tirapugni, li rilanciai a Jorge e presi la pistola che portavo nella fondina dietro la schiena. Piazzai una pallottola tra gli occhi dell'uomo piagnucolante prima che riuscisse a balbettare ulteriori suppliche inutili.

"Angel."

Emma apparve sulla soglia. Aveva scelto di indossare un prendisole bianco e blu e aveva raccolto i capelli sulla testa, con le linee eleganti del collo in evidenza. Spalancò gli occhi azzurri per il terrore e, se possibile, ciò la rese ancora più dolorosamente bella. "Non dovresti stare qui, *mi esposa*," le dissi con indifferenza. "Avevi bisogno di qualcosa?" Se avesse continuato a interrompermi, avrei deciso di non proteggerla più da ciò che stava accadendo. Doveva vedere quel lato di me. Doveva sapere chi aveva sposato e non dimenticarsi mai chi fossi e cosa fossi capace di fare.

Emma sbatté le palpebre alcune volte. Pensavo che fosse scioccata, ma poi disse: "Ero venuta a chiederti se volessi qualcosa in particolare per colazione."

"Qualsiasi cosa tu voglia per colazione va bene," le risposi. "Solo, per favore, preparami il caffè."

Fece per uscire dalla stanza, poi si fermò. Spostò lo sguardo verso i due corpi sul pavimento. "Angel."

"*Mi esposa?*"

"Potresti...?" Vidi il suo petto che si gonfiava e si sgonfiava con il respiro. "Potresti risparmiare l'ultimo uomo? Come regalo di nozze per me?"

Inclinai la testa di lato. "Che cosa ti importa di lui?"

Emma fece spallucce. "Niente," mi disse, anche se il suo tono di voce era teso. "Ma a meno che quell'uomo non sia l'unico responsabile per il problema con la consegna, forse non è necessario che muoia per questo." Non fui sorpreso che avesse sentito tutto. "In ogni caso, non ti serve qualcuno che porti un messaggio ai fornitori? Se li uccidi tutti, come faranno a sapere che sei rimasto deluso?" Indicò l'uomo tra i corpi dei suoi amici. "Si preoccupano davvero di loro se li hanno mandati qui senza nessuna guardia del corpo?"

Sorprendentemente toccante. "Ben detto," concordai. "Jorge, sei d'accordo con mia moglie? Dovremmo mandare un messaggio ai nostri fornitori?"

Jorge abbassò la testa in segno di accordo. "È un consiglio molto sensato, *jefe*."

Notai che Jorge non guardava Emma. *Brav'uomo*, pensai. Sapeva bene di non dover guardare ciò che mi apparteneva. "Sono d'accordo." Guardai Emma; era sospettosa, proprio come avrebbe dovuto. Feci a Jorge ed Esteban cenno di prendere l'uomo e lo trascinarono fuori dal piccolo ufficio nel magazzino più grande.

Jorge ed Esteban tenevano l'uomo in mezzo a loro. "Ricordatelo. Sei vivo perché mia moglie ha un cuore buono. Quando ti riprenderai," gli dissi, mentre tremava con un'ammirevole espressione impassibile, "di' al tuo *jefe* che se dovessi ricevere un altro carico più leggero verrò a discuterne personalmente con lui. *Sí?*"

L'uomo mi guardò con lo sguardo spento per un istante, poi annuì abbassando la testa. "*Sí.*"

Incrociai lo sguardo di Esteban e annuii, poi, con un ripugnante *crack*, Esteban e Jorge gli girarono i gomiti al contrario, facendogli emettere un urlo disumano prima di cadere. "Rimettetelo sulla barca," dissi, "e portatelo via dalla mia isola."

Mi voltai, ma non vidi Emma da nessuna parte. Non sapevo cosa avesse visto ma, mentre tornavo verso la casa, continuai a non vederla. Tirai fuori il telefono dalla tasca e chiamai Padre. "Il carico è arrivato, *mijo?*"

"Sì, Padre," dissi. "Ma era più leggero."

Rimase in silenzio dall'altro capo del telefono. "Come l'hai gestita?"

"Ho lasciato uno dei tre uomini vivo per mandare un messaggio ai fornitori. Tornerà a casa con i gomiti lussati."

Mio padre fece una pausa, poi ridacchiò calorosamente. "Hai gestito bene la situazione, *mijo*," si complimentò. Era quasi... allarmante sentire mio padre tanto fiero di me. Il nostro rapporto di solito si basava su un civile disprezzo. "Come vanno le cose con la tua mogliettina?" Mi chiese, demolendo il mio entusiasmo.

Non gli importava nulla del mio matrimonio. Quello era solo un tentativo di sottolineare l'umiliazione per averla sposata. "Ci stiamo adattando l'uno all'altra," gli risposi. Senza preavviso, l'immagine di Emma addormentata al mio fianco quella mattina mi tornò in mente.

Padre scosse la testa, deluso dalla mia risposta. "Sta adempiendo ai suoi doveri di moglie?" "Padre, mi stai chiedendo...?" Mio padre non si era mai preoccupato della vita sessuale dei suoi figli, finché non mettevamo a rischio la famiglia. "Perché me lo stai chiedendo?" "Avere un erede è la tua priorità quando si tratta di lei," mi spiegò. "Se si rifiutasse, tu avrai fatto il tuo dovere sposandola; gli uomini sapranno che avrai rispettato la tua promessa. Una sua eventuale sparizione potrebbe essere facilmente attribuita a qualcun altro."

Le sue parole mi pesavano sullo stomaco come sbarre di ferro. Mi stava suggerendo di liberarmi di Emma dopo avermi costretto a sposarla. Il suo tentativo di umiliarmi non aveva funzionato esattamente come avrebbe voluto, quindi non gli importava più se fosse morta o meno. La rabbia mi divorò le viscere e dovetti mordermi la lingua fino a farla sanguinare per mantenere la calma. Come osava minacciare ciò che mi apparteneva? "Emma è mia, Padre," gli dissi. "Ne sono responsabile." "Purché non dimentichi le tue priorità." Il suo tono caloroso si raffreddò drasticamente e lasciò il posto a una minaccia velata, come se volesse insinuare qualcosa. "Certo, Padre," gli risposi. "La nostra famiglia verrà sempre prima di tutto il resto."

Era ciò che voleva sentirsi dire e io potei solo sperare di aver pronunciato quelle parole in modo accettabile. "Goditi il resto della luna di miele," mi disse, poi la chiamata si interruppe. Mi rimisi il telefono in tasca prima che mi venisse voglia di lanciarlo. *Goditi la luna di miele*, pensai. *Sicuramente, dopo che Emma ha visto ciò che ho fatto.* La rabbia mi condusse verso la casa e mi fece salire la prima rampa di scale. L'odore del bacon mi accolse quando entrai dalla porta. "Emma?" La chiamai.

"Sono in cucina," rispose. La trovai ai fornelli, con le uova in una padella e il bacon in un'altra. Il caffè stava bollendo. "Hai detto che non volevi niente in particolare," mi disse, "quindi ho scelto qualcosa di semplice. Spero che le uova al tegamino vadano bene." Non erano il mio piatto preferito, ma le avevo detto che non mi importava. "Vanno bene," dissi sedendomi su uno degli sgabelli nascosti sotto il bancone dell'isola. Esaminai il suo volto, cercando il panico o la rabbia che mi aspettavo da lei. Invece, Emma era calma mentre cuoceva il bacon nella padella. "Ti piace il bacon croccante?" Mi chiese, guardandomi a malapena. "O lo preferisci un po' meno cotto?" "Croccante," le dissi. Emma rispose con un sorrisino di approvazione. "Non hai niente da dire su ciò che è successo prima?" Le domandai. Emma iniziò a tirare fuori la prima porzione di bacon dalla padella e a metterlo sulla carta assorbente per farlo asciugare. "Pensavo non volessi che te lo chiedessi," rispose, sollevando le spalle in modo un po' forzato. Stava cercando di essere disinvolta e ci stava quasi riuscendo. Allungai la mano e presi un pezzo di bacon. Il sapore salato e saporito mi esplose sulla lingua, facendomi trattenere un sospiro di soddisfazione. "In generale, sarebbe meglio se non facessi domande," concordai, "ma per oggi puoi farmi qualsiasi domanda tu voglia. Nei limiti della ragionevolezza."

CAPITOLO 11

Emma

L'offerta di Angel di chiedergli tutto ciò che volevo sapere sembrava una trappola. Invece di fargli la prima domanda che mi venne in mente, finii di preparare la colazione e gli misi un piatto davanti. "Mangia finché è caldo," gli dissi sedendomi accanto a lui. Seduti a tavola, mangiammo in silenzio, mentre cercavo di capire cosa mi stesse succedendo in testa. Avevo paura di Angel? Ovviamente. Era un uomo spaventoso e la sua espressione fredda e vuota quando aveva sparato a quegli uomini mi aveva fatto venire la pelle d'oca. Tuttavia, quella ferocia mi faceva anche eccitare e mi odiavo per quel motivo. Come potevo desiderare di sentire le sue mani su di me dopo aver visto di cosa era capace?

"Nessuna domanda, *mi esposa?*" Mi chiese. "Davvero?" "Non ti disturba? Uccidere qualcuno in quel modo?" Sembrò sorpreso dalla domanda. Si mise un pezzo di bacon in bocca e lo masticò con aria pensierosa. "Una volta sì," mi rispose. "La prima volta che mio padre mi ha fatto uccidere un altro uomo, mi tremavano le mani e ho combinato un disastro." Stavo per chiedergli quanti anni aveva quando era successo, ma decisi che non volevo saperlo. Ero sicura che mi avrebbe soltanto turbata. "E ora?" gli chiesi.

Angel incrociò il mio sguardo. "Non provo niente," disse. "Non uccido per piacere. Quando devo uccidere qualcuno, lo faccio per la mia famiglia e per affari. È solo strategia." Quanto ero scesa in basso nel tunnel del Bianconiglio per pensare che le sue parole fossero sensate? La famiglia e gli affari erano l'unica realtà di Angel. Aveva senso che la proteggesse con ogni mezzo necessario. Era come se stesse giocando a scacchi e dovesse proteggere il re. *Ora fai parte di tutto questo*, pensai, provando una sensazione di calore. Non mi sentivo parte di qualcosa da molto tempo, da quando mia madre si era ammalata; anche se ogni questione legata ad Angel mi metteva a disagio... avrei trovato un modo per sentirmi parte di quel mondo. "Credi che ci saranno ritorsioni da parte del fornitore? A causa di ciò che hai fatto?"

Angel scosse la testa. "Hanno bisogno di noi più di quanto noi abbiamo bisogno di loro," disse. Era estremamente disinvolto, come se non avesse tolto la vita a due uomini e non ne avesse reso un altro invalido per il resto della vita... sempre se quell'uomo non avesse contratto un'infezione e fosse morto sulla barca diretta in Venezuela. "Grazie per aver ridotto al minimo gli omicidi durante la nostra luna di miele," gli dissi. La sua espressione mi fece capire che l'avevo sorpreso... Sinceramente, ne fui sorpresa io stessa. In ogni caso, se Angel stava giocando a scacchi, dovevo iniziare a giocare anch'io. Se quella era la vita che mi aspettava, non potevo limitarmi a sopravvivere. "Di niente," rispose, con un tono di voce che mi sembrò impacciato, come se non fosse abituato a essere ringraziato. Quando ebbe finito, presi il suo piatto, lo lavai e gli preparai un altro caffè. "Hai altro lavoro da fare oggi?" Angel scosse la testa. "Per oggi ho finito," mi rispose. "Adesso possiamo pensare solo alla luna di miele." *Solo alla luna di miele.* Come se stare su una bella isola privata nei Caraibi fosse una cosa normale. Angel appoggiò la tazza sul bancone e mi guardò con impazienza. "Allora?" Mi chiese.

"Allora cosa?"

Angel si appoggiò sul bancone e si incrociò le braccia sul petto ampio; alzò un sopracciglio con aria di sfida. "Non vuoi lavare subito anche la tazza?" Mi domandò. "Vuoi continuare a recitare la parte della mogliettina perfetta?" "Non sto recitando," mi affrettai a difendermi. Ma era vero? Se un anno fa qualcuno mi avesse chiesto che tipo di moglie sarei stata, avrei risposto che sarei stata una pessima casalinga. Dopo aver assistito mia madre nei suoi ultimi momenti di vita, l'idea di accudire di nuovo qualcuno mi faceva venire il mal di stomaco. "Sto cercando di capire il mio ruolo," gli dissi, facendogli sollevare ulteriormente il sopracciglio. "Se questa sarà la mia vita..." "Se?" ribatté Angel. "*Se* questa sarà la tua vita? Questa *è* la tua vita, Emma." "È proprio questo il punto," gli risposi, non riuscendo a nascondere la mia irritazione. "Devo capire in cosa consiste il mio ruolo di moglie. Qual è il mio compito qui?" Angel sbuffò. "Lo sai perfettamente, *mi esposa*," disse. La sua voce mi provocò un brivido lungo la schiena. "Dici?"

Emise di nuovo quel suono sommesso e impaziente. "Vuoi che te lo mostri?" Lo sguardo di Angel era ardente, ma non si avvicinò a me. Voleva che fossi io ad andare da lui... e nonostante tutto ciò che era successo, lo volevo. Anche se riuscivo a malapena a farlo parlare con me per più di dieci minuti alla volta, anche se lo conoscevo appena, lo *volevo*. Mi faceva sentire al sicuro in quel nuovo mondo terrificante nel quale mi ero ritrovata. "Mostramelo," sussurrai. Angel mi mise le mani addosso prima ancora che finissi di parlare. Mi sollevò il viso verso il suo, ma quando si chinò per baciarmi mi voltai e gli porsi la guancia. Angel si irrigidì, ma le sue labbra mi scivolarono rapidamente lungo la mascella fino all'orecchio, mordicchiandomi il lobo. Sibilai per quel leggero dolore pungente, ma c'era qualcosa di intensamente eccitante in tutto ciò. "Sali al piano di sopra," mi disse. "Preparati per me." Non c'era alcun dubbio su cosa intendesse e cosa si aspettasse e, mentre una parte di me esitava all'idea, alzai i tacchi e uscii dalla cucina. Salii le scale con le gambe tremanti come le zampe di un puledro. *È una follia*, mi dissi. Non perché fosse strano che una donna facesse sesso con il proprio marito, ma per il fatto che desideravo Angel dopo ciò che avevo visto. Una volta in camera, mi tolsi il prendisole e lo posai su una sedia, insieme al reggiseno e alle mutandine. Il cuore mi martellava sulle costole mentre cercavo di decidere se mettermi sotto le coperte o no. Faceva caldo e non avevo alcuna necessità immediata di coprirmi, fatta eccezione per il mio disagio. Dopo aver riflettuto su cosa fare, alla fine mi sedetti sul bordo del letto e aspettai. Il tempo sembrò rallentare fino a fermarsi e a ogni minuto che passava, mi saliva l'ansia. *E se si stesse solo prendendo gioco di me? E se l'avessi infastidito e volesse liberarsi di me? E se...?* La porta si aprì di colpo e Angel entrò nella stanza. Spalancò leggermente gli occhi quando vide che ero nuda, ma poi un sorriso decisamente malizioso gli apparve sul viso. "Impaziente, *mi esposa?*" Mi provocò. "Sembrava che ieri non volessi toccarmi." Avrei potuto rispondergli in modo disinvolto e forse avrei dovuto farlo, ma con il suo sguardo puntato su di me mi sentii improvvisamente a disagio. Non avrei smesso di sentirmi in quel modo finché non mi avesse messo le mani addosso. "Ieri era ieri," gli risposi. "Oggi è oggi." Angel mi fissò per un lungo istante, poi si appoggiò le mani sui bottoni della camicia. "Oggi ho ucciso due uomini," mi disse, finendo di sbottonarsi i bottoni sul petto e passando a quelli dei polsini. Rabbrividii, bloccata e confusa tra desiderio e repulsione. "Lo so."

Si tolse la camicia e gli fissai il petto e gli addominali. I lividi erano diventati gialli ed erano quasi spariti. "Non mi sento particolarmente gentile oggi, *mi esposa*," disse iniziando a sbottonarsi la patta dei pantaloni. Tremavo e provavo un dolore tra le cosce che solo Angel avrebbe potuto alleviare. *Cazzo, che cosa c'è che non va in me?* "Non ho bisogno che tu sia gentile," gli dissi. Il suo sorriso divenne feroce. "Ne sei sicura?" Non lo ero, ma il pensiero della sua *mancanza* di gentilezza rendeva quel dolore ancora più persistente. Con maggiore sicurezza di quella che provavo realmente, aprii le gambe e lasciai scivolare la mano lì in mezzo. Ero già bagnata ed emisi un sospiro quando mi sfiorai il clitoride con il dito. Angel emise un suono ferito, poi si mise sopra di me, bloccandomi sul letto e allontanandomi le mani dal corpo. Con un movimento dell'anca, si spinse dentro di me. Provai un dolore acuto, che però si trasformò rapidamente in una sensazione di calore e pienezza, poi inarcai la schiena sul letto. "Angel!" Non mi diede nemmeno il tempo di riprendere fiato. Mi sollevò le ginocchia, piegandomi praticamente a metà, e iniziò a spingere a un ritmo martellante e ansimante. Tutto ciò che potevo fare era aggrapparmi alle sue braccia e prendere ciò che mi dava. "Sei ancora confusa su quale sia il tuo posto?" Ansimò. Riuscivo a sentire la sua cerniera che mi affondava nella pelle; non si era nemmeno preso la briga di togliersi i pantaloni e, per qualche motivo, il fatto che fosse parzialmente vestito mentre io ero totalmente nuda rendeva tutto ancora più inebriante.

"Qual è il tuo posto, *mi esposa?*" Mi chiese. "Dimmelo." Non avevo idea di cosa volesse sentirsi dire ed ero molto vicina all'orgasmo. "*Ti prego,*" mormorai. "Ti prego, ti prego, *ti prego.*" Avevo bisogno che mi toccasse, o che mi permettesse di toccarmi, ma ogni volta che ci provavo mi spostava la mano. "Qual è il tuo posto, Emma?" Sottolineò ogni parola con un'intensa spinta dei fianchi e io urlai, aggrappandomi alle sue braccia. "Il tuo letto!" Ansimai. "Il tuo letto!" Angel mi rivolse un sorriso spietato. "Esattamente, *mi esposa,*" rispose, poi mi mise la mano tra le gambe, toccandomi dove ne avevo più bisogno. Nonostante l'intensità delle sue spinte, aveva il tocco delicato e non riuscii più a trattenermi. Fui travolta dal piacere e quasi urlai mentre venivo. Angel gemette e spinse il corpo dentro il mio ancora una mezza dozzina di volte mentre raggiungeva l'orgasmo. Mi abbassò le gambe e lo tirò fuori delicatamente, ma quando cercò di spostarsi per sdraiarsi accanto a me, lo cinsi con le braccia e lo strinsi a me. "Abbracciami per un istante," gli chiesi. Angel mi si irrigidì tra le braccia per un attimo, ma poi con una mossa ci fece voltare entrambi, in modo che fossi più o meno distesa sul suo petto. "Stai... bene?" Mi chiese un attimo dopo. Lo guardai, appoggiandogli il mento sul petto. "Perché? Ti preoccupi per me?" Angel alzò gli occhi al cielo. "Voglio solo assicurarmi che non ti sia fatta male." La sua irritabilità mi ferì, ma cercai di non pensarci. Invece, mi concentrai sul mio corpo; provavo ancora una bella sensazione, anzi fantastica, ma ero certa che presto sarei stata dolorante... e avrei avuto bisogno di lavarmi. "Sto bene," lo rassicurai. Angel annuì. "Bene." Mi sfiorò la guancia con le dita. "Dovremmo farci una doccia." Avevo intenzione di farla da sola, ma l'idea che Angel si unisse a me non era niente male. "Sì," concordai, e Angel sorrise. Accidenti, che sorriso da infarto che aveva!

CAPITOLO 12
Angel

Emma stava ballando in una cucina che sembrava fosse esplosa, canticchiando una canzone dopo l'altra. Rimasi a guardarla sulla soglia. Era una tale contraddizione rispetto alla sirena che mi aveva implorato di toccarla appena il giorno prima. Quella donna, con i minuscoli shorts di jeans e la maglietta rosa brillante, aveva un'aura di innocenza che mi faceva prudere le mani dalla voglia di toccarla, di sporcarla di nuovo. Entrai in cucina. "Che cosa stai cucinando?" Alzò la testa di scatto per lo stupore, poi scrollò le spalle, sforzandosi di rilassarsi. "Mia madre mi ha insegnato a fare i brownies; non li preparo da anni, ma stamattina quando mi sono svegliata ne avevo proprio voglia." Sapevo che a Lili piacevano i brownies, ma di solito li comprava nella sua pasticceria preferita. Non riuscivo a ricordare se Lara li avesse mai cucinati per noi. "Hai dovuto *distruggere* la cucina per fare questi brownies?" Le chiesi, guardando il disastro che mi circondava. Emma osservò il caos intorno a sé e scrollò le spalle. Il suo sorriso era raggiante ma audace. "Mi stavo divertendo, tesoro," rispose. In contrasto con le sue parole, aveva decisamente un tono di sfida. "Ti annoiavi, *mi esposa*?" Le domandai avvicinandomi a lei. Emma spalancò gli occhi azzurri. Non appena la toccai, sobbalzò. Il sorriso che mi apparve sul volto era malizioso e ne ero perfettamente consapevole. "Annoiarmi è un termine esagerato," disse senza rispondere in modo esplicito. "Non ti sei divertita, però, giusto?" Spostai le mani dai suoi fianchi al suo sedere, stringendolo fino a farla squittire. Si oscurò in volto. "Mi sembra che ieri ci siamo divertiti." Non potevo contraddirla. "Ma se preparassi qualcosa di un po' diverso per noi?" Le chiesi. "Diverso?" Curiosità e apprensione le si alternarono sul volto, rendendola davvero eccitante. Prima che potessi spiegarle, il timer del forno suonò ed Emma si allontanò per prendere una presina. Il profumo del cioccolato riempiva la cucina e, nonostante non fossi un amante dei dolci, dovetti ammettere che avevano un buon odore. Appoggiò la teglia sul sottopentola, sorridendo. "Non pensavo che sarebbero venuti bene," mi confessò. "Non mentivo quando ti dicevo che di solito ho bisogno di seguire una ricetta per cucinare qualcosa di commestibile, ma stavolta mi sono affidata alla mia memoria." Mi guardò. "Vuoi assaggiarne uno?"

Avrei voluto, ma in quel momento c'era solo una cosa che desideravo. "Più tardi," le dissi. "Dopo."

"Dopo cosa?"

Sorrisi e la sollevai di nuovo, mettendola sul bancone. "Vedrai." Mi inginocchiai ed Emma ebbe un sussulto. Le tirai giù i pantaloncini lungo le gambe. Non indossava le mutandine. "*Mi esposa*," le dissi, facendo schioccare la lingua sui denti. "L'hai fatto di proposito?"

Emma arrossì. "Forse."

Le feci appoggiare le gambe su ciascuna delle mie spalle. "Brava ragazza," mormorai, tirandomela più vicina al viso. Tirai fuori la lingua, gemendo quando la assaggiai. Era già tremendamente bagnata.

"Angel, ti prego." Irrigidii la lingua e le leccai il clitoride. Emma urlò mentre le infilavo un dito nella vagina bagnata. Ascoltai i suoi gemiti e i suoi sospiri delicati mentre la conducevo verso l'estasi, finché non mi strinse le cosce intorno alla testa.

Emma mi si contorceva davanti al viso mentre i suoi muscoli interni mi si stringevano intorno al dito e veniva. In mezzo alle sue cosce, sentii il suo urlo ovattato mentre gridava il mio nome.

Indietreggiai e mi alzai, ma quando Emma cercò la zip dei miei jeans le afferrai le mani. "Non ora," le dissi.

"Ma –"

"Più tardi," la rassicurai. "Prima dobbiamo andare in un posto."

Emma strillò dalla gioia quando vide i due grandi cavalli dal manto color cioccolato che ci aspettavano sulla spiaggia. Lo stalliere che stava in mezzo a loro sorrise. "Sua moglie ha proprio un bel sorriso, *señor*," mi disse.

Mi sentii raggelare lo sguardo, pur continuando a sorridere. "Già, non trova?" Gli chiesi con un'espressione impassibile, mentre vedevo la paura avvolgerlo come un mantello. Misi un braccio attorno a Emma, stringendola fino a farla strillare per il fastidio.

Emma mi diede una lieve pacca sul braccio, ma ciò mi fece voltare a guardarla. "Potresti smetterla, per favore?" Mi domandò, poi tornò a osservare i cavalli. "Non sono mai salita su un cavallo. Come sono arrivati qui?"

La guardai per un istante, poi dissi a quell'uomo: "Ci penso io." Lo stalliere mi porse le redini di entrambi i cavalli. "Ci vediamo qui tra qualche ora, d'accordo?" L'uomo annuì e si allontanò rapidamente; immaginai che fosse felice di stare lontano da me.

Guardai di nuovo Emma. "A mio padre piace cavalcare, quindi quando ha comprato l'isola si è assicurato di costruire una stalla e di assumere alcuni abitanti del luogo per occuparsene," le spiegai, rispondendo alla sua domanda. "Posso aiutarti a montare in sella, *mi esposa*?" Emma annuì, così la feci avvicinare prima di piegarmi per crearle una base d'appoggio con le mani. "Sali e passa la gamba oltre il dorso del cavallo."

Mi aspettavo che esitasse, ma mi mise il piede sulle mani e si sollevò, fidandosi del mio sostegno. La sorressi mentre passava la gamba dall'altra parte, poi l'aiutai a sistemarsi sulla sella. Quindi le mostrai come far muovere il cavallo, farlo voltare e farlo fermare. Quando capì le istruzioni essenziali, salii sul cavallo che mi stava aspettando e iniziammo a passeggiare sulla spiaggia.

Continuavo a guardare Emma e il suo sorriso radioso. "Sei pronta per qualcosa di un po' più complicato?" Le chiesi.

Emma mi guardò. "Complicato?" Le feci cenno di seguirmi e la condussi dentro l'acqua.

I cavalli, che amavano nuotare, furono entusiasti dell'occasione e ci portarono più lontano. Emma ebbe paura per un istante, ma poi rise mentre sentiva il corpo del cavallo muoversi sotto di sé. "Non sapevo che riuscissero a nuotare!" Esclamò, evidentemente deliziata.

I nostri vestiti erano fradici e non riuscivo a smettere di guardare la maglietta che le evidenziava le curve. Dovevo riportarla a casa al più presto. Nessuno poteva vederla in quel modo. Il suo corpo era mio.

Tornati a riva, c'erano due asciugamani pronti per noi, così smontai dal cavallo per prenderli. Mi tolsi la maglietta e me ne annodai uno intorno alla vita. Mi gettai l'altro sulla spalla per darlo a Emma non appena i suoi piedi avessero toccato la sabbia. "Come faccio a scendere?" Mi chiese.

"Nello stesso modo in cui sei salita," le risposi. "Passa la gamba oltre il dorso del cavallo, poi ti aiuto io."

Emma sembrava leggermente titubante, ma bilanciò il peso su una staffa e passò l'altra gamba intorno al cavallo. Le misi le mani intorno alla vita e le permisi di usare me come una sorta di scala per scendere. Dopo averla messa a terra, le avvolsi l'asciugamano intorno al corpo, nascondendo quelle curve che erano soltanto mie. "Ti sei divertita?" Le domandai.

Emma sorrise socchiudendo gli occhi. Si alzò sulle punte dei piedi e mi diede un bacio sulla guancia. Mi aveva soltanto sfiorato, ma sentire le sue labbra sulla pelle mi fece rabbrividire. Volevo voltarmi e prenderle la bocca con la mia, ma si ritrasse prima che potessi farlo. Digrignai i denti: non avrebbe dovuto infastidirmi che non volesse baciarmi, ma il bacio del nostro matrimonio mi *tormentava*. Sapevo che sarebbe stato fantastico; anche Emma lo sapeva, eppure... si tratteneva. Anche se mi permetteva di baciarla e di toccarla in tutto il resto del corpo. Non aveva senso.

Tuttavia, se non aveva intenzione di parlarne non l'avrei fatto nemmeno io.

"Che ne dici di tornare a casa a mangiare il dessert?" Mi chiese.

"Possiamo considerarlo un dessert anche se non abbiamo mangiato niente prima?" Le risposi. "O lo consideriamo solo un pranzo dolce?"

Si mise a ridacchiare. Mi piaceva quel suono. Mi piacevano i suoi sorrisi e il suo sguardo dolce quando era felice. "Potrei preparare qualcosa da mangiare prima dei brownies," mi disse. "Se prima preferisci qualcosa di un po' più sostanzioso."

Alzai le spalle; per me non faceva differenza. "Prima facciamo una passeggiata," le dissi. "Dobbiamo tornare a Miami domani e lì sarà tutto più frenetico."

Emma accettò e, dopo aver restituito i cavalli al custode, facemmo una passeggiata sulla spiaggia. "Al nostro ritorno, cosa si aspettano da me?" Mi chiese. "Cosa fa la matriarca di un cartello nella vita di tutti i giorni?" Mi domandò fissandomi. "Che cosa faceva tua madre?"

Sentirle nominare mia madre mi fece digrignare i denti; dovetti trattenere il borbottio che minacciava di uscirmi dalla bocca. Nessuno poteva nominare mia madre, almeno non in mia presenza, ma Emma non poteva saperlo. Nessuno gliel'aveva detto. Feci un respiro e contai mentalmente fino a dieci mentre espiravo. "Mia madre..." Con l'amaro in bocca, mi sforzai di dire qualcosa. "Mia madre era una casalinga. Si prendeva cura della famiglia; cucinava spesso... è tutto ciò che ricordo."

"Eri molto giovane quando è morta?"

"Sì." Dovetti sforzarmi di risponderle.

Emma rimase in silenzio per un istante, poi continuammo a camminare senza dire una parola. L'acqua era perfettamente blu e il sole che splendeva sopra di noi non era eccessivamente intenso e caldo. "Alcuni giorni penso che sarebbe stato meglio se mia madre fosse morta quando ero più piccola," disse Emma infine, senza guardarmi. "Se proprio doveva morire, intendo."

"Come avrebbe potuto essere meglio?" Le chiesi. Sentii una fitta al petto e un sentimento di rabbia mi crebbe nello stomaco, minacciando di sopraffarmi al minimo pretesto.

"Così non mi ricorderei di averla vista deperire giorno dopo giorno," mi spiegò Emma. "O, se lo facessi, avrei dei ricordi confusi, come succede ai bambini piccoli. Potrei ricordare una donna forte e piena di vita... invece della donna tutta pelle e ossa che era diventata alla fine." Disse con un tono di voce dolce e amaro allo stesso tempo. "Odio provare tanto fastidio per il fatto che avesse bisogno di me. Odio che mi stia succedendo tutto questo e vorrei che fosse qui per parlarne. Sono fuori di testa se lo penso?"

"Penso che sia normale sentire la mancanza di tua madre," le risposi con cautela, "e penso che anche arrabbiarsi per qualcosa sulla quale nessuna delle due aveva alcun controllo sia normale."

"Ma?"

La guardai. "Ma cosa?"

"Sento che c'è un ma," mi rispose con impazienza. "Dimmelo e basta."

"Ma non penso che tu voglia cancellare il tempo che hai trascorso con lei," le dissi. "Anche se i tuoi ricordi sono contaminati dal suo ultimo anno di vita, comunque esistono."

Emma rimase in silenzio per un attimo, poi sentii la sua mano sfiorare la mia. Istintivamente gliela strinsi, intrecciando le nostre dita. "Ti manca tua madre?" Mi chiese.

"Avevo sette anni quando è morta," le risposi. "Non la ricordo abbastanza da sentire la sua mancanza."

Camminammo ancora un po' in silenzio. Poi mi chiese: "Cosa ricordi?"

Alzai le spalle. "Alcuni dei suoi piatti, come i tartufini al latte," dissi, "e la sua morte."

Emma emise un sospiro tremante. "Come...?" Le parole le si bloccarono in gola. "Come è morta? Era malata anche lei?"

Avrei potuto mentirle tranquillamente: mi aveva fornito una via d'uscita. Tuttavia, anche quando aprii la bocca per mentire, la verità venne fuori. "Mia madre si è uccisa poco dopo la nascita di Lili." Guardai Emma, che era leggermente impallidita. "L'ho trovata nella vasca da bagno; si era tagliata i polsi."

"*Perché?*"

"Mi stai chiedendo se ha lasciato un biglietto?" Le chiesi in tono beffardo.

Emma scosse la testa. "Certo che no," mi rispose, "ma perché una donna con tre bambini piccoli dovrebbe uccidersi?"

"Perché odiava mio padre," le risposi. "Non erano una coppia innamorata. Mia madre era stata... offerta a mio padre dalla sua famiglia per stringere un'alleanza. Non ha avuto scelta, ma ha cercato di svolgere il ruolo di matriarca come meglio poteva." Ci fermammo e le strinsi la mano, fissando i suoi occhi azzurri. "Mio padre non è un uomo gentile; non tollera la debolezza, nemmeno in sua moglie e nei suoi figli. Mia madre ha sofferto molto a causa sua, finché non è più riuscita a resistere."

L'espressione di Emma era evidentemente inorridita. Non potevo di certo biasimarla. "Mi dispiace molto," mormorò.

Scossi la testa. "Non devi dispiacerti," le dissi, prendendole il viso tra le mani. "Sii più forte di lei, d'accordo? Non deludermi."

CAPITOLO 13
Emma

Fino a quel momento, essere la matriarca — o la futura matriarca — di un cartello era decisamente noioso. Non sapevo cosa aspettarmi dopo il nostro ritorno dalla luna di miele, ma dovevo avere almeno un minimo ruolo. Angel, Omar e persino Lili avevano tutti un lavoro da svolgere all'interno della famiglia, ma a me non era ancora stato assegnato nessun compito. Cercavo per lo più di tenermi alla larga da tutti ed esploravo le parti della tenuta che Angel considerava "sicure".

Trovavo *molte* porte chiuse a chiave. La tenuta era bellissima, con tutti i pavimenti in marmo, grandi finestre e le pareti color crema, ma non c'erano foto di nessuno da nessuna parte. I quadri appesi alle pareti sembravano le versioni migliori di quelli che si potevano trovare in una stanza d'albergo: di buon gusto, ma impersonali. Angel mi aveva detto indirettamente di essere cresciuto lì, ma non riuscivo a immaginare una casa come quella con dentro dei bambini piccoli.

"Buongiorno, *mija*," mi disse Lara mentre entravo in cucina. Dopo aver sentito letteralmente tutti parlare di lei, ero andata subito a cercarla per fare la sua conoscenza. Lara era davvero una delle donne più cordiali che avessi mai conosciuto e, quel che era ancora meglio, non si faceva mettere i piedi in testa da nessuno.

"*Buenos dias*," le dissi, mentre la donna più anziana continuava a sorridere. Non ero molto sicura del mio spagnolo, ma Lara mi incoraggiò a impararlo e a usarlo il più spesso possibile. *Non inizieranno a parlare in inglese per te, mija, e sicuramente vorrai sapere cosa dicono in tua presenza.* "Allora, qual è il programma di oggi?"

Lara sorseggiò il caffè che aveva tra le mani. A differenza della maggior parte degli abitanti della casa, ai quali piaceva il caffè con una punta di latte condensato, Lara preferiva il caffè nero. Aveva un odore amaro e terroso e nonostante non avessi alcun interesse a bere quella roba mi piaceva il profumo che emanava. "Oggi è il mio giorno libero," mi disse. "Andrò in città con alcune amiche, poi andrò a confessarmi."

Uscire sarebbe stato fantastico. "Divertiti," le dissi.

Mi lanciò un'occhiata d'intesa. "Non sei prigioniera, *mija*," mi disse. "Di' ad Angel che vuoi andare da qualche parte e organizzerà tutto."

Quelle "organizzazioni" includevano guardie del corpo, tempistiche e limiti. Non potevo semplicemente esplorare la città come facevo prima. Ciò rendeva una semplice uscita una vera scocciatura. "Ho ancora molto da esplorare qui," le dissi, anche se non ero affatto sicura che fosse vero. Praticamente, ero già andata ovunque potessi.

Lara sospirò. "Promettimi che chiederai ad Angel di portarti fuori questo fine settimana," ribatté. "Una giovane coppia sposata non dovrebbe restare tanto a casa."

"*Yo te prometo*," le dissi, poi Lara mi accarezzò la guancia prima di mettere la sua tazza ormai vuota nella lavastoviglie. "Divertiti oggi."

"*Sì*." Lara uscì dalla cucina per andare a prendere la borsa in camera da letto, che si trovava in una delle zone in cui Angel mi aveva proibito di andare.

Rimasi in cucina, pensando di prepararmi una tazza di tè, un toast o qualcosa del genere, e mi resi conto che non avevo ancora familiarizzato abbastanza con l'ambiente. Lara si occupava della maggior parte dei pasti e, per il resto del tempo, i Castillo prendevano cibo da asporto.

La cucina aveva una dispensa, ovviamente piena di cibo perfettamente etichettato e organizzato, e dall'altra parte dell'ampia stanza c'era una porta che conduceva alla dispensa del maggiordomo, situata tra la cucina e una sala da pranzo formale. La dispensa del maggiordomo era dotata di un angolo bar, ma era anche il luogo in cui tenevano le stoviglie e i piccoli elettrodomestici.

Mentre frugavo nella dispensa del maggiordomo, notai una scatola di latta su uno degli scaffali più alti. Quando la tirai giù, vidi che era decorata con un motivo floreale in rilievo e che vi era scritto il nome "Miriam". Il cuore iniziò a battermi forte: Miriam era la madre di Angel. *Dovrei rimetterla a posto*, pensai. *Probabilmente è stata messa lassù per un motivo.*

Tuttavia, la curiosità mi impedì di farlo. Aprii il coperchio e trovai una raccolta di ricette, alcune scritte su dei bigliettini, altre su carta assorbente, legate insieme da un nastro rosa sbiadito. Riposi rapidamente ciò che avevo preso dagli armadietti e mi portai la scatola di latta in cucina.

Mi sedetti su uno sgabello davanti all'isola e lessi ogni singola ricetta, trattando ogni pezzo di carta con delicatezza. Tutte le ricette erano in spagnolo, ma Miriam le aveva scritte nei minimi dettagli. Avrei potuto seguirle abbastanza facilmente. Sarebbe stato eccessivo da parte mia se avessi provato una delle sue ricette?

Forse qualcuno se ne sarebbe accorto? E Angel?

La prima ricetta era quella del *pabellón criollo*, uno stufato a base di macinato di manzo e fagioli neri con platano fritto e riso. Sembrava un piatto caldo e confortevole e, anche se prevedeva diversi passaggi, prepararlo era alla mia portata. Cercai gli ingredienti nello stipetto e nella dispensa e li trovai.

Indossando uno dei grembiuli di Lara, iniziai a mettere gli ingredienti in una pentola a pressione e il timer partì, mentre mi chiedevo cosa pensasse la madre di Angel quando cucinava per la sua famiglia. Era in quel modo che dimostrava loro il suo amore? Non potevo negare quanto mi stesse piacendo preparare quel piatto. C'era qualcosa di rilassante in quella miscela di spezie mentre mescolavo tutto.

Chissà se Angel apprezzerà il mio impegno! Cercai di ignorare quel dubbio, perché non lo stavo facendo per lui. Non esattamente. Stavo solo cercando di capire quale fosse il mio ruolo in quella casa. Sbuffai quando mi resi conto che stavo mentendo a me stessa. *Datti una regolata, Em, e ammetti che ti interessa ciò che pensa. Ma era una buona idea?*

Proprio mentre stavo friggendo i platani per la seconda volta — dato che avevo sbagliato a preparare la pastella la prima volta perché mi ero distratta pensando ad Angel e si erano bruciati, quindi stavo rifacendo tutto con maggiore attenzione — Lili entrò in cucina. "Che cos'è questo profumino?" Mi chiese.

Alzai lo sguardo, sorpresa. "Profumino?"

Lili fece un respiro profondo. "È *paradisiaco*," sospirò, precipitandosi verso il piano cottura. Dovetti darle un buffetto sulla mano quando cercò di prendere uno dei platani appoggiato su un tovagliolo di carta. "Ehi!"

"Il pranzo sarà pronto tra venti minuti," le dissi. "Allora potrai mangiarne un po'."

"Mi hai preparato il pranzo?" Lili sembrava sorpresa.

Sollevai le spalle. "Credo di averne cucinato abbastanza da sfamare un piccolo esercito," le risposi. "Ti dispiacerebbe andare a dire ai tuoi fratelli, a Padre e ad eventuali zii e cugini presenti oggi che il pranzo verrà servito nella sala da pranzo?"

Lili quasi impallidì. "Vuoi invitare *tutti* a pranzo?" Mi chiese. "Oggi? Senza preavviso?"

Beh, quella non era affatto la mia intenzione. "Non è mica un obbligo," le risposi. "Voglio solo offrire del cibo a chiunque voglia assaggiarlo." Controllai i miei platani, sgocciolando la padellata successiva dall'olio caldo. "Non posso nemmeno garantire che sia buono."

"Credimi," mi disse mia cognata, "con quel profumino sarà fantastico."

Le sorrisi. "Grazie." Non avevo bisogno di lodi, ma era bello che qualcuno riconoscesse che avevo fatto qualcosa di buono. Per lo più, mi sentivo come se stessi fluttuando nell'oscurità e Angel non fosse la guida migliore per aiutarmi a capire cosa avrei dovuto fare.

Lili mi strinse la spalla per un istante. "Vado a radunare le truppe," mi promise. "Tu intanto finisci di preparare."

La salutai e controllai il riso. Era pronto, così lo tolsi dal fuoco e lo mescolai con una forchetta. Proprio mentre stava finendo, la pentola a pressione era finalmente pronta per essere aperta. Era il momento della verità: poteva essere venuto bene o male e la carne, pur avendo un buon sapore, avrebbe richiesto una lunga masticazione.

Quando sentii delle voci avvicinarsi alla cucina, misi rapidamente tutto nei piatti da portata e li portai di corsa nella sala da pranzo. Li sistemai al centro del tavolo. "Un pranzo di famiglia," dissi mentre gli uomini entravano nella stanza. Quando Omar mi guardò, come se volesse chiedermi qualcosa, aggiunsi: "Prendete un piatto e servitevi."

Poi mi voltai e tornai in cucina a prendere i platani. Angel era appoggiato al bancone, intento ad assaggiare ciò che avevo preparato. "Hai cucinato, *mi esposa*," mi disse.

Resistetti all'impulso di alzare gli occhi al cielo. *Ovviamente ho cucinato*. "È un problema?" Ribattei.

Angel scosse la testa. "Sono solo sorpreso."

"Perché? Ho già cucinato per te mentre eravamo in vacanza."

Angel serrò la mascella e vidi un calore nel suo sguardo che non avevo notato entrando in cucina. Che cosa avevo fatto di male? Angel finì il suo platano e si avvicinò, spingendomi contro il bancone. "Non dovresti cercare di impressionarli," mi sussurrò sulla guancia. Le sue labbra mi sfiorarono la gola e la clavicola.

Sorrisi, inclinando la testa verso di lui e sospirando. "Sembri geloso," lo accusai dolcemente. Indietreggiò aggrottando la fronte, allungai una mano e gli accarezzai con un dito la ruga che gli si era formata tra le sopracciglia. "Non sto cercando di impressionare nessuno," dissi. "Ho solo cucinato molto." Non era esattamente una bugia, ma non era nemmeno tutta la verità. Quando avevo preso gli ingredienti necessari per la ricetta, avevo capito che Miriam aveva intenzione di prepararla per molte persone... così avevo deciso di non modificarla. Guardando mio marito, cercai di non farmi intimidire dal suo sguardo intenso. "Perché non dovrei cercare di impressionare la mia nuova famiglia, a proposito?" Gli chiesi. "Non dovresti volere che mi apprezzino?"

Angel non sembrava particolarmente entusiasta di quell'idea. "La prossima volta," mi disse, "cucina solo per me."

Lo fissai per un attimo, cercando di capire se fosse serio. Alla fine, risposi: "La prossima volta cucinerò solo per noi due."

Angel indietreggiò e, senza voltarsi, entrò nella sala da pranzo. Feci un respiro profondo ed espirai, poi lo feci di nuovo, per fare in modo che il mio battito cardiaco, improvvisamente accelerato, si calmasse. Il filo del rasoio tra la paura e il desiderio era il posto più schifoso in cui stare e Angel mi teneva sempre in bilico.

Dopo essermi calmata, presi i platani e tornai nella sala da pranzo. Il terrore mi si accumulava nello stomaco mentre attraversavo la dispensa del maggiordomo. Che cosa avrei trovato?

Entrando nella sala da pranzo, tutti restarono improvvisamente in silenzio e Omar esclamò: "Ecco la mia cognata preferita!" Mi fece cenno di avvicinarmi e tutti gli uomini lo seguirono.

Invece di sedermi, andai in giro con il piatto di platani e li servii, evitando accuratamente di guardare mio marito. Potevo sentire il suo sguardo con la stessa sicurezza con la quale sarei riuscita a sentire le sue mani e sapevo che se avessi alzato lo sguardo l'avrei trascinato fuori dalla sala da pranzo senza curarmi di ciò che avrebbero potuto pensare gli altri.

Solo quando raggiunsi il capotavola mi resi conto che Padre era venuto a mangiare. "Mi dispiace molto," dissi, con la testa ancora leggermente china. *Merda. Merda. Merda.* Avrei dovuto servirlo per primo. *Lo sapevo*, quindi perché non l'avevo fatto? "Io non..."

L'uomo mi fece cenno di allontanarmi. "Va tutto bene, *mija*," disse con un tono di voce che intendeva l'esatto contrario. "Le buone maniere vanno insegnate, del resto." Poi guardò Angel con un'espressione gelida. "Mi aspetto che la prossima volta sappia come comportarsi."

"*Sì*, Padre," rispose Angel.

Posai il piatto quasi vuoto più vicino al padre di Angel, in modo che potesse prenderne ancora se avesse voluto, poi mi sedetti accanto a mio marito. Sotto la superficie del tavolo, mi afferrò la coscia, tanto forte da farmi trattenere un grugnito di dolore. "Mi dispiace," gli mormorai.

Angel scosse leggermente la testa. "Pensa solo a mangiare," mi disse.

Mi sedetti in silenzio e iniziai a mangiare mentre gli uomini intorno a me parlavano, ridevano e continuavano a riempirsi i piatti. Accanto a me, Angel si rilassò piano piano, finché non fu coinvolto in una conversazione con suo fratello e un cugino. Non mi staccava la mano dalla coscia, ma in quel momento mi stava solo toccando, senza stringermi in segno di avvertimento.

Il padre di Angel sollevò un bicchiere e lo imitammo tutti senza fare domande. "A Emma," disse, "che ci ha riuniti qui per questo pranzo improvvisato. È un primo tentativo ammirevole, *mija*."

Tutti sapevamo che si trattava di un insulto velato da un tono di voce caloroso, ma non se ne curarono e fecero un brindisi in mio onore, facendomi sorridere come se mi stessero ringraziando nel modo più gentile del mondo. "Spero di continuare a migliorarmi, Padre," gli risposi nel modo più sincero possibile. "*Gracias.*"

Il suo tono gioviale si smorzò per un attimo, ma a poco a poco gli uomini tornarono allegri. Tuttavia, continuavo a guardare mio suocero. Stava accovacciato a capotavola come un rospo. Anche con un sorriso sul volto, sapevo che era furioso. Avevo di nuovo oltrepassato il limite? Quando Angel mi diede un'altra leggera stretta alla coscia, tornai a rivolgere l'attenzione sul mio piatto e feci del mio meglio per ignorare l'evidente pericolo che si irradiava dall'uomo seduto a capotavola.

CAPITOLO 14
Angel

Non avevo più mangiato il *pabellón criollo* da quando mia madre era morta: era il suo piatto preferito e Padre aveva vietato tutto ciò che potesse ricordarci di lei. Come aveva fatto Emma a pensarci? Aveva cercato dei piatti venezuelani su YouTube?

Mi guardai intorno per osservare la mia famiglia; sembravano tutti entusiasti di quel pasto. Sorridevano e mangiavano come se in casa nostra quel piatto non fosse proibito da più di vent'anni. "Tua moglie è una cuoca eccezionale, Angel," disse *Tío* Andre congratulandosi.

Guardai Emma, che aveva un sorriso compiaciuto ma non disse nulla. *Non era stata interpellata*, pensai. *Sa di dover aspettare che qualcuno le si rivolga direttamente.* Mio padre si era sbagliato sulle sue maniere; Emma se la stava cavando in modo ammirevole ed ero certo che avrebbe continuato a farlo. Stava imparando a essere una brava padrona di casa, che sarebbe stato uno dei suoi compiti principali come matriarca della nostra famiglia. "*Gracias*, Tío," gli risposi.

"Dove hai trovato la ricetta?" Chiese Padre, con gli occhi puntati su Emma. Il suo tono di voce era tenue, ma pericoloso.

Emma lo guardò e notai la sua espressione impaurita. "Ho cercato delle ricette venezuelane online, Padre," gli rispose. "Ho scelto questa perché mi è sembrata relativamente facile per le mie capacità." Il suo tono di voce era tenero e sincero, ma qualcosa non mi sembrava del tutto vero.

Per sua fortuna, sembrava che Padre non avesse avuto la stessa sensazione. "Ti manderò via e-mail alcune ricette da provare, se vuoi," le propose.

Emma sorrise. "Mi piacerebbe, Padre," gli rispose. "Grazie."

Le cose si sistemarono di nuovo, ma vidi con la coda dell'occhio che mio padre iniziava a stravaccarsi sulla sedia. Presto avrebbe avuto bisogno dei suoi antidolorifici. "*Tío* Gustavo," disse mio cugino Stefan da un punto più lontano del tavolo. Aveva visto Padre fare una smorfia. "Ti senti bene? *Se ve enfermo.*"

Rispose alla domanda con un *pugno* e un urlo. Padre lanciò il coltello che teneva sempre in tasca, affilato come un rasoio, verso la mano che Stefan aveva appoggiato sul tavolo. La lama gli affondò sul dorso della mano, bloccandolo al tavolo. Il sangue sgorgò dalla ferita formando una chiazza sulla tovaglia bianca e Stefan urlò agonizzante.

Emma si irrigidì al mio fianco; riuscivo a percepirlo con la stessa certezza di avere le mani su di lei. Corsi il rischio di guardarla in faccia e rimasi sorpreso dalla sua espressione impassibile. Era totalmente spenta. "Qualcuno lo porti via da qui," dissi. "Fategli medicare la ferita."

Due dei miei lontani cugini, Ernesto e David, afferrarono Stefan da sotto le braccia e lo trascinarono fuori dalla stanza. Guardammo tutti mio padre, che aveva ricominciato a mangiare come se nulla fosse accaduto. Spingendo Emma a seguire l'esempio, presi la forchetta e ricominciai anch'io... sebbene il cibo avesse perso molto del suo fascino.

Finita la cena, Emma e Lili riportarono i piatti in cucina. "Lascia che sia uno dei domestici a lavare i piatti," dissi mentre Emma apriva il rubinetto del lavandino.

Regolò l'acqua in modo che diventasse calda. "Ci penso io," mi rispose.

"Emma."

Sollevò la testa e vidi che aveva gli occhi carichi di lacrime. "Per favore," mi disse, "lascia che me ne occupi io, ok? Ho bisogno di fare qualcosa."

Allungai la mano, le asciugai con il pollice una lacrima che le stava scivolando sulla guancia ed Emma si abbandonò al mio tocco. Sbatté le palpebre e, proprio mentre stavo per chinarmi per darle un bacio, qualcuno si schiarì la voce alle mie spalle. Mi voltai e vidi Padre in piedi sulla soglia. "Vieni nel mio ufficio, *mijo*," mi disse. Spostò rapidamente lo sguardo su Emma. "Lascia che sia tua moglie a riordinare la cucina."

"Sì, Padre," gli risposi iniziando a seguirlo. Prima di andarmene, dissi a Emma: "Ci vediamo di sopra quando avrai finito."

Emma annuì, poi tornò a concentrarsi sul lavello. Anche in mezzo a un mucchio di pentole, padelle e piatti sporchi, Emma era bellissima. Se non ci fosse stato il rischio che qualcuno ci vedesse, l'avrei posseduta in quello stesso istante. L'avrei sbattuta sul bancone come avevo fatto sull'isola, senza curarmi delle responsabilità e del resto del mondo.

Che cazzo c'è di sbagliato in te? Mi rimproverai, quindi mi precipitai a seguire mio padre. Era già stato violento quel giorno; farlo aspettare non era un'idea furba.

Una volta nell'ufficio, Padre mi fece cenno di accomodarmi e lo osservai sedersi cautamente sulla sua sedia. "Padre," dissi. "Come ti senti?"

Mi lanciò un'occhiataccia. "Dopo Stefan?"

"Stefan è stato un idiota a fare domande del genere davanti a tutti," dissi, sapendo che stavo sfidando la sorte. "Ma ora siamo solo noi due."

Mantenendo la sua espressione dura, mi disse: "Oggi provo dolore."

Era evidente. "Hai bisogno di una nuova prescrizione di antidolorifico, Padre? Posso occuparmene personalmente."

Mi fece cenno di lasciar perdere. "Mi rende fiacco," disse. "Non era di questo che volevo parlarti." Era un monito a smettere di insistere e annuii in segno di comprensione. "Sei troppo permissivo con tua moglie. Oggi mi ha insultato e non ci sono state ripercussioni." Il suo tono era chiaro: si aspettava che mi occupassi di lei se avesse commesso di nuovo un errore del genere... o le avrebbe insegnato un po' di disciplina personalmente. Quel pensiero mi fece contorcere lo stomaco.

"Si è scusata, Padre; ha commesso un errore in buona fede."

"E da quando ciò è rilevante?" Mi domandò. "Non puoi permetterti di essere troppo indulgente con le sue debolezze... Ricordati cosa è successo a tua madre a causa della mia eccessiva accondiscendenza."

'Accondiscendenza' non era esattamente la parola che avrei usato per descrivere la relazione dei miei genitori. Mio padre aveva ragione dicendo di non averla mai punita; non le avrebbe mai messo le mani addosso. Tuttavia, erano freddi l'uno con l'altro. Nel migliore dei casi, tra di loro era tutto superficiale. "Emma è forte, Padre," lo rassicurai.

Mio padre scrollò le spalle. "Forte o no," disse. "Deve essere tenuta in riga e tu non devi perdere la testa per lei. Capito?"

Mio padre credeva fermamente che l'amore fosse per gli sciocchi. Era una convinzione che aveva inculcato a tutti i suoi figli... Del resto non avevo mai creduto, nemmeno per un istante, che avesse mai amato mia madre. Pensava che non valesse la pena di perdere tempo con qualsiasi cosa potesse essere percepito come una debolezza. "Lo capisco, Padre. Non perderei mai la testa per una donna."

Era vero. Era facile far assopire diverse parti di me; lo era sempre stato. "Adesso vattene," disse mio padre dopo avermi esaminato a lungo. "Prenderò un antidolorifico, quindi dovrai essere tu a occuparti di ogni cosa per stasera."

"Sì," gli risposi. "*Buenas tardes*, Padre."

Emma era sdraiata sul nostro letto con un libro in mano. A giudicare dall'uomo seminudo in copertina, immaginai che fosse una specie di romanzo d'amore. Aveva gli occhi gonfi per il pianto, ma le guance erano asciutte. "Stai leggendo qualcosa di interessante?" Le chiesi.

Alzò lo sguardo dal libro. "Nemmeno lontanamente," disse, lanciandolo sul comodino accanto a sé. "Me l'ha prestato tua sorella, ma la trama proprio non mi prende." Emma si sollevò per sedersi. "Tuo padre era arrabbiato per qualcosa?"

Scossi la testa. "Aveva una questione d'affari da discutere con me," le mentii. Non era necessario dirle che mio padre l'aveva minacciata; saperlo non le avrebbe reso le cose più facili. "Nulla di cui preoccuparti."

"Ha lanciato un coltello nella mano di tuo cugino," sottolineò. "Non era turbato per questo?"

"Niente affatto." Quella non era una bugia. Probabilmente mio padre non aveva pensato a Stefan o alla sua mano nemmeno per un secondo dopo l'accaduto.

"È... normale che succedano queste cose durante i vostri pasti in famiglia?"

Sbuffai. "I pasti in famiglia non sono normali per noi, *mi esposa*," le risposi. "Non ci sedevamo a tavola insieme, senza un motivo formale, da quando ero un bambino."

"Oh." Emma sbatté le palpebre alcune volte. "Tuo padre era turbato per questo? Non volevo superare il limite né..."

Salii sul letto e le sue parole si interruppero. Mi fissò, in parte preoccupata e in parte interessata a ciò che poteva succedere in quel momento, e notai che si stava mordicchiando il labbro inferiore. Allungai la mano e glielo sfiorai delicatamente con il pollice. "Hai fatto esattamente ciò che volevo facessi," la elogiai. "Hai riunito tutti come non facevamo da molto tempo. È la caratteristica di una brava matriarca."

"Ma ho fatto un casino con tuo padre. Ho servito altre persone prima di lui e lui è il grande capo."

"Stai imparando," le risposi. "Quindi ti è concessa un po' di benevolenza." Mi avvicinai al comò e aprii il cassetto superiore. Nascosto tra i miei calzini, c'era un portagioie. "Infatti, ho un premio per la tua bravura." Presi la scatola dal cassetto e la portai sul letto per porgergliela.

Emma aprì il coperchio e trovò una medaglia d'argento di San Cristoforo. Le brillavano gli occhi. Toccò la medaglia d'argento con il polpastrello. "È bellissima," disse, guardandomi con un'espressione leggermente intimidita.

Sorrisi; mi piaceva che fosse tanto tranquilla. Tirai fuori la delicata catena dalla scatola e le feci cenno di voltarsi. Emma si sollevò i capelli profumati e le misi la catena intorno al collo. Quando si voltò di nuovo, la medaglia le brillava sulla maglietta grigia. "Era di mia madre," le dissi dolcemente.

Il respiro le si bloccò in gola e sollevò la mano per toccarla. "Angel," sospirò. "Non era necessario che me la dessi. Deve significare molto per te."

Aveva ragione. Era una delle poche cose che avevo di mia madre. "La catena non è quella originale; ho dovuto sostituirla perché era rotta, ma la medaglia significava molto per lei. Credeva che la proteggesse. Voglio che sia tu a indossarla."

Aveva il viso raggiante dalla felicità. "Certo, io..."

"Non toglierla *mai*," le risposi, allungando la mano per toccare la medaglia. Emma rabbrividì come se avessi toccato lei. "Promettimi che non lo farai."

"Prometto che non la toglierò mai," mi disse.

Mi avvicinai e le diedi un bacio sul collo, felice di sentirla rabbrividire sotto le mie labbra. "Non vuoi ringraziarmi, *mi esposa*, per un regalo così bello?" Le mordicchiai la pelle ed Emma allungò il collo in segno di invito, ansimando mentre le sfioravo tutti i punti più sensibili che avevo scoperto fino a quel momento.

"Che cosa hai in mente?" Mi chiese senza fiato.

Mi feci strada con le mani sotto la sua maglietta. Sentivo la sua pelle morbida e calda sotto i palmi. "Credo che tu l'abbia capito," le risposi. "Sei molto intelligente, del resto."

Mi afferrò una mano e se la mise sul seno. "Mi stai scaldando?" Mi chiese, poi sentii il suo capezzolo sfiorarmi il palmo della mano.

Spingendola sul letto, mi misi tra le sue cosce. "Visto?" Le chiesi, accarezzandola sulla maglietta. "Sei molto intelligente."

Le pizzicai il capezzolo ed Emma si contorse. "Non provocarmi," sospirò. "Per favore."

"Che cosa vuoi, *mi esposa*?"

Forse era ancora un po' timida, ma stava diventando più audace nei suoi desideri ed era un piacere che parlasse con me. "Dentro," sussurrò. Cercò la mia cerniera con le mani e gliela lasciai tirare giù al mio posto. "Ti voglio dentro di me."

Gemetti e le sollevai il vestito. Indossava delle minuscole mutandine di pizzo: mi si strapparono tra le mani ed Emma emise un gemito di protesta. "Sto solo cercando di darti ciò che vuoi, *mi esposa*," le risposi, spingendo il pene nel punto in cui era bagnata e mi stava aspettando.

"Non dovevi..."

Entrai dentro la sua vagina *calda* e stretta, gemendo. "Sei dannatamente perfetta, Emma." Muovevo rapidamente i fianchi contro i suoi e sentii le sue unghie affondarmi nelle spalle, stringendomi forte mentre spingevo dentro di lei. "Toccati," le ordinai. Allungò una mano tra di noi e si toccò il clitoride, poi la sentii stringersi intorno a me. "Proprio così," la esortai. "Rendici entrambi felici, *mi esposa*."

Le si bloccò il respiro e si strinse a me, sull'orlo dell'orgasmo. Le appoggiai il viso sul collo, baciandole tutti quei punti meravigliosamente sensibili mentre la scopavo sempre più forte. Mi mise le dita dell'altra mano tra i capelli, aggrovigliandole tra le ciocche, e sussultai mentre si aggrappava intensamente a me. Stava per *venire*.

Le mordicchiai la clavicola e gemette mentre veniva. Il piacere mi esplose come una bomba nelle sinapsi e gemetti mentre mi spingevo oltre il limite. I miei fianchi tremavano su di lei mentre le venivo dentro. Non mi sarei mai abituato a *quella* sensazione.

Crollandole addosso, sospirai mentre mi passava le dita tra i capelli. "Grazie per la collana," sussurrò.

Mi misi a ridacchiare. "Non c'è di che, *mi esposa*."

CAPITOLO 15

Emma

"Stasera verrai con me al Paraíso," mi disse Angel davanti a un piatto di uova e pane tostato. Eravamo seduti all'isola della cucina e stavamo mangiando le omelette che Lara aveva preparato per noi. Mi ero offerta di aiutarla, ma mi aveva fatto cenno di sedermi e mi aveva detto scherzosamente che non mi avrebbe più permesso di svolgere le sue mansioni. Aveva sentito che il mio *pabellón criollo* era stato un successo e si "rifiutava di essere rimpiazzata."

Non ero del tutto sicura che stesse scherzando, ma non insistetti né cercai di aiutarla di nuovo.

"Cos'è il Paraíso?" Gli chiesi.

"È la succursale dell'Elíseo," mi spiegò. "Solo che è molto più piccolo ed esclusivo."

Lo guardai perplessa. "Vuoi che venga... a ballare con te stasera?"

Angel sbuffò davanti alla tazza di caffè. "È martedì, *mi esposa*," mi disse. "Se volessi metterti in mostra nei miei locali, lo farei quando sono pieni di clienti."

Perché dice stronzate del genere? Pensai sentendomi arrossire. Mi stava dicendo che ero bella? Che le altre persone l'avrebbero invidiato? Mi riusciva difficile crederci, ma il calore del suo sguardo era... intenso. Mi schiarii la voce. "Allora perché ci andiamo?"

Angel indietreggiò, sorridendo. "Ho una riunione alla quale vorrei che partecipassi con me," mi disse, facendomi battere il cuore sulle costole. Fatta eccezione per la volta in cui mi ero intrufolata nel magazzino sull'isola, mi aveva tenuta fuori dai suoi affari, al punto da ignorare totalmente qualsiasi domanda potessi porgli.

Non ero sicura di *voler* partecipare, a dire il vero, ma non sapere nulla di Angel oltre a come fosse a letto mi dava sui nervi. Non sapevo se volessi amarlo... o se *potessi* amarlo. Tutto ciò che sapevo era che il mio corpo non vedeva l'ora che mi toccasse, ma non mi bastava.

"A che ora devo farmi trovare pronta?" Gli chiesi.

Quel sorriso cupo che mi faceva tremare le ginocchia apparve sul viso di Angel. "Alle sette," mi rispose. "Lili ti accompagnerà a scegliere un vestito."

"Ho già dei vestiti."

Angel scosse la testa. "Mi aspetto che tu appaia al meglio. Ti aiuterà mia sorella." Mi resi conto che, prima del mio arrivo, sarebbe stata Lili a fare la padrona di casa a una riunione del genere.

Annuii. "Ok."

Angel si alzò e portò il suo piatto, ormai vuoto, nel lavello. Dopo averli sciacquati, mise il piatto e la tazza nella lavastoviglie. Lo guardai, cercando di non sorridere. Di recente aveva preso l'abitudine di mettere i piatti in lavastoviglie e mi piaceva pensare che l'avesse imparato da me. Avevo specificato che non mi piaceva aumentare il carico di lavoro di Lara, così anche lui aveva iniziato a fare di tutto per ridurlo, persino quando Lara gli urlava contro per averlo fatto.

Quando si voltò verso di me, feci finta di concentrarmi sul mio piatto: non volevo che si accorgesse che lo stavo osservando tanto intensamente. Sussultai quando mi sfiorò la guancia con le labbra. "Ci vediamo stasera," mi disse, sfiorando con il pollice il punto in cui le sue labbra si erano appena appoggiate. Il calore mi attraversò il corpo e deglutii a fatica.

"A stasera," gli risposi, guardandolo andarsene con un desiderio che soltanto lui poteva accendere mordicchiandomi.

～

"In fatto di abbigliamento, hai il peggior gusto che io abbia mai visto." Lili si alzò fissando il vestito che avevo preso da uno scaffale e alzò la mano per esaminarlo come se fosse un'offesa personale.

Guardai il soffice prendisole blu. Certo, era semplice, ma pensavo che fosse piuttosto elegante. "Cos'ha che non va?"

Lili si mise a ridacchiare. "È *noioso*," disse.

Ferita, mi appoggiai il vestito addosso e mi guardai allo specchio. "È dignitoso." La guardai di nuovo. "Non dovrei sembrare una matriarca o qualcosa del genere?"

Lili mi fissò per un attimo senza battere ciglio, poi scoppiò a ridere sonoramente e cercai di non sentirmi profondamente offesa. "Una matriarca, non una *vecchia nonnina*," disse continuando a ridacchiare. "Devi fare coppia con mio fratello, non sembrare sua madre." Mi tolse il vestito dalle mani e lo riappese, poi mi prese la mano. "Forza," disse. "Lascia che ti aiuti."

Le permisi di trascinarmi verso diversi scaffali, osservandola mentre tirava fuori degli abiti che non avrei mai osato prendere da sola. Mi opposi categoricamente a una tuta verde brillante — lasciava i fianchi scoperti e *non* mi sarei sentita a mio agio — così Lili la rimise a posto con un lieve brontolio.

Quando Lili accumulò una certa quantità di abiti e tute da farmi provare, ci dirigemmo verso il camerino. Senza aspettare la commessa, mi spinse all'interno e mi *seguì*. "Che accidenti stai facendo?" Le chiesi.

Lili scoppiò a ridere. "Ti sto aiutando," mi rispose. "Cosa credevi?"

"So vestirmi da sola, grazie."

Lili aggrottò la fronte e in quel momento notai che era proprio la sorella di Angel. Avevo visto quella stessa espressione sul volto di mio marito un sacco di volte. "Se esco, non potrai mostrarmi tutto ciò che proverai."

Avrei voluto ribattere, ma aveva ragione. Se non mi fosse piaciuto ciò che avrei visto allo specchio, le avrei detto che non mi stava bene... facevo la stessa cosa con mia madre quando sceglieva vestiti che non mi piacevano. Resistetti all'impulso di rannicchiarmi su me stessa. "Bene," risposi sospirando. "Potresti almeno voltarti?"

Lili sbuffò. "Non sei mai andata a fare shopping con un'amica?"

"Certo che sì," le risposi irritata, "ma nessuna è mai entrata nel camerino insieme a me."

Lili emise un verso cantilenante. "Forse le tue amiche non erano buone come le mie," disse semplicemente, iniziando a frugare tra i vestiti. Avrei potuto risponderle a tono — del resto non conosceva le mie amiche — ma non aveva torto. Quando mia madre si era ammalata, ero stata costretta a trascorrere la maggior parte del mio tempo ad aiutarla, così le mie amiche si erano allontanate una dopo l'altra. Provavano compassione per me, ovviamente, ma non ero più disponibile per loro, quindi non aveva molto senso mantenere l'amicizia.

Lili mi porse il primo vestito e aggrottai la fronte. Era rosa brillante e già sapevo che sarebbe stato troppo corto. "Non possiamo iniziare con qualcosa di... più lungo?" Le chiesi.

Lili scosse la testa. "Provalo." A giudicare dal suo tono di voce, non avrebbe accettato obiezioni.

Sospirai e ubbidii e, proprio come avevo previsto, il vestito era troppo corto e troppo *appariscente*. Mi guardai allo specchio, visibilmente sconcertata. "Ho un aspetto ridicolo."

Lili mi fissò, mi fece girare su me stessa un paio di volte per osservarmi da ogni angolazione, poi allungò una mano tra i vestiti e tirò fuori un abito altrettanto corto, ma rosso e senza spalline. "Penso che sia il colore," disse quasi tra sé e sé. "Non si adatta al tuo colorito."

Guardai il vestito rosso che teneva in mano. "Non sono sicura che il rosso vada meglio."

Lili tirò su il vestito. "Fidati di me, va bene?"

Non lo feci, dal momento che avevamo stili molto diversi, ma cercai di sorridere, le porsi l'abito rosa e presi quello rosso. Andava leggermente meglio, ma non ero ancora entusiasta di ciò che vedevo. "Non è nel mio stile," le risposi.

Mi aspettavo che mia cognata mi avrebbe presa in giro, ma ebbi la sensazione che prendesse in considerazione ciò che le avevo appena detto. "Anche se non ritengo necessario che sia 'nel tuo stile'," disse infine, "non sarà d'aiuto se non ti senti a tuo agio con ciò che indossi. Devi sentirti cazzuta se dovrai *essere* cazzuta."

Era impossibile che qualcuno mi guardasse pensando che fossi una "cazzuta," indipendentemente da ciò che indossavo, ma non avevo intenzione di dirlo a Lili. "Andiamo avanti, ok?" Dissi abbassandomi la cerniera.

Mi porse l'abito successivo: una tuta nera con una scollatura profonda. Non era esattamente perfetta: avevo un po' troppe curve ed era quasi volgare, ma non mi dispiaceva del tutto come mi stava. Lili sorrise mentre mi giravo e rigiravo davanti allo specchio. "Non è adatto alla riunione," ammise, "ma lo prendiamo comunque. Mio fratello resterà senza fiato quando ti vedrà."

Stavo quasi per dire che non volevo che succedesse, ma non era vero. Mio malgrado, nonostante paure, obiezioni e smarrimenti, *amavo* quando Angel mi guardava con quell'innegabile calore nei suoi occhi scuri. "Ok," dissi, così quando lo tolsi lo appesi al gancio per portarlo in cassa in seguito.

Poi prese un vestito nero. Era sofficissimo e, quando lo indossai, mi aderì alla pelle in modo sensuale ma non eccessivo. Il sorriso di Lili si ampliò. "È perfetto," disse. "Come ti sembra?"

Mi guardai allo specchio. Mi sentivo me stessa, come se non mi stessi sforzando troppo a portarlo, ma mi sentivo fantastica. "Non immaginavo di poter apparire così," ammisi, guardandola dallo specchio.

"Ora che lo sai," disse Lili, "devi farlo il più spesso possibile. Angel se lo aspetta... Inoltre, più tardi perderà la testa quando ti vedrà."

Non avevo mai preso in considerazione di dovermi vestire per un uomo; non ci avevo letteralmente mai pensato. Una parte di me aveva l'orticaria all'idea di mettermi in tiro per qualcuno, mentre la mia parte confusa voleva vedere come avrebbe reagito Angel, che mi sorridesse e mi riempisse di complimenti e che mi chiamasse *mi esposa* con quella voce roca che mi faceva finire sotto di lui nel nostro letto.

Dopo aver indossato di nuovo il maglione e i leggings scuri, Lili e io andammo alla cassa per acquistare la tuta e il vestito, oltre a un paio di cose che Lili aveva preso per sé e che non l'avevo nemmeno vista prendere. "Sono 1550,82 dollari," disse la commessa, facendomi quasi soffocare.

Lili non batté ciglio. Porse alla donna una carta di credito nera, che sembrava fatta di vero metallo. Cercai di mantenere un'espressione neutra, ma *davvero*? Sapevo che i Castillo erano ricchi, ma una carta di credito premium? Mentre la donna metteva i nostri acquisti nelle buste, mia cognata mi lanciò un'occhiata. "Ricordami di dire ad Angel che ti servirà una carta personale," disse. "Ne avrai bisogno."

Perché mai dovrei usare una carta simile? "Credo che non la userei mai," dissi freddamente.

Lili scoppiò a ridere. *"No seas mensa."* Non ero del tutto sicura di cosa significassero quelle parole — avevo iniziato da poco le lezioni su Duolingo — ma mi sembrò di capire che mi avesse definita stupida. "Quando capirai che sei una Castillo adesso?"

Mi sentii arrossire in volto. "Lo so."

Lili mi guardò incredula. "Davvero?"

Sollevai le spalle per mostrarmi in tutta la mia altezza. "Dirò ad Angel che ho bisogno anch'io di una carta," risposi scrollando le spalle. "Contenta?"

Lili mi rivolse un sorriso ampio e pericoloso. "Moltissimo, sorellina."

Uscimmo dal negozio e scoppiai a ridere quando Lili consegnò le nostre buste a David, il nostro accompagnatore di quel giorno. Lili si era lamentata del fatto che una guardia del corpo rovinasse la nostra "uscita tra sorelle," ma Angel era stato irremovibile. Dopo che la famiglia Rojas l'aveva aggredito all'Elíseo, non voleva correre rischi. Fino a quel momento, David era rimasto il più lontano possibile da noi mentre svolgeva il suo lavoro.

"Andiamo a farci i capelli e le unghie," disse Lili, prendendomi a braccetto. "Angel apprezzerà quest'ulteriore sforzo."

Sbuffai al tono lievemente persuasivo della sua voce. "Non sei obbligata a impegnarti tanto con me," le dissi. "Non rinuncerei mai a una manicure." Non ricordavo l'ultima volta che ne avevo fatta una... o che avevo tagliato i capelli.

Lili guardò i capelli che mi ero annodata sulla testa. "Quanto vuoi tagliarli?"

"Mi piacciono i miei capelli..."

"Piacciono anche a me," disse una voce dietro di noi.

Trasalimmo entrambe e mi voltai: era un tipico ragazzo di Miami, probabilmente uno studente universitario, mediamente attraente. "Non siamo interessate," gli risposi nel modo più chiaro possibile.

Il ragazzo sorrise. "Oh, andiamo, signore," disse. "Sono un tipo sicuro di me; vi accompagnerei *volentieri* a farvi le unghie. Potrei anche aiutarvi a scegliere il colore. Che ne pensate?"

Dove cavolo era finito David? "No," disse Lili. Il suo tono di voce era più scontroso del mio. "Sparisci."

Il sorriso del ragazzo, però, si ampliò ulteriormente. Era sinceramente inquietante. Allungò una mano e mi tirò una ciocca di capelli che mi era caduta dallo chignon disordinato. Sentii un brivido lungo la schiena e mi allontanai dalla sua presa. "Voglio solo essere gentile."

Vidi Lili stringere i pugni. "Continua a camminare," le sussurrai, guardandomi intorno in cerca di David e vedendolo a diversi metri di distanza, evidentemente intento a flirtare con una ragazza in abbigliamento da spiaggia. *Angel si incazzerà*, pensai.

Lili, però, non mi ascoltava. Dubitavo seriamente che ascoltasse qualcuno al di fuori di suo padre. Si voltò di scatto e mi trascinò con sé. "Ascolta, *pendejo*, non siamo interessate. Vattene. Subito." Il sorriso gli scomparve all'improvviso dal volto. Il ragazzo afferrò il braccio di Lili e, nel momento in cui la toccò, mia cognata si girò e con una mossa lo fece cadere sul marciapiede. "Toccaci un'altra volta e mi assicurerò che non camminerai mai più," ringhiò Lili in un'imitazione perfettamente terrificante dei suoi fratelli. Il ragazzo si allontanò di soppiatto, borbottando scuse intervallate dalle parole "stronza" e "puttana".

David arrivò di corsa e Lili si voltò verso di lui. "Dov'eri finito?" Gli domandò. "A cosa servi se sparisci, eh?"

Il nostro accompagnatore cercò di scusarsi e ci implorò di non dirlo ad Angel, ma io lo ascoltavo a malapena. Ero troppo affascinata da ciò che aveva fatto Lili. "Conosci l'autodifesa?" Le chiesi mentre ricominciavamo a camminare, seguite da David.

"Ovviamente," mi rispose. "Abbastanza da cavarmela in situazioni del genere e so sparare bene quanto Angel... anche se Omar è più bravo di entrambi."

"Potresti insegnarlo anche a me?" Le domandai. Combattere, sia con i pugni che con qualche arma, non era mai stato qualcosa che avrei voluto fare, ma non potevo negare che sarebbe stata una buona idea, considerando la mia nuova vita.

Lili mi fissò per un attimo, poi annuì. "Domani verrai con me al poligono." Mi prese di nuovo a braccetto e continuammo a camminare come se nulla fosse accaduto.

CAPITOLO 16

Angel

Volevo andare a prendere Emma alla villa personalmente, ma il tempo stringeva e non potevo allontanarmi dall'ufficio. Controllai l'orologio per la decima volta. Non ce l'avrei fatta ad andare a prenderla in tempo. La riunione doveva andare bene: mi avrebbe aiutato a far valere i Castillo come un'organizzazione da non sottovalutare nei mercati internazionali. Ne avevo già parlato con Padre che, però, non aveva compreso il mio punto di vista. Voleva nuove imprese e non aveva alcun interesse ad ampliare il mercato che avevamo già conquistato.

Eravamo in disaccordo, ma gli avrei mostrato ciò di cui eravamo capaci. Ciò di cui *io* ero capace.

Presi il telefono e premetti il numero "2" delle chiamate rapide. "Omar, potresti portare Emma al locale al mio posto? Dovrebbe essere pronta per le sette, ma ho altro lavoro da fare qui prima della riunione."

Omar sospirò. "Quindi sono il tuo fattorino?"

"Ti devo un favore." Anche tra fratelli, un favore significava qualcosa e lo sapevamo entrambi.

"Me ne occupo io," mi disse.

"*Gracias.*"

Quando riagganciò, tornai alle mie proiezioni. I miei uomini stavano allestendo la zona del bar per la riunione, rifornendolo di alcolici di alta qualità e preparando le decorazioni. Persi la cognizione del tempo e quando Omar mi richiamò mi sembrava che fossero passati solo pochi minuti.

"Siamo arrivati," borbottò con uno strano tono di voce.

"Qualcosa non va?"

Omar emise un sospiro profondo. "Non puoi uccidere nessuno stasera. Dobbiamo instaurare dei legami diretti in Venezuela e in Colombia affinché i nostri piani funzionino."

Mi irrigidii, infastidito. "Lo so benissimo," gli risposi. "Che cosa intendi dire?"

"Lo vedrai."

La telefonata si interruppe e poi la porta del locale si aprì. Emma entrò con Omar, che chiuse la porta alle loro spalle. Spalancai la bocca e non riuscivo a chiuderla; la mente mi si era scollegata dal resto del corpo.

Omar aveva ragione. Avrei piantato una pallottola in testa al primo uomo che l'avrebbe guardata. Indossava un vestito nero, di un tessuto che sembrava fluirle lungo il corpo. Aveva una profonda scollatura sul petto, ma quella sulla schiena era ancora più profonda. Indossava un paio di scarpe che potevano tranquillamente essere considerate un'arma. I capelli arricciati le ricadevano sul viso.

Non mi era mai diventato duro tanto in fretta in tutta la mia vita. Il suo sguardo si posò su di me e un sorriso le apparve sulle labbra tinte di rosso. *"Hola,"* mi disse avvicinandosi. *"Buenas noches."*

"Buenas noches, mi esposa," le dissi, allungai la mano e le sfiorai la clavicola con il pollice. Volevo toccarle il viso, ma non volevo rovinarle il trucco. "Sei bellissima." Non era il termine giusto. Era perfetta: esattamente ciò di cui avevo bisogno nella donna che sarebbe stata al mio fianco.

Il suo sorriso si addolcì. "Grazie", mormorò. "Che cosa hai bisogno che faccia?"

"Sii una brava padrona di casa," le dissi. "Sii accogliente e affascinante."

Emma annuì. "Posso farlo," mi rassicurò.

"Lo so," le risposi.

Prima che potessi davvero spiegarle cosa stava per succedere, i miei ospiti iniziarono ad arrivare. Non ero sicuro di cosa aspettarmi da lei, ma Emma sorrise mentre il contingente venezuelano, un uomo più anziano di nome Miguel e suo figlio Francisco, si avvicinava a noi. *"Bienvenidos*, signori," li accolsi. "Questa è mia moglie Emma."

Emma rivolse loro un sorriso ampio e accogliente. Non era il sorriso che usava con me, ma non sembrava falso o superficiale. "Benvenuti," disse lei. "Posso portarvi qualcosa?" Mi lanciò un'occhiata. "Iniziamo la serata con un cocktail o con dello champagne?"

L'uomo più giovane, Francisco, guardò Emma in un modo che mi fece stringere i pugni. "Un whiskey," disse lui. "Liscio."

"Anche per me," disse Miguel. Il suo sguardo, per lo meno, non vagò liberamente sul corpo di Emma.

Mia moglie mi lanciò un'occhiata. "Preparo lo stesso anche per te?"

Aprii la bocca per dire che avevamo un barista perfettamente in grado di versarci da bere, ma la sua espressione mi fece capire che aveva bisogno di tenersi occupata, di avere un compito da svolgere. "Tequila con ghiaccio, *mi esposa*," le risposi. "Grazie."

Emma si avvicinò al bancone, chiese al barista di andarsene e iniziò a preparare da bere. Emma non era una grande bevitrice, ma prese bottiglie e bicchieri come se fosse stata dietro un bancone per tutta la vita. "È stupenda, Angel," disse Miguel.

"*Gracias*," gli risposi, fissando Emma ancora per un istante prima di rivolgermi ai due uomini. "Ademir è elegantemente in ritardo, come sempre, ma vi andrebbe di seguirmi?" Indicai il tavolo che avevo preparato. I due mi seguirono e ci sedemmo. "Ho portato le proiezioni che avevo preparato nel caso in cui..."

"Sono qui," tuonò una voce alle nostre spalle. "Sono qui."

Ademir era massiccio e chiacchierone; mi ricordava Omar, con la differenza che mio fratello sapeva quando tenere la bocca chiusa. "Ademir," lo salutai. "Sei arrivato prima di quanto mi aspettassi."

Mi rivolse un sorriso tagliente. "Potrei arrivare elegantemente in ritardo a una festa, ma non sono mai in ritardo per gli affari." Mi fece l'occhiolino. "Inoltre, ho saputo che ti sei sposato e voglio conoscere la donna che ti ha preso al cappio."

"Sono io," disse Emma, tornando con un vassoio di bevande in mano. Ademir spalancò gli occhi per un istante, poi tornò in sé. Emma porse a Miguel e Francisco i loro drink con un sorriso, poi mi mise il mio in mano. "Sono Emma," disse presentandosi. "Posso portarle qualcosa da bere?"

A giudicare dall'espressione del suo volto, Ademir era rimasto affascinato. Il suo sguardo era più audace di quanto avrei consentito alla maggior parte dei miei soci in affari, ma la sua reazione rispecchiava la sua consueta esuberanza. "Per me niente, al momento," le disse. "Berremo dello champagne una volta raggiunto un accordo, vero?"

"È già stato messo in fresco proprio per questo," gli rispose. Emma doveva averlo visto dietro il bancone. "C'è qualcos'altro che posso fare per voi?" Domandò guardandomi.

Le misi un braccio intorno alla vita. La stoffa del suo vestito era soffice come immaginavo. Volevo stringerlo tra le mani e sollevarglielo fino ai fianchi. "Vieni a sederti con noi," le dissi.

Emma ne fu sorpresa. "Davvero?" Mi chiese.

Annuii. "Dico mai qualcosa che non penso?" Le domandai.

"Suppongo di no," disse lei, sembrando un po' incerta per la prima volta. "Che cosa devo fare?"

"Solo ciò che stai già facendo," la rassicurai, conducendola al tavolo con una mano sulla schiena. Normalmente non ci si aspettava che le mogli partecipassero alle riunioni di lavoro, ma Emma piaceva a quegli uomini e avrei sfruttato qualsiasi vantaggio per far funzionare le cose.

Avvicinai una sedia ed Emma vi si sedette, incrociando le gambe all'altezza della caviglia. Molto femminile. "Fatemi sapere se posso portarvi qualcosa," disse sedendosi.

"Grazie, *mi esposa*." Aprii il laptop e iniziammo a discutere dei miei progetti per l'espansione.

Apparentemente annoiato, Francisco si voltò verso Emma. Le osservò la curva del collo e la scollatura del vestito. Immaginai di spaccargli la testa a mani nude. *Ti romperesti le nocche*, ricordai a me stesso.

Quando Emma notò che la stava fissando, si strinse al mio fianco. Era un modo per sottolineare, senza essere scortese, che era mia moglie. Le appoggiai una mano sulla coscia. Ademir sogghignò a quella dichiarazione silenziosa. "Sembri un giovane re, Angel," mi disse. "Seduto accanto alla sua regina." Miguel e Francisco furono d'accordo, poi tornarono a parlare di come contrabbandare prodotti dal Sud America agli Stati Uniti e ad altri paesi senza attirare l'attenzione.

Continuavo a pensare alle parole di Ademir. *Un re, eh?* Guardai Emma, che stava cercando di non sembrare imbarazzata, riuscendoci piuttosto bene. Mi chinai e le sussurrai all'orecchio: "Dovrei regalarti una corona? Così sembreresti davvero la mia regina."

Emma alzò leggermente gli occhi. "Non sono una bambola," ribatté.

Le passai un dito sul vestito ed Emma rabbrividì. "Non sei una bambola," concordai, "ma penso che ti piaccia vestirti bene per me."

Emma gemette dolcemente. "Forse," sospirò, "ma forse dovresti prestare attenzione alla tua riunione."

Miguel schioccò i denti. "La tua bella mogliettina ha ragione, Angel."

Certo che aveva ragione, ma non apprezzai il rimprovero. Assomigliava un po' troppo ai velati avvertimenti che Padre usava pronunciare prima di attaccare. Affondai le dita nella coscia di Emma, facendola sussultare. "La mia bella mogliettina deve ricordarsi le buone maniere," dissi.

Emma si schiarì la voce. "*Sì, jefe*," rispose, facendo ridere gli uomini presenti. *Ho intenzione di sculacciarla uno di questi giorni*, pensai sorridendo. Sapevo che era una bambina cattiva.

CAPITOLO 17
Emma

Avevo sempre pensato di essere una brava persona, ma ascoltando quegli uomini discutere casualmente su come contrabbandare al meglio la droga da un paese all'altro stavo iniziando a mettermi in discussione. Potevo ancora ritenermi una brava persona se la mia vita era diventata in quel modo? Traffico di droga, omicidi... qual era il limite?

Mentre parlavano di come Angel avesse progettato di espandere l'organizzazione ai mercati europei, la porta del locale si aprì ed entrò un giovane uomo, o meglio, un *ragazzino*. Sentii Angel irrigidirsi accanto a me, poi mi toccò casualmente il braccio. Mi alzai in piedi. "Chiedo scusa," risposi quando i loro sguardi si posarono su di me. "Devo occuparmi di una cosa."

Cercando di restare calma, attraversai il locale per raggiungere il ragazzino, che era quasi svenuto davanti alla parete. Non aveva più di sedici anni e il sangue gli colava sul braccio. "Ho bisogno di Angel," mi disse in un tono di voce dolorante.

"Vieni con me," gli dissi. "Ci penso io."

Quando si alzò, però, barcollò e cadde in ginocchio. "Mi gira la testa," farfugliò.

Gli misi un braccio intorno il più delicatamente possibile ma, pur essendo tanto giovane, era più alto di me e non riuscii a tirarlo su da sola. Mi guardai alle spalle e incrociai lo sguardo di Angel, che fece un cenno a Omar.

Mio cognato ci mise solo pochi istanti per raggiungermi. "Manny," disse in tono sprezzante. "In che guaio ti sei cacciato?" Prese in braccio il ragazzino come se fosse una piuma. Omar mi fece cenno di seguirlo con il gomito. "Portiamolo in ufficio."

Percorsi con loro il corridoio dietro al bancone del bar fino all'ufficio del direttore. Non era molto grande, ma c'era un divano sul quale Omar poté adagiare Manny. "È vostro cugino, giusto?" Gli domandai. Non avevo conosciuto tutti i cugini di Angel, ma avevo visto quel ragazzino in giro per la tenuta una o due volte. Non viveva lì, per quanto ne sapevo, ma veniva a nuotare in piscina. Lara gli dava dei dolci quando pensava che nessuno lo guardasse.

"Il più piccolo," disse Omar con un cenno del capo.

"Ho quattordici anni, non sono tanto piccolo," ansimò Manny in tono orgoglioso. "*Tío* Gustavo mi ha detto che potrei iniziare presto a sbrigare delle commissioni."

"Angel non lo permetterebbe mai," disse Omar; sembrava affezionato al ragazzino. "Non finché non ti diplomerai."

Manny lo guardò. "Potrei aiutarvi," ribatté. Emise un verso dolorante.

"Tre anni non sono poi così tanti," gli risposi. "I tuoi cugini sanno cosa fanno. Fidati di loro."

Il ragazzino non smetteva di fissarmi. "Tu sei la moglie di Angel," disse con voce stridula.

Gli sorrisi. "Emma," gli dissi. "Piacere di conoscerti." Gli guardai il braccio sanguinante. "Tuttavia, sarebbe stato meglio se fossi venuto a pranzo alla tenuta."

"Ho saputo che cucini bene," mi disse. "Ho sentito mio padre che se ne vantava."

Anche se stava cercando di nasconderlo, Manny stava impallidendo. "Devo dargli un'occhiata al braccio," dissi a Omar. "Potrebbe dover andare in ospedale per i punti."

Manny e Omar scossero la testa contemporaneamente. "Niente ospedale," disse Omar. "Chiamerebbero la polizia."

Strinsi i denti per trattenere le parole che mi risalivano in gola. Nessuna di esse era utile; tutte mi avrebbero messo nei guai. "Va' a prendermi un kit di pronto soccorso," gli dissi. "Se abbiamo della colla chirurgica, dovrei riuscire a rimetterlo in sesto."

Omar annuì e, troppo silenziosamente per un uomo della sua stazza, lasciò l'ufficio. Cominciai ad arrotolare la manica della camicia di Manny. Il ragazzino sussultò e cercò di liberarsi dalla mia presa. "Fa male, cazzo!" Urlò.

Gli diedi un colpetto sul naso. "Bada a come parli."

Sbuffò, riacquistando la sua espressione da duro. "Sei forse mia madre?"

Gli diedi un altro colpetto e Manny urlò quando trasalì. "Sono la moglie di Angel," gli risposi a tono. "Quindi devi ascoltarmi, d'accordo?"

Manny aggrottò la fronte. "Non prima che *Tío* Gustavo muoia e che Angel prenda il suo posto."

Prima che potessimo continuare a discutere, Omar tornò con un kit di pronto soccorso. "Manuel," borbottò. "*¡Un poco de respeto!*"

Manny abbassò le spalle. "Scusa," mormorò.

Continuai a tirargli su la manica. "Va tutto bene," dissi. "Però resta fermo, ok?" Gli guardai il braccio e feci una smorfia. Per fortuna era solo un graffio, ma la carne era lacerata. Le mani mi tremavano e la nausea mi attanagliava lo stomaco. Feci un respiro profondo e allungai la mano verso il kit.

"Devo andare," disse Omar. "Posso lasciarvi soli?"

Guardando ancora la ferita di Manny, gli risposi: "Va tutto bene."

Lo sentii andarsene mentre aprivo il kit. Era simile a quello che avevo usato quando Angel era stato punito da suo padre; non mi ci volle molto a recuperare la colla chirurgica e le garze sterili. "Mi farà male?" Mi domandò Manny. Nonostante la sua spavalderia, si capiva che era *molto* giovane.

"Meno di un colpo di pistola," le dissi.

"Non è... confortante come pensi," mi disse.

Gli accarezzai la mano. "Lo so." Con una mano, strinsi la ferita e usai la colla chirurgica per chiuderla. Manny trattenne un gemito per il bruciore, ma rimase fermo mentre ci soffiavo sopra, cercando di farla asciugare il più rapidamente possibile.

Quando fui sicura che la ferita non si sarebbe riaperta, aprii una garza sterile, coprii la parte e la fissai con del nastro adesivo. Non era una medicazione professionale, ma avrebbe retto. Presi dal kit alcuni degli antidolorifici a dosaggio più elevato, anche se avevo notato che erano etichettati solo con il dosaggio, ma non avevo intenzione di contestarlo e glieli diedi. Manny li inghiottì con la saliva. "Ti spunterà la cicatrice," gli dissi, "ma non avrai bisogno di punti veri."

Manny mi rivolse un sorriso incerto. "Grazie, Emma."

Gli arruffai i capelli. "Prego, ragazzino."

"Non sono un ragazzino," insistette lui, ma la sua espressione impaurita lo fece sembrare ancora più giovane dei suoi quattordici anni.

Lo zittii. "Sdraiati," gli dissi. "Riposati finché Angel non avrà finito la riunione."

Si distese. "Non mi lascerai da solo, vero?" Manny sembrava molto spaventato e il cuore mi batteva forte nel petto. Povero ragazzino! Non avrebbero dovuto coinvolgerlo in tutto ciò.

"Non vado da nessuna parte," gli risposi. "Angel e Omar possono gestire la riunione senza di me; comunque non ero molto d'aiuto."

Manny tirò su con il naso; gli antidolorifici lo aiutarono ad abbandonarsi a un sonno inquieto. Mi sedetti, accarezzandogli i capelli, finché la porta dell'ufficio non si riaprì. "Sta bene?" Mi domandò Angel.

Guardai mio marito. Nonostante la sua bellezza, soprattutto con quel vestito, non ero più dell'umore giusto per flirtare. Mi prudeva la pelle, come se fosse infastidita. "Gli hanno sparato," sibilai. Non ero arrabbiata con Angel, non esattamente, ma ero arrabbiata e il mio corpo non sapeva come gestire quella sensazione. "No, non sta bene."

Angel sospirò. "Emma..."

"Starà bene," borbottai. Avrei dovuto controllare il tono della voce – lo sapevo – ma non ci riuscivo. Non in quel momento. "Probabilmente ha bisogno di veri punti di sutura, ma ho fatto tutto ciò che potevo e gli ho dato degli antidolorifici per anestetizzarlo. Con un po' di fortuna, non si prenderà un'infezione e non perderà il braccio."

Angel attraversò la stanza e mi tirò su. Non ero sicura di cosa aspettarmi — un rimprovero o qualcosa di simile — ma mi strinse tra le braccia, quindi mi sbagliavo. Mi mise il viso tra i capelli e respirò profondamente. "Grazie per esserti presa cura di lui," mi disse.

Nemmeno quando parlava dei suoi fratelli avevo mai sentito Angel tanto coinvolto con qualcuno. Era preoccupato per quel ragazzino e ciò mi turbò. "Prego," gli risposi un po' tesa, poi gli misi le braccia intorno, stringendolo quanto Angel stringeva me. "Com'è andato il resto della riunione?"

Angel rimase in silenzio e per un attimo dubitai che volesse parlarmene. Poi disse: "Collaboreremo con Miguel per costruire una struttura in Venezuela."

Non ero sicura che fosse del tutto un bene, ma era il risultato sperato. "Sono contenta che tu abbia ottenuto ciò che volevi," gli dissi. Non riuscii a dirgli che ero orgogliosa di lui perché non potevo esserlo.

Mi sussurrò qualcosa tra i capelli, poi mi lasciò andare. Allungando una mano, svegliò delicatamente Manny. "È ora di alzarsi, *mijo*," gli disse.

Manny riprese improvvisamente conoscenza, urlando mentre si muoveva. "Angel, fa male," disse in tono assonnato e infantile. Notando la mia presenza, si sforzò di sollevarsi per sedersi. "Ma va tutto bene. Sto alla grande."

Non era vero e sia io che Angel ne eravamo perfettamente consapevoli. "Raccontami cos'è successo," gli disse Angel.

Manny si mise a giocherellare con i jeans macchiati di sangue, improvvisamente nervoso. "Ero andato allo skatepark dopo la scuola," disse, "e qualcuno ha puntato una pistola fuori dal finestrino di un'auto che passava là davanti. Mi sono buttato a terra, quindi mi hanno solo preso di striscio."

"È stata una mossa intelligente," gli dissi. "Ben fatto." Guardai Angel, che annuì in segno di conferma. Manny rilassò leggermente le spalle tese.

"Che tipo di auto era?" Gli domandò Angel. "Dimmi tutto ciò che hai notato."

"Era un SUV scuro," rispose rapidamente il ragazzino. "La targa era JIFK13."

Angel sorrise. "Sei sempre stato il più intelligente tra i miei cugini," gli disse. "Controlleremo la targa e ce ne occuperemo. Te lo prometto."

Controllare la targa? Come fa la polizia? Stavo per chiedergli *come*, ma decisi che non ne valeva la pena. "Che cosa farete dopo?" Gli domandai. "Quando scoprirete chi gli ha sparato?"

Angel mi lanciò un'occhiata eloquente: avrebbe eliminato quella persona. Probabilmente nel modo più doloroso possibile, considerando che avrebbe potuto uccidere il suo cuginetto preferito. La velocità con cui mio marito decideva di uccidere qualcuno avrebbe dovuto turbarmi, ma la sua espressione fiera mi provocò una sensazione di calore nello stomaco. Perché le cose più sconvolgenti che faceva mi eccitavano? Che razza di persona ero?

"La tua riunione è finita?" Gli domandai. "Possiamo tornare a casa?"

"Sì. Omar riaccompagnerà Manny da sua madre. Ti riporto a casa."

Ero più che pronta a togliermi quel vestito... ma ero preoccupata di lasciare Manny. "Sei sicuro che Omar possa prendersi cura di lui?"

"Ehi." La voce profonda di Omar mi fece trasalire. Mio cognato mi stava fissando dalla porta. "Mi sono occupato di più persone ferite rispetto alla maggior parte degli infermieri dell'ospedale locale."

Non avevo dubbi che avesse ragione. "Puoi essere *gentile* con lui?" Gli domandai.

Omar sbuffò. "Quello è il compito di sua madre," mi rispose. "Non il mio."

Angel si strofinò gli occhi. "Omar, accompagnalo semplicemente a casa, d'accordo?" Allungò una mano e me la appoggiò sulla spalla. Il calore del suo palmo mi si insinuò nella pelle. "Tu vieni con me."

Guardai Manny, che stava sorridendo a Omar, così accettai. "Portami a casa," gli risposi, chiedendomi vagamente quando avevo iniziato a considerare la villa, e Angel, casa mia.

CAPITOLO 18
Angel

Emma rimase in silenzio quando le aprii lo sportello. Mi guardava a malapena. Quando si sedette, le mani le tremavano talmente tanto che dovetti abbassarle la cintura di sicurezza e inserirla nella fibbia. "Qualcosa non va?" Le chiesi. Le toccai il mento, avvicinando i suoi occhi azzurri ai miei. "Stanotte sei stata bravissima."

Emma cercò di liberarsi. "Voglio solo tornare alla villa," disse. "Per favore."

Tuttavia, ero certo che c'era qualcos'altro che non mi aveva detto. "Emma." Mia moglie continuava a tremare. "Dimmi cosa c'è che non va." Emma scosse la testa. "Dopo tutto quello che hai fatto per Manny stasera, farei qualsiasi cosa per te. Dimmi di cosa hai bisogno."

"Ho medicato un *bambino* di quattordici anni con ciò che avevo a disposizione," sospirò, "dopo aver partecipato a una riunione sul contrabbando internazionale di droga... Mi sento davvero tesa."

La esaminai per un lungo istante. Non sembrava disgustata o spaventata, solo turbata. Scossa, forse. "Che cosa posso fare, *mi esposa?*"

Emma alzò gli occhi al cielo. "Portami a casa," ripeté, stupendomi quando la sentii chiamare la villa "casa". Da quanto ricordavo, era la prima volta che lo faceva. Le chiusi lo sportello. Pensavo che la questione non si sarebbe conclusa in quel modo, ma per il momento era tutto ciò che potevo fare.

∼

Quando ci fermammo davanti alla villa, Emma allungò il braccio e mi prese la mano. "Potresti...?"

"Che cosa, *mi esposa?*"

"Portarmi di sopra," mi disse, facendomi capire che voleva che la toccassi.

"Mi sembrava che avessi detto di sentirti molto tesa." Non avrei mai rinunciato all'opportunità di toccarla... ma volevo che anche lei lo volesse. Amavo i suoi gemiti, il modo in cui si aggrappava a me come se fossi la sua ancora in quel mondo. In quei momenti, Emma mi dava quasi tutta sé stessa e mi rifiutavo di accettare qualcosa in meno.

"Io... ho bisogno che mi aiuti a tornare in me." Emma mi fissò e quell'espressione di confusione e desiderio, della quale stavo iniziando a non poter fare più a meno, era evidente nel suo sguardo. Non capivo bene cosa intendesse, ma percepivo che ne avesse davvero bisogno.

Le sfiorai la guancia con il pollice. "Va' nella nostra camera da letto," le dissi. "Preparati per me."

Mi rivolse uno sguardo sollevato, scese dall'auto e si diresse verso la casa prima che avessi la possibilità di muovermi. Sorrisi, osservando il modo in cui ondeggiava i fianchi e il tessuto del vestito le esaltava le curve.

La seguii più lentamente, fermandomi nell'ufficio di Padre nel tragitto. "Padre," dissi bussando mentre entravo.

"La riunione è andata bene?" Mi chiese, ma non sembrava soddisfatto.

"Sì," gli risposi ignorando il suo tono. "Miguel e io abbiamo deciso di costruire insieme una struttura in Venezuela e di entrare nei mercati internazionali. L'Europa è redditizia. Lo stesso vale per la Russia."

Padre chiuse gli occhi per un istante, come se stesse riflettendo, ma sapevo che stava contando mentalmente. Qualcuno gli aveva detto che contare fino a dieci aiutava a calmare i nervi. Non funzionava, ma non smetteva mai di provarci. "Luis Rojas mi ha mandato un messaggio di resa," disse, senza rispondere a ciò che avevo detto. "Vuole incontrarti e fare pace."

Pace? Mi veniva da vomitare al semplice suono di quella parola. "È una trappola."

"Ho un appuntamento in ospedale," disse continuando a ignorarmi; sapevo che ciò che intendeva per appuntamento era in realtà un trattamento di chemioterapia. Non aveva ancora pronunciato quel termine, come se avessimo deliberatamente evitato la parola "cancro" dal momento della diagnosi, ma l'avevo già accompagnato ad alcune sedute. Sembrava che non funzionassero, ma mio padre era decisamente un tipo testardo, anche sapendo che stava per morire. "Lo *incontrerai* in territorio neutrale. Attaccarti lì sarebbe un atto di guerra."

La rabbia ebbe il sopravvento su di me. "Mi ha attaccato e ha ucciso metà dei miei uomini nel nostro bar senza essere stato provocato. Ha già commesso un atto di guerra."

Mio padre borbottò contraendo il labbro. "Stai urlando contro di me, *mijo*?" Mi chiese con il suo consueto tono di voce pericoloso.

Abbassai la testa in segno di un pentimento che non provavo davvero. "No, Padre," gli risposi. "Sono semplicemente... cauto riguardo a questo cambiamento di atteggiamento. Luis Rojas non è noto per essere un uomo tranquillo. Credi sia saggio per noi partecipare a quest'incontro?"

Padre serrò la mascella per un attimo. "Andrai a quell'incontro," disse, "e porterai Omar con te. Se avrete la sensazione che Luis faccia il doppio gioco, uccidetelo."

Non c'era modo di discutere. "*Sì*, Padre." Dopo un'altra lunga occhiata, mi fece cenno di andare e, con un cenno del capo, uscii dall'ufficio. Pensare a Luis Rojas mi fece rivoltare lo stomaco... Ma sapevo che Emma mi stava aspettando a letto.

La trovai sul nostro letto, nuda e ansimante. Aveva una mano tra le cosce e si mordicchiava il labbro inferiore. Conoscevo quello sguardo: era frustrata. "Che succede, *mi esposa*?" Le chiesi, appoggiandomi allo stipite della porta con le braccia incrociate sul petto.

Emma si lamentò. "Ci hai messo troppo tempo." Non interruppe il movimento della mano e delle dita, ma sbuffò. "Non posso..."

Mi avvicinai al letto. "Non puoi fare cosa, Emma?"

Si tolse la mano dalle gambe, mettendo il broncio in un modo che mi fece venire voglia di immobilizzarla sul letto. "Non è altrettanto bello."

Avrei potuto vantarmi. Nessuno, nemmeno lei stessa, avrebbe potuto darle più piacere di quanto facessi *io*. Solo io potevo darle il sollievo di cui aveva un bisogno tanto disperato. "Fammi vedere," sospirai.

Emma aggrottò la fronte con un'espressione confusa. "Che cosa?" Si sollevò sui gomiti. "Angel, che cosa intendi dire?"

"Fammi vedere ciò che è mio," le dissi.

Le sue guance assunsero una bella tonalità di rosa ma, nonostante l'imbarazzo, Emma non esitò a sollevare le ginocchia e ad aprire le cosce. La vagina bagnata le brillava alla luce e dovetti ricorrere a ogni briciolo del mio autocontrollo per non saltarle addosso. "Perché sei ancora lì?" Riuscii a percepire il suo tono di voce frustrato. "Angel, *ti prego*."

Salii sul letto e mi distesi accanto a lei. Le misi una mano sul pube, sfiorando con il dito il punto in cui aveva più bisogno di me, e iniziò a dimenarsi. "Dimmi quanto hai bisogno di me."

I suoi occhi si infiammarono in segno di sfida, ma quando tolsi le dita mi strinse le cosce intorno al braccio. "Ho bisogno di te," mi implorò. "Tremendamente." I suoi occhi si riempirono di lacrime e capii che non era un gioco. Non era il momento di stuzzicarla e tormentarla, anche se le piaceva che lo facessi quasi tutti i giorni.

Avrei potuto dirle delle parole rassicuranti, ma non aveva bisogno nemmeno di quelle. Invece, rimisi le dita dove le voleva e iniziai a sfiorarle il clitoride, facendole inarcare la schiena. "*Angel*," ansimò.

Continuai a muovere le dita senza fermarmi e il suo piacere crebbe rapidamente. Strinse la coperta tra i polpastrelli e iniziò a muovere i fianchi al ritmo della mia mano, inseguendo le sensazioni che le stavo facendo provare. Mentre continuavo a tenere il ritmo con il pollice sulla sua pelle, le feci scivolare un dito nella vagina e lo piegai in quel punto sensibile dentro di lei. Emma emise un gemito di dolore e i suoi muscoli interiori si strinsero intorno a me. "Forza," le dissi. "Vieni per me, *mi esposa*."

Lo fece, inarcando perfettamente la schiena. Era bellissima quando veniva: uno spettacolo di cui pensavo che non mi sarei mai stancato.

Mi allontanai, con l'intenzione di fare la doccia e cambiarmi per andare a letto, ma Emma mi afferrò disperatamente con le mani, come se fosse ancora sul filo del rasoio. "Tu non sei...?"

Scossi la testa. "Non è necessario," le dissi. "Questo era per te." Non mi succedeva spesso di non cercare il mio piacere a letto; il piacere delle donne con le quali ero stato a letto era un'estensione del mio. Quella volta, però, fu solo per lei, per farle scaricare la tensione che mi aveva detto di provare.

Emma si sentì confusa da tutto ciò. Una scintilla di irritazione mi attraversò il corpo. *Non pensa che io possa fare qualcosa di carino per lei?* Pensai. "Va' a prepararti per andare a letto," le dissi alzandomi. "Voglio togliermi questo completo."

Prima che potesse fare o dire altro, uscii dalla stanza per entrare nella doccia. Se fossi rimasto con lei me la sarei scopata e, anche se nessuno di noi due ne sarebbe stato dispiaciuto, dovevo impormi sia con lei sia con me stesso.

Feci una doccia rapida e superficiale, desiderando che il mio pene si calmasse. Una volta finito di lavarmi i denti e indossato un paio di pantaloni del pigiama, mi aveva già perlopiù ubbidito. Tornando in camera da letto, Emma si era struccata e si era rimessa sotto le lenzuola. Mi dava le spalle.

Merda.

"Emma?"

Nessuna risposta. Salii sul letto e la trovai addormentata. I suoi capelli profumati erano sparsi sui cuscini. Mi distesi dietro la sua schiena e le misi un braccio intorno. Nel sonno, Emma si dimenò su di me, cercandomi. Gemetti quando mi resi conto che era ancora nuda.

Come fa a essere così carina anche quando dorme?

Le appoggiai le labbra sulla spalla nuda, sopra la catena della medaglia di San Cristoforo. Non se l'era tolta nemmeno una volta da quando gliel'avevo messa al collo. Emma borbottò qualcosa. "Non iniziare ciò che non hai intenzione di finire."

Sopraffatto dall'irritazione, le affondai i denti nella spalla, abbastanza forte da farla sussultare cercando di dimenarsi. La strinsi più forte. "Oh, no, *mi esposa*, sei stata insolente. Dovrai subirne le conseguenze."

"Sei stato tu a..."

Le diedi un altro morso, succhiandole la pelle arrossata finché non fui sicuro che le sarebbe spuntato un livido. "Silenzio." Usai la mano libera per abbassarmi i pantaloni del pigiama. "Solleva la gamba." Emma emise un verso indecente, ma prima che potesse rifiutarsi mi strofinai contro di lei. "Se mi vuoi," le dissi scherzando, "solleva la gamba." Emma rimase immobile per un attimo, ma poi sollevò la gamba, lasciandomi più spazio. Con un movimento, lo spinsi dentro di lei, facendole emettere un gemito dalla gola. "Era questo che volevi?"

Annuì, gemendo dolcemente. "Scopami." Imprecai ad alta voce e feci ciò che mi aveva chiesto, agitando i fianchi su di lei con un ritmo costante e intenso che la obbligò ad afferrare le lenzuola.

Il piacere mi accese. Nessuna sensazione poteva essere paragonata a immergermi dentro di lei il più profondamente possibile. "Dannatamente perfetta," le sussurrai sul collo, rendendo più scuri i lividi che le avevo fatto prima.

"Oh, Dio," gridò Emma, e la sentii contrarsi intorno a me. "Io..."

"Fallo," le ordinai. "Vienimi sul cazzo." Mi strinse mentre veniva e gemetti quando il suo orgasmo innescò il mio. Rimanemmo sdraiati accanto, riprendendoci dopo l'orgasmo, e sospirai.

"Cosa c'è?" Allungò il collo per guardarmi. "Qualcosa non va?"

"Ho appena fatto la doccia."

Mi fissò incredula per un istante... Poi scoppiammo a ridere. Era bello condividere tutto ciò con lei e la strinsi a me, assaporando quel momento.

Quando era stata l'ultima volta che ero stato tanto indulgente con qualcuno? "Vieni," le dissi. "Andiamo a..."

"Non ancora," mi implorò, stringendosi alle mie braccia. "Resta qui con me ancora per un po'."

Era impossibile dirle di no... il che era ancora più preoccupante.

Ti farà rammollire.

Quel pensiero mi venne in mente all'improvviso, senza volerlo. Sembrava un'affermazione tipica di Padre. Cercai di ignorarlo... ma era difficile lasciarlo andare. Emma mi stava *davvero* facendo rammollire.

CAPITOLO 19

Angel

Sedermi di fronte all'uomo che aveva ordinato la mia morte fu come uno schiaffo in faccia. Peggio di qualsiasi vero schiaffo in faccia che mio padre mi avesse mai dato. Luis Rojas era un bastardo opportunista e aveva cercato attivamente di uccidere me e i miei uomini per settimane... ma era lì per riappacificarci.

"Sono sorpreso che Gustavo abbia mandato un novellino," disse Luis. "Tuo padre non si degnerebbe di incontrarmi di persona, vero?"

Avrei piantato una pallottola tra gli occhi di quell'uomo. Immaginai la scena. Avrei potuto ucciderlo prima che qualcuno nel bar potesse reagire, poi mi sarei occupato del giovane seduto accanto a lui: Matteo Rojas, unico figlio di Luis ed erede dell'impero di famiglia. Una volta morti entrambi, i Castillo non avrebbero avuto alcuna concorrenza diretta nella zona e non ci sarebbero stati più tentati omicidi.

La targa che mi aveva dato Manny ci aveva fatti risalire a un uomo collegato alla famiglia Rojas. Non era stata solo l'aggressione al locale. Avevano cercato di uccidere anche il più giovane della nostra famiglia. Fottuti bastardi, tutti quanti.

"Mio padre si fida di me per fare ciò che va fatto," risposi lanciando un'occhiata a Matteo. Aveva la stessa età di Lili. "Vedo che hai portato tuo figlio ad assistere."

Luis digrignò i denti; vedevo la mascella che gli si muoveva avanti e indietro. "Matteo sta imparando."

Annuii. "Io ho *già* imparato." Appoggiai la schiena, con fare disinvolto e indifferente. "Perché siamo qui, Luis? Mi sono appena sposato e non vedo l'ora di tornare da mia moglie."

Mi ero svegliato ancora stretto a lei e la vista del suo viso rilassato, totalmente spontaneo, mi aveva fatto contorcere lo stomaco. Guardarla in quel modo era stato come fissare una trappola per orsi e volerci entrare. A malincuore avevo lasciato Emma a letto, alzandomi in silenzio per non svegliarla prima di recarmi a quell'incontro farsesco.

"Voglio la pace tra le nostre famiglie," disse Luis.

Trattenni l'insulto che mi sentii risalire in gola come la bile. "Il tuo uomo ha sparato a mio cugino ieri sera," gli risposi. "Hai mandato una spia a uccidermi nel mio locale. E ora vuoi la pace?"

"Stai dicendo che il mio Apá è un bugiardo?" Chiese Matteo, con il tipico atteggiamento di un ragazzino. Lili sarebbe riuscita a trattenersi; non avrebbe mai interrotto.

Luis diede una pacca al figlio sulla nuca, facendolo quasi cadere per terra. "Lascia parlare gli adulti, Matteo," disse Luis senza distogliere lo sguardo da me. "Ti avevo detto di tenere a freno la lingua e osservare."

Sorrisi, ma non mi alzai per provocare il ragazzo a mia volta. Ciò avrebbe fatto credere a Luis che fossi inferiore a lui. "Sto aspettando la tua risposta, Luis," dissi. "Perché proprio ora?"

Luis sospirò. "Mi sono reso conto dei miei errori," mi rispose. "Avere dei contrasti con voi adesso ridurrebbe i margini di profitto per entrambi e dubito che la polizia di Miami tollererebbe una guerra senza quartiere per il territorio come quando io e tuo padre eravamo giovani." Sorrise, come se quello fosse per lui un ricordo felice, e cercai di capire quanta forza mi sarebbe servita per rompergli il collo. Era più vecchio, più debole... non ci sarebbe voluto molto. "Pensa a ciò che potremmo ottenere se non ci ostacolassimo a vicenda."

Non credetti nemmeno a una parola. "Quindi tutto ciò non ha nulla a che vedere con la punizione che dovresti subire per gli uomini che sono morti a causa tua?"

L'uomo più anziano agitò la mano, come se la mia reazione fosse esagerata. "Mi scuso per le incomprensioni tra le nostre famiglie," disse. "Penso di avere una soluzione che può portare vantaggi a entrambi, se sei disposto ad ascoltarmi."

Avevo voglia di far ingoiare la lingua a quell'uomo. "Certo, ti ascolto." *Merda*. Padre si sedette accanto a me e non potei far altro che mantenere un atteggiamento calmo e neutrale. Se mi fossi irrigidito solo per un secondo, se ne sarebbe accorto e ne avrei pagato le conseguenze una volta tornati a casa. "Ti avevo detto che voleva la pace, no?"

"*Sì*, Padre," risposi a denti stretti.

"Non pensavo che venissi, Gustavo." Mi indicò e mi affondai le unghie nelle mani sforzandomi di non reagire. "Tuo figlio ha detto che ti fidi del suo giudizio."

"Sì," disse Padre, "ma l'appuntamento che avevo in programma è stato posticipato di un'ora ed ero incuriosito dall'opportunità commerciale che hai menzionato. Mi piacerebbe sapere di cosa si tratta." Mi guardò. "Piacerebbe a entrambi."

Io non volevo saperlo. Immaginai di tagliare la testa a quell'uomo, ma con Padre presente non c'era molto che potessi fare. "Parla pure," gli dissi.

Luis lanciò un'occhiata a Matteo, che dopo il rimprovero subito aveva assistito alla conversazione in silenzio. "Come sapete, abbiamo un'attività molto redditizia nel... settore dei trasporti e non abbiamo abbastanza personale per portarla avanti insieme alle altre imprese. Vorremmo che foste voi a occuparvene."

"Trasporti?" Domandai. Dalle informazioni che avevamo sui Roja, sapevo che avevano le mani un po' dappertutto. Ogni volta che ci eravamo avventurati su qualche mercato, trafficando merci, e avevamo svolto affari in modo legittimo per nascondere quel traffico, i Rojas ci avevano già preceduti. Tuttavia, non sapevo che si dedicassero al contrabbando.

Luis annuì. "Aiutiamo coloro che vogliono entrare nel paese a farlo e a trovare lavoro una volta messo piede sul suolo americano."

Mi si aprì una voragine nello stomaco. "Tratta di esseri umani," dissi.

Padre mi strinse il braccio. "Siamo in pubblico, *mijo*," disse senza guardarmi. "Bada a ciò che dici."

Mi sentivo ardere in viso. Per un momento avevo dimenticato dove fossimo. Inclinai la testa in segno di accettazione, ma non distolsi lo sguardo da Luis. "Questo impiego che li aiuti a trovare," dissi, "è il tipo di lavoro che possono lasciare in qualsiasi momento?"

Luis sollevò le spalle. "Una volta rimborsate le nostre commissioni associate al loro trasferimento, sono liberi di andare. Non ci interessa trattenere le persone contro la loro volontà."

Non gli credetti neanche per un secondo. "Quanto tempo ci vuole normalmente perché qualcuno ripaghi ciò che vi deve?"

Luis fece spallucce con un sorriso cordiale ancora impresso in volto. "La durata viene stabilita dalla persona che deve restituire il denaro, ovviamente. L'impegno che ci mettono nel lavoro è strettamente collegato alla quantità di tempo in cui devono lavorare."

Le sue parole volevano dire che nessuna di quelle persone riusciva mai a essere libera. Guardai Padre, provando una sensazione di nausea. Stava sorridendo. "Padre, non puoi dire sul serio." Mi lanciò un'occhiataccia, sorpreso dalla mia obiezione. "Padre..."

Ma come facevo a spiegare perché non ero d'accordo? Ammettere che l'idea di vendere qualcuno, di vendere delle *donne*, mi faceva contorcere lo stomaco sarebbe stata una debolezza. *Non mostrare mai al tuo nemico ciò che ami o ciò che temi*, pensai. Quella era una delle prime lezioni che mio padre mi aveva insegnato.

L'immagine di mia madre accasciata sul bordo della vasca, però, era ancora vivida nella mia mente; il suo sangue aveva colorato l'acqua di rosa. Aveva gli occhi aperti e non avrei mai dimenticato il grigiore senza vita del suo sguardo. Era stata offerta a mio padre perché la sua famiglia pensava di poter ricevere in cambio una vita migliore. Era sopravvissuta sotto le mani di mio padre per tutto il tempo possibile, ma non aveva avuto alcuna via d'uscita da quella vita. Dal momento in cui era diventata sua moglie, era finita in trappola. Non avrei mai capito qual era stato il punto di svolta, ma qualcosa aveva reso la sua vita talmente brutta da farle credere che le era rimasta solo una soluzione.

Non potevo far parte di qualcosa che distruggeva le persone in quel modo. Se l'avessi fatto, lo spirito di mia madre mi avrebbe perseguitato per tutta la vita.

Tuttavia, non potevo spiegare tutto ciò a Luis Rojas. Mio padre sarebbe stato il primo a voler gettare il mio cadavere nelle Everglades.

"Hanno sparato a Manny," dissi alzandomi. "Hanno ucciso una mezza dozzina dei miei uomini nel tentativo di uccidere me." Guardai Luis e Matteo, poi mio padre. "Non ci sarà mai pace tra le nostre famiglie."

Mi allontanai dal tavolo sapendo che Padre mi avrebbe di certo inflitto una punizione molto spiacevole. Non fatale, con un po' di fortuna, ma decisamente spiacevole. Nel parcheggio, tirai fuori il telefono e chiamai Emma. "Non ero sicura che ti avrei sentito oggi," mi disse rispondendo.

"Perché no?"

"Di solito, se non ti vedo prima di colazione, torni a casa quando sono già andata a letto," precisò. "Tutto bene? Di solito non chiami senza motivo."

Era fin troppo attenta ai dettagli per restare al sicuro. "E se volessi solo sentire la tua voce, *mi esposa?*"

Emma sbuffò. "Non è questo," mi disse. "Allora che cosa c'è che non va?"

"Io... non so perché ho chiamato," le risposi sinceramente. "Volevo solo sentire la tua voce."

Emma emise un sospiro esitante. "Oh," disse. "Mi sei mancato."

Non poteva essere vero. "Dici davvero?"

Emma evitò la domanda. "È da stamattina che tua sorella mi fa il culo in palestra."

"Perché?"

"Mi sta insegnando un po' di autodifesa," mi rispose. "Ho pensato di dover imparare."

Anche se non mi piaceva l'idea che qualcuno mettesse le mani addosso a mia moglie, pur trattandosi di mia sorella, non potevo negare che insegnarle un po' di autodifesa fosse una buona idea. "Non permetterle di darti troppi colpi," le dissi. "Preferirei non trovarti tutta piena di lividi quando torno a casa." *Se torno a casa*, aggiunsi mentalmente.

Emma scoppiò a ridere. "Sto facendo del mio meglio. È il mio primo giorno di allenamento, dopotutto." Poi fece una pausa; la ascoltai respirare. "Angel, davvero, va tutto bene?"

"Sto bene, *mi esposa*," le risposi. "Va' a divertirti con Lili."

Riuscii praticamente a sentire Emma alzare gli occhi al cielo. "Puoi dirlo forte," disse lei. "Ci vediamo a casa più tardi?"

"Più tardi," le risposi riattaccando, sentendomi ancora più confuso di prima. *Perché l'ho chiamata?* Perché avevo tanto bisogno di sentire la sua voce? Ero stato benissimo senza Emma per anni prima di incontrarla. La sua voce non avrebbe dovuto darmi tanto sollievo.

"*Mijo*." Mi voltai e vidi la mano di mio padre, che mi colpì sulla guancia. Mi fece oscillare la testa e mi spaccò l'interno della guancia. "Vieni con me al mio appuntamento," mi disse. "Dobbiamo parlare."

L'interno della bocca mi si riempì di sangue. Lo sputai per terra. "Sì," gli risposi. "Sei venuto in macchina o ti ha accompagnato *Tío* Andre?"

"Guida tu," mi disse Padre.

Salimmo sul mio SUV e accesi il motore. "Andiamo al Sylvester Comprehensive o al Baptist Health?" Padre era stato in entrambi gli ospedali per avere una seconda e una terza opinione e non coinvolgeva mai nessuno nei suoi trattamenti, quindi non sapevo quale ospedale avesse scelto.

"Al Sylvester," mi rispose. "Quell' altro dottore non sapeva di cosa stesse parlando; mi aveva dato una prognosi di meno di sei mesi e ne sono passati sette."

"I medici non sono veggenti, Padre," gli spiegai.

"Devo spaccarti anche l'altra guancia?" Ribatté.

"No, Padre," gli risposi. "*Lo siento.*"

Emise un verso di disapprovazione. "Lo vedremo."

CAPITOLO 20
Angel

"A che cosa stavi pensando, *mijo*?" Mi chiese Padre. Non aveva detto nemmeno una parola per tutto il tragitto fino all'ospedale. Durante la procedura di accettazione, dovette recitare la parte di un uomo normale, quindi fu solo dopo che l'infermiera ci lasciò soli che mi parlò direttamente. "Mancandomi di rispetto in quel modo?"

Se fossimo stati nel suo ufficio, circondati dagli uomini che avevano giurato di eseguire ogni suo ordine, probabilmente sarei stato ancora teso come quando ero uscito dal ristorante. Tuttavia, vedendo mio padre seduto su una sedia d'ospedale, attaccato alla sacca rosso vivo della chemio, mio padre sembrava vecchio e fragile.

Sarebbe tutto più facile se morisse, pensai. Immaginai di mettergli un cuscino sul viso. *Quanto tempo ci sarebbe voluto alle infermiere per arrivare di corsa? Abbastanza da farmi finire l'opera e scappare? Probabilmente no.*

"La famiglia Rojas è pericolosa," gli dissi. "Ci hanno dimostrato diverse volte che ci vogliono morti. Perché Luis dovrebbe cedere all'improvviso una parte redditizia della sua attività? Non ha alcun senso e mi rifiuto di mettere in pericolo la nostra famiglia."

"Ti *rifiuti?*" Mi domandò Padre. "*¿Te he oído bien?*"

Prenderlo a pugni non avrebbe potuto ucciderlo, ma sentire scricchiolare il suo naso sotto la mano sarebbe stato davvero soddisfacente. "Un po' di buon senso, Padre, *por favor*," gli dissi. "Luis ci tradirà. Ne sono certo."

"Luis è un cane bastonato," ribatté Padre. "Ubbidirà alle nostre richieste se mostriamo la giusta forza. Potremmo rilevare tutte le sue attività in un colpo solo."

Quindi era *quello* il punto di vista di mio padre: far credere ai Rojas che avevamo accettato la richiesta di pace per poi prendere il controllo e impossessarci di tutto. "E se avesse anche lui la stessa idea?" Ribattei. "Di cercare di prendere ciò che ci appartiene?"

Evidentemente, mio padre pensava che quella fosse la cosa più ridicola che avesse mai sentito. "Luis ha dovuto assumere un uomo per attaccarci. I suoi uomini non potrebbero opporsi ai nostri se si scatenasse una rissa."

I sei morti durante l'attacco all'Elíseo non sarebbero stati d'accordo con lui. "Padre, non abbiamo bisogno degli affari dei Rojas," gli dissi. "Ho stabilito una linea diretta con le risorse in Venezuela. Non avremo più bisogno dell'intermediazione dei fornitori, così ci faremo strada nei mercati in cui potremo imporre il triplo del prezzo per i nostri prodotti. Niente di ciò che possiedono i Rojas vale nemmeno un quarto di ciò che potremmo guadagnare."

Non capii se l'avevo davvero colpito o se la chemioterapia stesse ritardando i suoi tempi di reazione, ma mio padre mi fissò, limitandosi a sbattere le palpebre, per i due minuti successivi. "Hai grandi aspirazioni, *mijo*," disse infine. "Ma non voglio che indossi delle ali di cera e voli verso il sole."

"Se l'accordo con Miguel e Ademir dovesse fallire, non ci troveremmo in una situazione peggiore. Non vogliono il controllo su Miami; sono soddisfatti dei loro regni in Sud America. Se perdiamo con i Rojas, perderemo tutto."

"Luis Rojas non potrebbe prendere ciò che è mio," disse Padre con convinzione. Pronunciò quelle parole in modo impulsivo, come se non fosse totalmente in sé.

"Padre," gli dissi. "È imprudente avere a che fare con i Rojas e non ho intenzione di farlo."

"Angel..." Stava diventando furioso. Erano passati anni da quando avevo provocato mio padre in quel modo, ma in quel momento non era circondato dalle guardie. Eravamo solo io e lui e avrebbe dovuto ascoltarmi.

"No," gli dissi in tono deciso, "Padre, non mi lascerò coinvolgere dai Rojas e dal traffico di esseri umani."

Mio padre strinse gli occhi. "Quindi è *questo* il problema!" Urlò, come se avesse scoperto qualcosa.

"Non è solo questo il problema," ribattei, "ma ne fa parte."

"È un po' tardi per i *dubbi morali, mijo*," mi disse.

Scossi la testa. "Non sono preoccupato per la mia moralità, Padre," gli risposi. "Penso solo che non è una strada che mi interessa percorrere. Non sarebbe un beneficio per la nostra famiglia e ci causerebbe molti più problemi. Le droghe sono facili da gestire; non reagiscono. Non hanno famiglie. Non cercano di scappare."

Padre rimase in silenzio per un po'. Pensavo che si fosse addormentato, ma poi disse: "Quella donna ti ha fatto rammollire."

Sbuffai. "Di che cosa stai parlando?"

"Pensi che non abbia notato come la guardi? Pensi che non abbiamo sentito *tutti* i gemiti che provengono dalla vostra stanza?" Mi chiese in tono di sfida. "Ogni volta che ti trovi nella stessa stanza con lei, ti distrai dai nostri affari."

"Non è colpa di Emma," gli risposi. "È sempre stata accomodante da quando ci siamo sposati."

"Ha commesso degli errori," disse Padre, come se quella manciata di piccoli sbagli fosse imperdonabile. "È una debole."

"Se ne sei convinto," gli risposi, cercando di nascondere la mia rabbia, "perché hai voluto che la *sposassi*? Avrei potuto mandarla via; avrei potuto darle una scorta sette giorni su sette. Avrei potuto fare un centinaio di cose diverse per tenerla al sicuro e ripagare il mio debito con lei, ma *tu* hai deciso che il matrimonio era l'opzione migliore." Volevo che dicesse apertamente che sposare Emma doveva essere una punizione. Avrei davvero voluto ricordargli che quell'idea gli si era ritorta contro.

Ebbi la sensazione che Padre non riuscisse a trattenere la rabbia. "Pensavo che il matrimonio ti avrebbe fatto bene," mi rispose invece. "Devi proteggere la tua eredità come ho fatto io."

"È solo questione di tempo prima che Emma resti incinta," gli dissi. "Ma perché non posso divertirmi con lei? Perché non posso...?"

Mio padre sembrava davvero infuriato. "Tu la *ami*, no?" Mi chiese, con un tono di voce quasi allegro. Il suo tono improvvisamente gioioso mi fece rabbrividire come uno stuolo di ragni sulla schiena.

"Non capisco perché ti importi," gli risposi.

Padre sogghignò. "Non riesci nemmeno mentire a riguardo, vero?"

Sospirai. "Che io ami Emma o meno non è importante," gli risposi. "L'ho sposata perché mi hai ordinato di sposarla. Sto cercando di trarre il meglio dalla situazione."

Il suo sguardo divenne ancora più disgustato. Avevo già visto mio padre divertirsi con le donne. Non ne aveva mai portata nessuna in villa, ovviamente, ma le aveva portate fuori a cena per anni. "Le stai permettendo di entrarti in testa, *mijo*," ribatté. "Ti rovinerà. Sai che i tuoi *Tíos* mi hanno esortato a cedere l'attività a Omar. Forse hanno ragione. Omar è..."

Un'infermiera bussò alla porta, mettendo fine alla solita diatriba che dovevo sentire ogni volta che riuscivo a deludere mio padre. "Come sta andando?" Chiese allegramente quella donna mentre controllava tutti i marchingegni che aveva attaccato a mio padre.

"Pronto a tornare a casa," le rispose mio padre in tono burbero, guardandomi di traverso. Sentivo che stava pensando a come punirmi. Ero piuttosto certo che non stesse pianificando attivamente di uccidermi, ma se me la fossi cavata con qualche costola rotta mi sarei ritenuto fortunato.

"Sta per finire" disse l'infermiera. "Questo cocktail che le abbiamo somministrato è piuttosto forte, quindi probabilmente vorrà restare a letto per tutta la serata e la giornata di domani." La donna mi guardò. "Posso contare su di lei affinché si rilassi?"

Non poteva contarci assolutamente, ma io sorrisi e annuii senza badarci. "Mi assicurerò che si riposi," le promisi.

"Dovrebbe aspettarsi..."

"Non parlate di me come se non fossi presente," sbottò mio padre. "Non sono un incompetente." L'infermiera arrossì; era molto carina. Se non fosse stato per Emma, le avrei chiesto il numero. Mio padre doveva aver notato il mio sguardo. "Mio figlio la trova attraente. Le piacerebbe uscirci a cena?"

L'infermiera spalancò gli occhi. "Oh," disse, "ehm..."

Alzai le mani con un gesto "inerme". "Sono sposato, signorina," le dissi. "La prego di accettare le mie scuse. Padre e io abbiamo un'opinione contrastante su una questione e vuole cercare di avvalorare la sua idea."

L'infermiera arrossì ulteriormente in volto e capii che era stanca delle nostre stronzate. "Suo padre starà male nelle prossime ore. Non sarà in grado di trattenere il cibo e probabilmente gli verrà un forte mal di testa. Faccia del suo meglio per mantenerlo idratato."

Annuii. "Sì, signora." Quando iniziò a togliergli la flebo, le chiesi: "Quindi posso riportarlo a casa?"

"Il dottor Spalding vuole parlarle," disse, concentrata sul proprio lavoro. "Se gli concede un momento, poi lo lasceranno sicuramente andare a casa."

L'infermiera si precipitò fuori dalla stanza e mi voltai verso mio padre. "Adesso fai anche le avances alle donne al mio posto?" Gli chiesi con un tono di voce eccessivamente forte; eravamo entrambi sconvolti.

"Urli?" Mi domandò Padre. "Adesso urli?"

Non avevo intenzione di rispondere. Avrei potuto scusarmi, ma sapevamo entrambi che sarebbe stata una finzione e mio padre non sopportava i bugiardi. "Andiamo a parlare con il dottore, Padre," gli dissi sospirando. "Possiamo parlare di tutto il resto a casa."

Mio padre mi rivolse uno sguardo omicida. "Sì," concordò. "Lo faremo."

Il dottor Spalding impiegò altri venti minuti ad arrivare, agitato e con una cartelletta di carta manila sotto il braccio, e Padre e io restammo in silenzio per tutto il tempo. Mi alzai e strinsi la mano al dottore. "Sono contento che stavolta Gustavo abbia portato qualcuno che possa sostenerlo," disse il dottor Spalding. "Lei deve essere uno dei suoi figli."

"Angel," gli risposi. "Il più grande." Guardai mio padre e notai di nuovo la sua espressione pietosa e fragile. Era come se si sentisse piccolo piccolo davanti al suo medico. "Che cosa sta succedendo a mio padre? Tutto questo sta facendo effetto?" Indicai la sacca vuota della chemio appesa all'asta della flebo.

Il dottore fece un respiro profondo e si avvicinò al diafanoscopio appeso al muro. Tirando fuori una radiografia dalla cartelletta, la mise sul diafanoscopio e accese la luce. Per i successivi cinque minuti, mi espose la prognosi di mio padre, che era davvero desolante. Il fegato di mio padre stava collassando e sembrava che il cancro si stesse espandendo all'intestino tenue.

Utilizzava un gergo medico che non riuscivo a comprendere, ma capii il senso del suo discorso: a Padre non restava molto da vivere e sarebbe stato necessario prendere una decisione il prima possibile. "Che cosa possiamo fare?" Gli domandai. "Continuare la chemio? Si può sottoporre a un intervento chirurgico?"

Il dottor Spalding mi appoggiò una mano sulla spalla e me la strinse delicatamente. "Gustavo e io ne abbiamo discusso a lungo. La chemio può dargli un po' di tempo in più, ma non è una panacea. La presenza di nuove metastasi in varie parti del corpo è la dimostrazione che la chemio non sta funzionando come speravamo." Guardò mio padre, che era rimasto ostinatamente silenzioso e passivo, come se ignorando il dottore la notizia potesse avere un effetto diverso. "Mi dispiace per entrambi, ma non c'è molto altro da fare. Continuare la chemio è una sua scelta, ovviamente, ma si sottoporrebbe a un calvario per un risultato molto scarso."

"I medici possono... arrendersi così?" Chiese Padre, continuando a rifiutarsi di guardare il dottore. "Pensavo che il giuramento dicesse di non nuocere!"

Il dottor Spalding annuì. "Infatti, ed è per questo che le sto suggerendo di interrompere i trattamenti, se non vuole che i suoi ultimi mesi di vita siano orribili." Mi porse un mucchio di fogli. "Tutto ciò di cui abbiamo parlato è lì dentro," mi disse. "Vi consiglio di fare una riunione di famiglia per decidere come procedere."

Quando il medico se ne andò, mio padre si alzò in piedi. "Buttalo via," mi disse. "Non intendo portarlo in villa." Se avessi avuto il modo di farlo, l'avrei nascosto per portarmelo ma, sotto il suo sguardo vigile, strappai le pagine e le gettai nel cestino. "Andiamo," mi disse. "Abbiamo molto di cui parlare a casa."

Non aveva senso discutere e dubitavo che volesse parlare di ciò che il dottor Spalding ci aveva appena detto. Tuttavia, durante il tragitto verso casa, mi immaginai come sarebbero stati i sei mesi successivi. La vita di Padre si stava spegnendo. Il nastro del traguardo era vicino, per così dire.

CAPITOLO 21
Emma

Angel stava russando, sdraiato accanto a me. Non mi svegliavo con lui accanto dalla nostra luna di miele. Dato che ero andata a letto da sola, mi aspettavo di svegliarmi nello stesso modo. Feci del mio meglio per tornare a rilassarmi sul materasso, ma ogni piccolo movimento sembrava innescarne di più grandi. Cercai di compensare non muovendomi affatto, ma mi sentivo a disagio, il che mi fece muovere ancora di più.

"Sono sveglio, *mi esposa*," disse Angel, anche se non aveva ancora aperto gli occhi. "Rilassati."

"Scusa," dissi voltandomi verso di lui e respirando a fatica. "Angel, ma che cazzo...?" Il suo viso era devastato. Aveva un taglio sul labbro e un occhio quasi chiuso per il gonfiore.

"Sto bene," mi disse, ma quando cercò di girarsi sulla schiena fece una smorfia.

"*Non* stai bene," ribattei mettendomi a sedere. "È stato tuo padre a farti questo? Di nuovo?"

Mi lanciò un'occhiataccia. "Non serve che tu lo sappia."

Strinsi i pugni. "Quanto è grave?" Gli chiesi, cercando il più possibile di non sembrare arrabbiata. "Vuoi che vada a prendere il kit di pronto soccorso?"

Angel scosse la testa. "Sono solo indolenzito," mi rispose. "Non c'è niente di rotto e mi sono medicato le ferite prima di mettermi a letto."

"Che cosa posso fare?" Gli domandai. Odiavo sentirmi impotente e che si stesse rialzando il muro che stava lentamente crollando tra di noi. Angel era a cinque centimetri da me, ma era tanto lontano che non riuscivo a sentirlo. Soffrivo per lui e, anche se cercavo di non ascoltare quella sensazione, era difficile non farlo. "Lascia che ti aiuti."

Angel mi fissò dalla sua posizione prona. "Io..."

"*Non* dirmi di nuovo che stai bene," gli dissi sollevandomi a sedere. Fissandolo, gli tirai la maglietta. "Toglitela."

"Cosa? Perché?"

"Fallo e basta," gli ordinai, guadagnandomi un'occhiataccia mentre si spostava quel tanto che bastava per togliersi la maglietta dalla testa. Trattenni il sussulto che cercava di uscirmi dalla gola: aveva la schiena piena di lividi. Sembrava che uno avesse la forma della suola di uno stivale. "Resta qui, ok?"

Mi alzai dal letto e mi precipitai in bagno. Sotto il lavandino, Angel teneva un vasetto di crema all'arnica; odiavo l'idea che si fosse ridotto in quel modo tante volte da averne un vasetto intero, ma in quel momento fui felice di averla.

Mi aspettavo di trovarlo mezzo addormentato al mio ritorno, ma era sdraiato esattamente come l'avevo lasciato, con il telefono in mano. Non dissi una parola mentre tornavo sul letto e gli mettevo le gambe intorno ai fianchi, sedendomi sulla sua schiena. "Che cosa stai facendo?" Mi domandò.

"Shh," ribattei, mettendomi un po' di arnica sulle mani. Gli toccai delicatamente la schiena. Angel imprecò, ma non si mosse mentre iniziavo a massaggiargli dolcemente i lividi con le dita. "Dovrebbe aiutarti ad alleviare un po' la tensione della schiena," gli spiegai.

Angel mormorò assonnato. Si era appoggiato la testa sulle braccia e aveva chiuso gli occhi. *"Gracias, mi esposa,"* sussurrò.

Provando un incredibile affetto nei suoi confronti, mi chinai e gli diedi un bacio sulla spalla. *"De nada,"* gli mormorai. "Mi piace quando mi permetti di prendermi cura di te. Magari devi essere forte per tutti gli altri, ma a me piace vedere l'altra faccia del tuo modo di essere."

Mi lanciò un'altra occhiata. "Non esiste nessun'altra faccia del mio modo di essere, Emma."

Alzai gli occhi al cielo in modo drammatico. "L'Angel che ha minacciato di gettare il mio cadavere nelle Everglades non mi avrebbe *mai* permesso di sedermi sulla sua schiena in questo modo." Mi ritrovai improvvisamente in posizione supina con Angel sopra di me. "Angel..."

Mi mise una mano sulla gola; non faceva alcuna pressione e non mi ostruiva le vie respiratorie, ma la minaccia era incombente. Il polso mi batteva forte nelle vene e mi riecheggiava nelle orecchie. "Se avessi pensato per un solo istante che avresti tradito la mia famiglia," mi disse con un tono di voce cupo e pericoloso, "i pezzi che resterebbero di te non sarebbero abbastanza grandi da poter essere ritrovati, nemmeno se qualcuno dovesse cercarli."

Deglutii a fatica. Nonostante la paura e l'angoscia, il *desiderio* ebbe il sopravvento su di me. Non avrei dovuto essere attratta da quello sguardo malato e feroce. Sembrava un maledetto psicopatico ed ero certa che la realtà non fosse molto distante. Tuttavia, c'era qualcosa in quello sguardo brutale che mi faceva tremare le ginocchia. "Sei davvero aggressivo," gli dissi dolcemente. "Lo saresti anche se fossi io a essere minacciata?"

Notai che cambiò espressione; mi tolse la mano dalla gola per bloccarmi i polsi. "Sei mia," disse, chinandosi per baciarmi il punto di pulsazione sul collo. Seguendomi la linea della gola, mi fece sentire marchiata dalle sue labbra. "Io proteggo ciò che mio appartiene."

Rabbrividii alle sue parole. "Dimostramelo," gli dissi, quasi come se avessi il cervello scollegato dalla bocca. Angel era ferito ed ero lì a implorarlo. Invece di dirmi che provava dolore o di trovare la scusa di doversi preparare per andare al lavoro, mi rivolse un sorriso *pericoloso*.

∼

Feci scorrere l'acqua della doccia alla temperatura più calda possibile e rimasi sotto il getto, per fare in modo che mi alleviasse i dolori del corpo. Presi il bagnoschiuma ridicolmente raffinato; l'etichetta era scritta interamente in francese e mi rendeva la pelle morbida come la seta. Anche ad Angel sembrava piacere quel profumo perché, dopo la prima volta che lo usai — Lara aveva evidentemente rifornito il bagno in previsione del matrimonio — ne erano apparsi altre dieci confezioni sotto il lavandino.

Prendendo il flacone in mano, non uscì nulla. "Pff," sospirai. Sarei uscita a prenderne un altro... il che non era molto piacevole, nonostante il pavimento riscaldato. Vivere alla villa mi stava lentamente e inesorabilmente viziando; il pensiero di dover uscire dalla doccia per prendere il sapone o lo shampoo quando vivevo con mia madre era decisamente peggiore. Avrebbe letteralmente potuto rovinarmi tutta la giornata.

Lì, invece, non dovevo preoccuparmi di sentire freddo; avrei soltanto sentito la mancanza dell'acqua calda della doccia che mi scorreva addosso.

Aprendo lo stipetto sotto il lavandino, presi uno dei flaconi di bagnoschiuma, ma il mio sguardo si soffermò su una confezione chiusa di assorbenti. Non era la marca che usavo abitualmente, quindi immaginai che Lara avesse dovuto scegliere quali prendere da sola, dato che non ne avevo avuto bisogno da quando ero arrivata.

La pompa di calore si accese e tornai di corsa sotto la doccia con il bagnoschiuma, sibilando quando l'acqua calda mi scivolò di nuovo sulla pelle. Alla villa, l'acqua calda non finiva mai; era una delle cose più lussuose che avessi scoperto da quando mi ero trasferita.

Mentre mi insaponavo con una spugna di luffa, ripensai agli assorbenti sotto il lavandino. *Perché non ne ho avuto bisogno?* Avrebbe già dovuto essere quel periodo del mese, no? Mentre la schiuma scendeva nello scarico, mi resi conto di due cose allo stesso tempo: la data e il fatto di avere una settimana di ritardo. Per la maggior parte delle donne, quel lasso di tempo non avrebbe significato quasi nulla, ma io ero sempre stata regolare dal momento che avevo avuto il primo ciclo, ovvero in seconda media.

Le mani mi tremavano leggermente mentre mi risciacquavo il balsamo dai capelli. *Sono incinta?* Pensai. Non sarebbe stata una sorpresa se lo fossi stata; del resto, Angel e io non avevamo mai usato protezioni. Non riuscivo a capire se fossi felice o meno... ma non aveva senso agitarmi prima di fare un test e averne la certezza.

Chiudendo l'acqua della doccia, presi uno dei soffici asciugamani appesi lì vicini e me lo misi addosso. Mi asciugai e, invece di tirarli su in una crocchia disordinata, riuscii ad asciugarmi i capelli.

Era una fortuna che Angel non fosse andato in uno dei suoi locali: era rimasto in ufficio. Lo trovai alla scrivania, con lo sguardo fisso sul computer. "Angel."

Spostò lo sguardo su di me e gli angoli della bocca iniziarono a sollevarglisi verso l'alto. Se si era accorto che stava sorridendo, non lo dava a vedere. "Che cosa posso fare per te, *mi esposa?*"

"Ti dispiace se vado a Midtown? Mi piacerebbe prendere dei vestiti da allenamento per quando io e Lili andremo in palestra."

Angel annuì. "Certo che no," mi rispose aprendo il cassetto della scrivania. Tirò fuori una carta di metallo nero con il mio nome stampato sopra, come se avesse aspettato che gliela chiedessi. "Porta David con te."

Beh, almeno prendere un test di gravidanza con lui sarebbe stato facile: David si lasciava distrarre da chiunque avesse un bel sorriso e un paio di gambe lunghe. "Certamente. Dovrei stare via solo per poche ore."

Mentre mi voltavo verso la porta, Angel disse: "Emma, stai indossando il medaglione di San Cristoforo che ti ho dato, vero?"

Mi toccai la catena che mi pendeva dal collo. Mi si era infilata sotto la maglietta. "Certo," gli risposi. "Non me la tolgo mai." Non me la toglievo nemmeno sotto la doccia.

Il suo sorriso si addolcì. "*Gracias*," mi disse, tirandomi verso di sé per potermi dare un bacio sulla guancia. "Divertiti," mi sussurrò all'orecchio.

Le ginocchia mi vacillarono leggermente mentre uscivo dalla stanza. Forse avrei dovuto dirgli tutta la verità, ma finché non avessi avuto un test positivo da mostrargli non volevo che si entusiasmasse. In ogni caso, saperlo l'avrebbe reso davvero entusiasta? Sapevamo entrambi che per noi i figli non erano una questione di cui discutere; erano inevitabili. Tuttavia, Angel non aveva mai detto esplicitamente di volerne.

David mi stava aspettando nell'atrio. A quanto pareva, Angel gli aveva mandato un messaggio dicendogli di prepararsi e il mio accompagnatore si era precipitato ad aspettarmi davanti alla porta. "*Gracias, Doña* Emma," mi disse nell'istante in cui mi vide, "per non aver detto ad Angel di ciò che è successo l'ultima volta che l'ho accompagnata a fare acquisti."

"Evita che succeda anche oggi e siamo a posto, ok?" Gli dissi, anche se contavo sul fatto che si distraesse un po' per poter entrare in una farmacia.

"Sì," mi rispose aprendomi la porta. "Quindi siamo d'accordo?"

Il tragitto verso Midtown fu silenzioso; David era bravo a farsi vedere e a non farsi sentire e, mentre passeggiavamo nel negozio di articoli sportivi, mi lasciò perlopiù libera. *Avrei potuto sgattaiolare via*, pensai mentre guardavo tra gli scaffali di reggiseni sportivi in elastan.

Presi una manciata di vestiti che avrei potuto usare in palestra; non avevo mentito del tutto dicendo di volere dei vestiti per allenarmi. Mi sarebbero serviti per muovermi un po' più liberamente durante gli allenamenti con Lili, che era felice di avere qualcuno con cui allenarsi. Mi aveva detto che i membri della sicurezza si allenavano con lei, a volte, ma si trattenevano sempre, impedendole di fare progressi.

Forse si arrabbierà se non potrò allenarmi per un po', pensai mentre mi dirigevo verso gli scaffali di scarpe da ginnastica. Avevo il paio di scarpe da tennis di quando lavoravo per la società di consegne, ma le suole erano sottili in alcuni punti. "Mi scusi," dissi chiamando una commessa. "Potrebbe aiutarmi? Sono un po' confusa quando si tratta di scarpe da ginnastica e voglio il meglio per ciò che ho intenzione di fare."

La ragazza, che non mi sembrò del tutto impressionata, mi lanciò un'occhiata. Sapevo di essere uscita di casa vestita in modo un po' più trasandato del solito, ma ero a Midtown, non nelle boutique in cui mi aveva trascinata Lili. "Le nostre scarpe sono piuttosto costose," mi disse con un sorrisetto. "Forse Target o Walmart sarebbero più adatti a lei."

Quell'insulto velato in passato mi avrebbe imbarazzata, ma sapere di avere quella carta di credito nera nel portafoglio mi rendeva sicura di me. Non volevo essere una stronza che le sbatteva i soldi in faccia, ma volevo darle una piccola lezione di empatia. "Sì, potrei andare a comprarne un paio più economico da un'altra parte," le risposi, "ma sono venuta qui per comprare delle scarpe, quindi le dispiacerebbe aiutarmi invece di mandarmi da un vostro concorrente?" Alzai la voce alla fine della frase, quel tanto che bastava per farmi sentire dal suo superiore lì vicino.

"Che cosa sta succedendo qui?" Domandò l'uomo basso con la barba incolta, precipitandosi verso di noi.

La donna mi rivolse uno sguardo supplichevole; probabilmente non era la prima volta che si comportava male con un cliente. Sorrisi e capii dal suo sussulto che era una sensazione sgradevole. "Va tutto bene, signore," lo rassicurai. "La sua dipendente mi stava solo aiutando a scegliere delle scarpe da ginnastica."

Il suo superiore la guardò per un attimo. "Mi faccia sapere se ha bisogno di ulteriore assistenza," mi disse.

"Non sarà necessario," gli risposi. "Giusto?"

La donna mi fissò per un istante prima di rispondere. "Giusto." Poi guardò il suo superiore. "Me ne occupo io, Carl."

Per i successivi quindici minuti, la donna rispose a tutte le mie domande e mi aiutò a trovare una scarpa che si adattasse alla perfezione e mi permettesse di svolgere al meglio le sessioni di allenamento. Quando andammo alla cassa e tirai fuori la carta di credito nera, la vidi spalancare gli occhi. "Magari la prossima volta non tragga conclusioni affrettate," le suggerii.

La donna fece una smorfia, ma si limitò ad augurarmi una buona giornata. "Ve la siete cavata molto bene, *Doña* Emma," si complimentò David mentre ce ne andavamo. "Angel sarebbe stato orgoglioso di voi."

Avrei voluto rispondergli in tono sarcastico, ma mi limitai ad annuire. "Possiamo fermarci in farmacia prima di tornare a casa? Ho bisogno di alcuni prodotti femminili."

David arricciò leggermente il naso e scoppiai quasi a ridere. "*Sì*," mi rispose mentre tornavamo verso il SUV parcheggiato.

Mi fermai in farmacia non più di cinque minuti. Pensavo che mi sarei sentita più... ansiosa per l'intera faccenda, ma David rimase in macchina e nessuno fiatò mentre pagavo quella scatolina odiosamente rosa. Nasconderla fu ancora più semplice, perché la misi nella borsa. David era evidentemente sollevato di non vedere una confezione di assorbenti o qualsiasi cosa avesse pensato potessi acquistare.

Se non avesse funzionato tanto bene, mi sarei infuriata per la sua reazione.

CAPITOLO 22

Emma

Mi tremavano le mani. Riuscivo a malapena a strappare la plastica intorno alla scatola. *A che cazzo serve un involucro di plastica?* Dopo aver riflettuto, decisi di strappare la plastica con i denti. Alla fine, lo strato protettivo cedette e strappai la scatolina rosa. All'interno, c'erano due test di plastica e un foglietto con le istruzioni.

Quanto poteva essere difficile fare pipì su un cavolo di bastoncino? Tuttavia, diligentemente, aprii il foglietto e lessi le istruzioni... avendo la conferma che erano piuttosto intuitive. Il processo fu sinceramente vergognoso e l'attesa di tre minuti fu decisamente crudele.

Mi fermai nel piccolo bagno del corridoio, collocato in un'ala lontana dalla mia, dalla stanza di Angel e dal suo ufficio in modo da poter disporre del test in pace e fissai la striscia reattiva. Guardai apparire la linea di controllo e poi, pochi secondi dopo, vidi la linea positiva.

Pensavo che ciò mi avrebbe sconvolta o qualcosa del genere... ma non fui affatto sorpresa. Invece, provai una sensazione di calma alla bocca dello stomaco. Ci appoggiai la mano, come se potessi sentire la vita che stava crescendo lì dentro, e cercai di immaginare il bambino che sarebbe diventato.

Come ti fa sentire tutto ciò? Non era la prima volta che mi ponevo quella domanda quel giorno, ma in quel momento era particolarmente pertinente. Il test era positivo. C'era una vita in me. Quindi... come mi faceva sentire saperlo?

All'improvviso, mi venne in mente mia madre. Era sempre stata la persona più importante della mia vita; eravamo due gocce d'acqua, per così dire. La sua malattia mi aveva lasciato un sacco di ferite aperte che stavo ancora affrontando, ma Angel aveva ragione: amavo i bei ricordi che avevo di lei. Sarebbe stata *entusiasta* di diventare nonna. Immaginai la scena: mia madre che mi aiutava a sistemare la stanza del bambino, che mi teneva la mano durante l'ecografia, che rimproverava Angel per qualsiasi cosa stupida dicesse o facesse.

Mi si riempirono gli occhi di lacrime e sorrisi. "Giuro che farò del mio meglio," dissi. "Cercherò di essere brava quanto lei."

Avvolgendo il test di gravidanza usato e riponendolo nella scatola, rimisi tutto nella borsa. L'avrei buttato dopo aver detto ad Angel della gravidanza. Mi chiesi per un istante se avrei dovuto organizzare una sorta di annuncio carino, ma scartai rapidamente quell'idea. Ad Angel non sarebbe piaciuto se per dirgli qualcosa di tanto importante ci avessi messo più tempo di quanto ce ne fosse voluto per attraversare il corridoio. Avrebbe pensato che gli nascondessi qualcosa.

Mi lavai le mani e mi sistemai i capelli per rendermi presentabile, poi uscii nel corridoio. Come avrei potuto dirlo ad Angel? Entrando nel suo ufficio e mostrandogli il test? Facendoglielo indovinare? Forse avrei potuto...

Due mani ruvide mi afferrarono e mi spinsero con la faccia contro il muro, ma quando cercai di urlare una mano mi tappò la bocca.

"Shh, *princesa*," mi disse una voce. Riuscii a sentirne il leggero biascico; l'odore pungente dell'alcol mi solleticava il naso. Chiunque fosse, aveva bevuto. "Sei una donna bellissima," mi borbottò l'uomo sulla nuca. "Angel non sa che tipo di donna ha sposato, vero?"

Le sue labbra mi sfiorarono, facendomi sussultare e urlare sotto la sua mano. "Per favore! Basta!" Le parole erano attutite dalla sua mano. Cercai di dargli una spinta, ma quell'uomo mi sbatté contro il muro con tutto il suo peso.

Una paura che non avevo mai provato prese il sopravvento su di me, molto più intensa di quando Angel aveva minacciato la mia vita. I giornali erano pieni di storie di donne che venivano aggredite, ma non avevo mai pensato di potermi trovare in quella situazione. Mi ero detta che avrei lottato e urlato, ma intrappolata com'ero non potevo fare niente. Le lacrime mi facevano bruciare gli occhi e mi scivolavano lungo le guance.

"So *esattamente* cosa fare con una donna come te," mi disse, spostandomi pesantemente la mano sul corpo.

Mi fece *accapponare* la pelle. Non potevo permetterglielo. Facendomi forza, gli diedi una testata sul naso. Sentii un dolore intenso sulla nuca, ma l'uomo indietreggiò con un gemito e riuscii a divincolarmi. Quando mi voltai, vidi *Tío* Andre con una mano sul naso sanguinante. Cercai di allontanarmi da lui, ma mi afferrò il braccio, spalmandomi il suo sangue sulla manica.

"*Pinche puta*," borbottò *Tío* Andre, praticamente sputando. "Angel non ti ha insegnato le buone maniere. Adesso ci penso io."

Sollevò la mano e cercai di attaccarmi il più possibile al muro. Prima che l'uomo sollevasse la mano, qualcuno lo colpì, facendolo cadere a terra. Angel si mise tra di noi, inferocito e furioso. "Metti le mani addosso a mia moglie, *Tío*?" Gli chiese, ricordandomi tanto suo padre da farmi venire un brivido lungo la schiena.

L'uomo più anziano cercò di trovare qualche scusa in spagnolo che non cercai nemmeno di tradurre. Qualunque cosa dicesse, Angel imprecava e allungò la mano dietro di sé, come se volesse prendere la pistola che portava dietro la schiena. "Angel..."

Mi lanciò un'occhiata di traverso, con un'espressione furibonda. "Va 'in camera nostra, Emma," mi disse. "Subito."

Non obiettai; girai i tacchi e corsi via, senza fermarmi finché non fui al sicuro nella nostra ala della casa. Mi buttai sul letto, con il cuore che mi batteva all'impazzata. *Va tutto bene*, mi dissi. *Va tutto bene, non è successo* niente. Angel era arrivato prima che suo *Tío* potesse spingersi troppo oltre.

Sentivo la testa che mi pulsava nel punto in cui gli avevo colpito il naso. Lo strofinai; mi si stava formando un bernoccolo. Non c'era da stupirsi che mi facesse male la testa. Travolta dalle vertigini, sprofondai di nuovo sul materasso, senza capire se mi fossi procurata una commozione cerebrale o se fosse soltanto stata una giornata piena di emozioni.

Dormii per quelle che mi sembrarono delle ore, ma probabilmente meno di quanto pensassi, poi mi svegliai di scatto quando sentii Angel attraversare il corridoio. I suoi passi erano pesanti e arrabbiati e sussultai quando aprì la porta, sbattendola contro il muro.

"Che cazzo avevi in mente?" Mi rimproverò.

Come? Mi sollevai in posizione seduta; mi girava la testa. "Sei davvero arrabbiato con me?" Gli domandai incredula. "Tuo zio mi ha messo le mani addosso e sei arrabbiato *con me?*"

Non mi resi conto di alzare la voce a ogni parola, ma l'espressione di Angel, colpita e furiosa allo stesso tempo, era piuttosto eloquente. "Ti avevo *detto* di non andartene in giro!"

"Non me ne stavo andando in giro!" Gli risposi, sedendomi sul bordo del letto e alzandomi in piedi. Dovetti nascondere una lieve esitazione mentre la testa mi pulsava. "Ero andata in *bagno*, Angel. Non stavo cercando di aprire tutte le porte chiuse a chiave della villa."

"I miei zii sono *pericolosi* con le donne," sbottò Angel, "specialmente con quelle belle."

La rabbia che mi attraversò fu, francamente, un po' inquietante. Non mi sentivo in quel modo da tanto tempo. "Ti risulta di avermi *mai* detto una cosa del genere?" Gli chiesi. "Mi hai detto molte volte che *nessuno* avrebbe osato toccarmi perché sono sposata con te... quindi erano solo stronzate? O è una cosa che fate abitualmente in famiglia?"

Angel si diresse minacciosamente verso di me e, fino a qualche settimana prima, mi sarei tirata indietro per nascondermi. Invece, mi avvicinai verso lui, spinta da una rabbia talmente intensa che mi sembrava di bruciare. "Bada a ciò che dici della mia famiglia, *mi esposa*."

Una brutta risata mi uscì dalla gola prima che riuscissi a trattenerla. "Io non faccio parte della tua famiglia?" Gli chiesi. "Non è anche la mia famiglia? Sei stato tu a dirmelo, no? Che sono una Castillo adesso?" Angel serrò la mascella; riuscivo praticamente a sentire i molari che gli si sgretolavano. "Ascolta, ho bisogno di stare da sola, quindi potresti andartene? Per favore?"

Voleva litigare; glielo leggevo in volto. "Non andartene di nuovo in giro."

Sbuffai. "Ne prendo atto," gli risposi, sapendo che il mio tono di voce gli dava sui nervi. Odiava il sarcasmo quasi quanto suo padre; Lili me l'aveva confermato e di tanto in tanto l'avevo visto irritato nei miei confronti. Dato che Angel non si mosse, sospirai. "Davvero, voglio solo fare un pisolino, ok? Ho mal di testa." Mi toccai la nuca; il bernoccolo mi pulsava.

"È la *conseguenza* di ciò che hai fatto," borbottò lui.

"Sì, per impedirgli di violentarmi," gli risposi, tirandomi giù le coperte sul fianco. "Sono proprio una persona orribile." Mi voltai su un fianco, dandogli le spalle. "Vattene. Subito."

"Emma..." Il suo tono di voce era diverso, come se all'improvviso fosse preoccupato per me, e non potevo sopportarlo.

"Vattene, Angel!" Urlai, raggomitolandomi su me stessa. "Voglio dormire."

Rimase lì ancora per un istante, poi lo sentii uscire dalla stanza. Quando chiuse la porta dietro di sé, le lacrime che avevo trattenuto esplosero e affondai il viso tra i cuscini per soffocare i singhiozzi.

Piangere mi fece peggiorare il mal di testa, ma non riuscivo a smettere. Ero stata tanto stupida da pensare di essere al sicuro in quel posto, di potermi fidare che qualcuno come Angel si preoccupasse abbastanza di me da tenermi al sicuro. Sapevo che non mi amava, ma... ci tenevo a lui. Pensavo che anche lui tenesse a me. Almeno abbastanza da non urlarmi contro per essere stata aggredita.

Quell'uomo sarà il padre di tuo figlio. Quel pensiero mi travolse come un'onda e le lacrime si fermarono. Mi toccai lo stomaco, proprio come avevo fatto in bagno prima e chiusi gli occhi, immaginando di nuovo quel bambino. Che tipo di vita avrei potuto offrire a un bambino in quel posto? Avrebbe dovuto stare attento a certi membri della famiglia, perché potevano diventare violenti.

"Ho intenzione di proteggerti," promisi alla piccola vita che aveva messo radici dentro di me. "Mi assicurerò che tu sia amato e al sicuro... anche se dovesse voler dire che non possiamo restare qui." L'idea di andarmene mi fece contorcere lo stomaco. Non solo se i Roja l'avessero scoperto e fossero riusciti a trovarmi mi avrebbero uccisa, ma nemmeno Angel avrebbe esitato a farlo se l'avessi tradito. Me l'aveva detto proprio quella mattina... ma non si trattava più solo di me.

CAPITOLO 23

Angel

Leggere le e-mail *non* mi stava facendo sentire meglio. "Se premi la tastiera più forte, la romperai," osservò Omar con indifferenza.

"*¡Vete a la mierda!*"

Omar scoppiò a ridere. "Quale sarebbe la causa del pessimo umore del mio fratellone, eh?"

"Sto pensando a come uccidere *Tío* Andre," borbottai.

"Perché? Che cosa ha fatto quel vecchio ubriacone?"

Fissai mio fratello. "Ha aggredito Emma fuori dal bagno dell'ala nord."

Omar fece una smorfia. "Che cosa ci faceva lì? Dovrebbe sapere che è meglio non avvicinarsi alle stanze dei *tíos*."

Battei la mano sulla scrivania e gli puntai il dito contro. "È *esattamente* ciò che intendevo!"

"Voglio dire," aggiunse Omar, "l'avevi messa in guardia riguardo a *Tío* Andre e *Tío* Jose. Non ci si può fidare di come potrebbero comportarsi vicino a qualcuno che stia bene con la gonna. Liliana non si avvicina a loro a meno che non sia strettamente necessario, nonostante sia la nipote."

La mia rabbia si ritrasse come un'onda che torna verso il mare. Sarebbe tornata — succedeva sempre — ma in quel momento mi sentivo più calmo. "Le avevo detto di stare lontana da alcune zone della villa," gli risposi, poi Omar aggrottò la fronte.

"È un po' diverso dall'avvisarla che i *tíos* sono dei pervertiti e di stare lontana da loro," precisò.

"*Lo so*."

Omar alzò le mani in segno di "resa". "Perché non andiamo al poligono di tiro?" Mi chiese.

Strinsi i denti, provando dolore alla mascella per averla serrata troppo. "Devo rivedere questo piano aziendale."

Mio fratello mi mise una mano sulla spalla. "Concedimi qualche ora," mi disse, "prima che tu rompa qualcosa di costoso o inizi una rissa."

Non volevo ammettere che Omar avesse ragione, ma spensi il computer e mi alzai. "Lascia che vada a cambiarmi," gli risposi. "Magari possiamo andare in palestra al ritorno."

"Ottima idea, fratello."

∼

Per i primi venti minuti, Omar e io ci ritrovammo beatamente soli al poligono. Omar mise gli obiettivi a otto, sedici e venti metri di distanza mentre inserivo i proiettili in tutti i caricatori della Smith & Wessons 9 mm che Lili ci aveva regalato il Natale precedente. "Ti va di fare una piccola gara?" Mi domandò mio fratello, già sorridendo come faceva da bambino quando Padre ci portava al poligono.

Accettai; di solito finivamo per fare a gara al miglior tiratore quando ci andavamo ed ero pronto a farlo. Porsi a Omar un caricatore ed entrambi li inserimmo nelle pistole. Presi i paraorecchie e li indossai, attutendo il mondo intorno a me. Mi concentrai sul bersaglio che avevo davanti.

Vagamente, sentii Omar sparare per primo, ma non guardai per vedere dove avesse colpito il bersaglio. Invece, mi concentrai sulla sagoma di carta che avevo davanti. Prendendo la mira, sospirai e premetti il grilletto. Colpii proprio il centro del bersaglio.

"Accidenti," disse Omar, poi guardai la sagoma. Omar aveva colpito il bersaglio leggermente a sinistra rispetto al centro.

Sbuffai. "Non ti sei esercitato abbastanza."

"*Tu puta madre*," sbottò Omar.

"Abbiamo avuto la stessa madre," gli ricordai, mirando al bersaglio posizionato a sedici metri di distanza. Sospirai un'altra volta, ripremetti il grilletto e colpii di nuovo il bersaglio perfettamente al centro. Omar colpì di nuovo il bersaglio, ma lo colpì molto in alto. Forse quel giorno non era in vena di sparare o forse mi stava assecondando per farmi sentire meglio. "Stai sbagliando l'impugnatura per contrastare il rinculo," gli dissi; era la stessa cosa che mi aveva detto diverse volte.

Omar mi mostrò il dito medio. "Allora adesso inizierò a fare sul serio, Angel," mi avvisò, e il suo sparo successivo verso il bersaglio più lontano colpì esattamente il centro, mentre il mio lo colpì leggermente più in basso. Mio fratello mi sorrise. "Diciamo che è un pareggio?"

"In quale universo questo sarebbe un *pareggio*?" Ci voltammo e vedemmo Lili in piedi sulla soglia tra il poligono e la piccola sala d'attesa dove conservavamo le cartucce di riserva e le cuffie per le orecchie. Emma stava in piedi accanto a lei, stringendo una piccola custodia tra le mani. Aveva le spalle tese; non mi guardava *deliberatamente* negli occhi. *Bene*, pensai. *Facciamo questo giochetto.* "Il punteggio di Angel è migliore del tuo, anche se ha sbagliato l'ultimo colpo."

"Che cosa ci fate qui?" Domandai.

Lili mi lanciò un'occhiataccia, accusandomi di essere volutamente ottuso. "Ci esercitiamo a colpire il bersaglio," mi rispose. "Sto insegnando a Emma l'autodifesa. Pensavi forse che ci limitassimo al corpo a corpo?"

Non avevo davvero preso in considerazione ciò che Lili avrebbe potuto insegnare a Emma. "Le hai insegnato come mettere in sicurezza una pistola, vero?" L'unica volta che avevo visto Emma impugnare una pistola era stato al locale e non era andata bene per lei... ma aveva impedito che mi sparassero.

L'espressione infastidita della mia sorellina si stava trasformando nella consueta rabbia dei Castillo. "Pensi che sia stupida?" Mi chiese. "Certo che gliel'ho insegnato. Le ho spiegato anche come smontarne una e rimontarla."

"Riesco a farlo in meno di cinque minuti," intervenne Emma, continuando a non guardarmi. Sbattei le palpebre: era una velocità notevole, quasi quanti la mia.

"Allora, possiamo unirci a voi?" Domandò Lili.

Lanciai un'occhiata a Omar, che sollevò le spalle. "Come vuoi," le risposi.

Lili mi rivolse un sorriso sarcastico. "Sei proprio *gentile*." Fece cenno a Emma di entrare nella corsia accanto alla mia. Presero una pistola più piccola e la misero sul vassoio insieme a due caricatori di riserva. "Ok," disse Lili. "Qual è la prima cosa da fare?"

Invece di rispondere, Emma prese la pistola, si accertò che non fosse carica e vi inserì un caricatore. Non riuscii a fare a meno di guardarla; anche se alcuni dei suoi movimenti erano tremanti, aveva evidentemente imparato bene le lezioni di Lili.

Il calore mi si accumulò nello stomaco e feci del mio meglio per liberarmene. *Non abbiamo ancora parlato in modo adeguato dopo la nostra lite*, pensai. Non sapevo come altro spiegarmi che mi fosse diventato duro alla vista di mia moglie con una pistola in mano. "Allora, spariamo o no?" Domandò Omar.

Annuii, ma continuavo a osservare Emma. Lili le stava spiegando come mirare al bersaglio. Mentre ricaricavo la pistola, Emma sparò il primo colpo. Sollevò le braccia come le aveva detto Lili e premette il grilletto, ma chiuse gli occhi all'ultimo secondo e il colpo oltrepassò il bersaglio. "Cazzo," imprecò lei.

La voglia di avvicinarmi a lei, stringerla tra le braccia e mostrarle come prendere la mira quasi mi travolse. Tuttavia, se ne stava già occupando Lili e *non* avrei dovuto essere geloso di mia sorella, ma mi riconcentrai sulle sagome e colpii la testa di tutti e tre i bersagli. "Cazzo, Angel," disse Omar accanto a me.

"Penso che questo mi renda il campione in carica, giusto?" Guardai mio fratello. "A meno che tu non riesca a fare di meglio."

"*Io* posso fare di meglio," disse Lili dalla corsia accanto. "Ti dispiace se vado a dare una bella lezione ai miei fratelli?"

Sentii le risate di Emma. "Divertiti."

Lili si spostò nella mia corsia e indietreggiai per darle spazio. I miei fratelli prendevano sul serio quelle competizioni; Padre lo pretendeva da noi quando eravamo bambini ed era diventata un'abitudine. *Indietreggiare ti permette anche di guardare Emma*, mi suggerì la mente, ma non avevo intenzione di guardarla.

Meno di un secondo dopo, i miei occhi guizzarono verso di lei. Stava inserendo altri proiettili nel caricatore e, quando ebbe finito, lo mise sul vassoio accanto alla pistola scarica, pronta per riprendere la lezione con Lili. Senza pensarci, mi avvicinai a lei. "Posso mostrarti come si fa?"

Emma mi guardò di soppiatto e notai un certo calore nei suoi occhi. Sicuramente anche un po' di rabbia, ma sapevo riconoscere il desiderio nel suo sguardo. Quell'espressione mi riaccese il calore nello stomaco. "Lili ci metterà solo un minuto," mi rispose, ma il suo tono di voce era ansimante e smanioso.

Scossi la testa. "Una volta ho assistito a una competizione tra lei e Omar che è durata più di un'ora," le risposi. Le feci cenno di prendere la pistola. "Forza," le dissi. "Voglio vedere come lo fai."

"Angel..."

Era impossibile sentire un sussurro con le cuffie per le orecchie — tutto ciò che dicevamo era già ovattato — ma mi chinai comunque. Sapevo che effetto le faceva il mio respiro sulla pelle e quanto la faceva rabbrividire desiderando che la toccassi. "Mostrami ciò che hai imparato, *mi esposa*." Emma rabbrividì e, quando prese la pistola, le iniziarono a tremare le mani. "Ferma," le dissi.

Emma fece un respiro profondo, poi prese la pistola, inserì il caricatore e caricò un colpo in canna. Quando mirò, le misi un braccio intorno per tenerla in equilibrio. "Prima di sparare," le dissi, "fa' un bel respiro e immagina qualcuno che vorresti proteggere. Immagina che la sagoma possa fargli del male se non lo fermi."

Non si accorse che avevo detto qualcosa, ma la sentii prendere fiato prima che appoggiasse il dito sul grilletto e lo premesse. Al centro del bersaglio apparve un buco. Non esattamente al centro, ma in un punto notevole per qualcuno che aveva appena iniziato a sparare. "Impari in fretta. *Sigue así*."

Emma continuò a sparare finché il caricatore non si svuotò un'altra volta; colpì il bersaglio più volte di quante lo mancò. Ogni volta che premeva il grilletto, mi stringevo un po' di più a lei. Quando posò di nuovo la pistola, si girò tra le mie braccia, con un'espressione fiammeggiante. "Che cazzo stai facendo?" Mi chiese. Le sue parole furono quasi sovrastate dall'inizio della competizione tra Omar e Lili.

"Cosa?" Dissi. "Un uomo non può apprezzare il modo in cui sua moglie si esibisce per lui?"

Emma arrossì sulle guance e sul naso. "Non mi stavo *esibendo* per te," sibilò lei.

"No?" Ribattei in tono scherzoso. "Quindi non volevi mostrarmi quanto potessi essere brava?"

"Perché dovrebbe importarmi ciò che pensi?" Le sue parole erano dure, ma la sua voce non era stizzita. Piuttosto, sembrava ansimante, quasi bisognosa.

Le sue parole mi diedero sui nervi. "Non ti importa?" Le risposi in tono di sfida. "Davvero?"

Emma scosse la testa, testarda fino al midollo. "Neanche un po'."

Vedremo, pensai, poi le afferrai il braccio. Tirandola dietro di me, lasciammo il poligono di tiro e attraversammo il magazzino anteriore. C'era una toilette con una serratura e io la spinsi lì dentro e la sbattei contro la porta. Allungai la mano, le tolsi le cuffie e le misi vie insieme alle mie.

Ci fissammo per un istante. Poi un altro. Poi la vidi cambiare espressione e sentii accelerare il suo respiro. Mi spostai per appoggiare la bocca sulla sua, per prendere finalmente quell'ultima parte di lei, ma Emma si voltò e le sfiorai la guancia con le labbra.

Quasi mi allontanai da lei, ma sentii un leggero bacio sul collo. Mi baciò di nuovo, più intensamente e con i denti, e il desiderio prese il sopravvento sul mio orgoglio. "Togliti quei ridicoli leggings," le chiesi, facendola voltare verso il lavandino.

Guardandomi attraverso lo specchio, si tirò giù i leggings sportivi e si chinò sul lavandino. Non importava quante volte l'avessi posseduta, non riuscivo mai a resistere alla sua sensualità... né a non pensare di essere stato l'unico ad aver visto quella parte di lei. "Beh?" Mi chiese sbuffando. "Hai intenzione di continuare a fissarmi?"

"Te e la tua bocca." Mi abbassai i pantaloncini sportivi e le aprii le gambe. "Dovrei fare qualcosa al riguardo."

"Più tardi. Adesso scopami," mi disse, e non avrei potuto essere più d'accordo. Non mentre si trovava in quella posizione perfetta. Mi inclinai sopra di lei e lo spinsi dentro. Gemeva mentre la riempivo; era bagnata, ma si stringeva intorno a me. Chiuse gli occhi e si lasciò cadere sulle braccia, mostrandomi ulteriormente il sedere.

Le misi una mano tra le scapole, tenendola ferma mentre la scopavo senza darle tregua. Non poteva muoversi; poteva solo prendere ciò che avevo da darle dopo aver sopportato tre giorni di silenzio e frustrazione.

La cavalcai intensamente, facendola gemere e singhiozzare, e decisamente troppo in fretta mi sentii travolgere dal piacere, pronto a lasciarmi andare da un momento all'altro. Lo tirai fuori e vidi dallo specchio i suoi occhi carichi di lacrime. "Che cosa...?"

La feci voltare verso di me. "Abbracciami," le dissi con voce roca, ed Emma mi gettò le braccia al collo. "Guardami, *mi esposa*," le dissi, aiutandola a sedersi sul lavandino. Aggrappandomi alle sue cosce, mi spinsi di nuovo dentro di lei, gemendo a contatto con il suo calore. Quando spinsi di nuovo, Emma emise un gemito e chiuse gli occhi, ma le toccai la guancia, riportandole l'attenzione su di me. "Guardami," le ricordai, "altrimenti ci fermiamo subito."

Non l'avevo mai rifiutata prima e il broncio che le apparve sul viso mi fece quasi ridere. Volevo affondare i denti in quel soffice labbro inferiore. "Angel, *ti prego*," sospirò.

Mi mossi di nuovo sopra di lei, dentro di lei; ripresi quel ritmo concitato, con l'intenzione di rallentare solo quando i suoi occhi avrebbero iniziato a chiudersi. Mi conficcò le dita nelle spalle; mi premette le scarpe da ginnastica sul sedere, stimolandomi a procedere.

Il suo respiro cambiò ed Emma gemette, inclinando i fianchi per unirsi ai miei. La vidi spalancare gli occhi mentre il suo corpo si irrigidiva intorno a me. "*Oh*," gemette. "Sto per..."

"Vieni per me, *mi esposa*," le ordinai, osservandole il viso mentre il suo corpo mi ubbidiva. L'avevo vista venire molte volte, ma non riuscivo a ricordare un'espressione tanto concentrata sul suo viso. Era magnifica. "*Cazzo*, quanto sei bella," dissi gemendo mentre il suo corpo si stringeva intorno a me, spingendomi oltre il limite insieme a lei.

Rimanemmo lì, ansimando per un istante e fissandoci a vicenda. Normalmente, Emma mi avrebbe chiesto di abbracciarla per un po', ma non disse nulla, così mi allontanai da lei e iniziai a darmi una ripulita. Se avesse scelto di continuare a essere arrabbiata con me, non l'avrei fermata. "Che programmi avete tu e Lili per questo pomeriggio?" Le chiesi, rimettendomi i boxer e tirandomi su i pantaloncini sui fianchi.

Emma sbatté le palpebre per schiarirsi un po' la vista. "Usciamo a pranzo," mi disse, contraendo le labbra e aggrottando la fronte. "David verrà con noi."

Allungai una mano e le toccai la guancia. "Ci vediamo a casa più tardi, allora," le risposi, lasciandola appoggiata al lavandino con i leggings ancora intorno alle caviglie.

CAPITOLO 24

Emma

"Ti comporti in modo strano." Guardai Lili, che mi fissava con l'hamburger in mano. Indicò i miei tacos con il mento. "Non hai toccato cibo."

L'idea di mangiare mi faceva rivoltare lo stomaco. "Immagino di non avere fame," le risposi.

Lili alzò gli occhi al cielo. Già odiava che mangiassi "come un uccellino", ma non vedermi mangiare affatto doveva essere davvero offensivo per lei. "Non metterai muscoli in palestra se continui così," mi disse.

Non mi importava molto dei miei progressi in palestra in quel momento, ma non potevo *esattamente* dirlo a Lili. Si era impegnata molto per allenarmi, come se fosse una missione per dimostrare qualcosa a qualcuno, ma avevo avuto... altre preoccupazioni negli ultimi giorni. Sicuramente Lili l'aveva notato.

Era la cosa più vicina a una migliore amica che avessi. "Sai tenere un segreto?" Le chiesi guardando David, che stava divorando il suo hamburger a pochi tavoli di distanza.

Lili spalancò gli occhi. "Un segreto? Con mio fratello?"

Scrollai le spalle. "Con tutti."

Mia cognata aggrottò la fronte e non potevo biasimarla. I segreti erano uno stile di vita per i Castillo, ma di solito non significavano nulla di buono. *Neanche quello era esattamente buono*, pensai, o *almeno non del tutto*. "Farò del mio meglio," disse Lili con cautela.

Non era una promessa, ma apprezzai la sua sincerità. "Sono incinta," le dissi, mentre Lili *strillava* stritolandomi tra le braccia.

"Mi hai fatta preoccupare!" Esclamò, dondolandomi avanti e indietro. "Pensavo che dovessi dirmi qualcosa di terribile!" Indietreggiò con un ampio sorriso in volto e per un attimo mi concessi di provare la gioia che avevo trattenuto dopo la lite con Angel. "Non riesco a credere che sto per diventare zia. Pensavo che non sarebbe mai successo."

Le risposi a tono. "Sono piuttosto sicura che il dovere di tuo fratello come successore di vostro padre fosse quello di avere dei figli."

"Ma riesci a immaginare che Angel faccia il *padre*?" Rispose Lili, prima di rendersi conto di quanto fossero scortesi quelle parole. "Voglio dire, sarà bravissimo. Non sono *preoccupata*..."

Le feci un cenno con la mano. "Nemmeno io riesco a immaginarlo," le dissi, "ma non riesco nemmeno a immaginare di diventare madre."

"Devi averci pensato, però, no?"

Sollevai le spalle e iniziai a mangiucchiare la mia insalata. Anche se l'avevo ordinata senza cipolle, ne sentivo l'odore acuto, che mi fece rivoltare lo stomaco. Era nausea mattutina? O ansia? "Voglio essere brava come mia madre," le dissi. "Era... fantastica."

"Era la tua migliore amica?" Mi domandò Lili, sembrando sinceramente incuriosita. *Lili non si ricorda di sua madre*, pensai. Era solo una bambina quando sua madre si era suicidata; non aveva mai avuto l'opportunità di sapere davvero come fosse avere una mamma.

Scossi la testa. "Quando ero piccola, mia madre era molto decisa a fare la mamma, se pensi che ciò abbia senso. Mi amava più di chiunque altro al mondo e me lo diceva, ma sapeva anche quando era il momento di fare la madre." Sorrisi. "Ci sono stati momenti da adolescente in cui pensavo davvero di odiarla, sai? Litigavamo *spesso*... ma ho sempre saputo che mi amava. Non l'avevo mai messo in dubbio. Quando si è ammalata, ho dovuto prendermi cura di lei ed è stato allora che siamo diventate amiche." Gli occhi iniziarono a lacrimarmi e mi asciugai il viso. "Mi manca."

Lili, per fortuna, ebbe la decenza di non sembrare completamente a disagio. "Credo che sia normale," mi disse. "Desiderare la presenza di tua madre in un momento come questo. Anch'io avrei voluto la mia quando..." Si interruppe all'improvviso con un sussulto, come se non avesse voluto dire quelle parole.

Lanciai un'occhiata a David, che stava fissando il suo telefono; forse stava guardando qualche video o era su un'app di appuntamenti. Per fortuna era ancora distratto. Mi avvicinai a Lili. "Sei rimasta incinta in passato?" Le chiesi.

Lili non mi guardò; rimase improvvisamente affascinata dall'hamburger mezzo mangiato nel suo piatto. "Quando ero al liceo, andavo in una scuola specializzata dotata di dormitori," mi spiegò dolcemente, tenendo la voce bassa affinché David non la sentisse. "Ho conosciuto un ragazzo di cui pensavo di essermi innamorata e sono rimasta incinta."

"Che cosa è successo dopo?"

Il sorriso di Lili divenne triste, quasi inquieto. "Abbiamo iniziato a fare molti progetti sul nostro futuro. Stavamo per scappare insieme per formare la nostra piccola famiglia." Lili alzò gli occhi al cielo. "Ero praticamente una bambina." Mi lanciò un'occhiata e notai qualcosa di straziante nel suo sguardo. Volevo abbracciarla, ma rimasi al mio posto. Non potevamo attirare l'attenzione di nessuno, del resto. "Mio figlio è morto durante il parto," mi disse. "Il cordone ombelicale gli si era avvolto intorno al collo ed era troppo tardi... non ho nemmeno potuto tenerlo in braccio."

Mi sentii *in pena* per lei. Senza rendermene conto, mi ero appoggiata la mano sulla pancia e dovetti sforzarmi di rimetterla sul tavolo. "Non l'hai detto a nessuno?" Le domandai.

"Rischiando che Padre lo uccidesse?" Lili scosse la testa. "L'ho preso come un segnale del destino per dirmi che dovevo smetterla di perdere tempo a divertirmi, capisci? Ho rotto con lui, mi sono impegnata per diplomarmi presto e sono tornata a casa." Fece un respiro tremante, come se raccontare quella storia la turbasse in qualche modo. "Non abbiamo nemmeno organizzato un funerale per il bambino, sai? Mi disse che la sua famiglia avrebbe organizzato una cremazione, tutto qui."

"E tu...?" Non sapevo come formulare la mia domanda.

"Vuoi sapere se penso ancora a lui?" Mi chiese Lili. Annuii. "Penso a mio figlio ogni giorno," mi disse. "Mi chiedo come sarebbe stato il suo viso, come sarebbe diventato, che tipo di madre sarei stata."

Allungai il braccio e le presi la mano. Non era l'abbraccio che avrei voluto darle, ma mi strinse forte le dita. "Saresti stata una brava madre," le dissi.

Lili si mise a ridacchiare. "Bugiarda," mi disse. "Ero un'adolescente che non sapeva nulla della vita; sarei stata un disastro... ma grazie comunque per averlo detto." Mi strinse di nuovo la mano. "*Sarai* una brava madre."

Volevo dirle che sarebbe stata una zia fantastica — sembrava quasi che se lo aspettasse — ma quelle parole mi si bloccarono in gola. Non avevo intenzione di crescere il mio bambino vicino ai Castillo;

non potevo mentire dicendole che sarebbe diventata una zia straordinaria, perché non ne avrebbe mai avuto la possibilità.

Rabbrividii ricordandomi ciò che era successo con Angel quella mattina. Perché mi aveva chiesto di guardarlo? Perché non era stato distaccato come la prima volta che mi aveva trascinata in quel bagno? Ogni volta fare l'amore con lui era intenso, ma la sua richiesta di guardarlo mi aveva fatto ribollire il sangue. Alla fine, era sempre Angel. Una volta finito, aveva rimesso un muro tra di noi e mi aveva lasciata lì da sola.

"Qualcosa non va?" Mi chiese Lili.

Scossi la testa. "Niente," le risposi cercando di mangiare un po' di insalata, ma l'odore delle cipolle mi nauseò.

"Emma," mi disse Lili, "sei una *pessima* bugiarda. Che cosa sta succedendo?"

"Se te lo dicessi diventerebbe reale, e non sono ancora sicura che voglio che lo sia, ok?"

Lili aggrottò la fronte. "Dimmi," insistette. Aveva la stessa espressione di quando le avevo raccontato che *Tío* Andre mi aveva spinta al muro. A differenza di Angel, Lili era stata comprensiva. Inorridita e arrabbiata, certo, ma non con me. Era rimasta ulteriormente turbata quando le avevo detto come aveva reagito Angel, ma le avevo fatto promettere di non dirgli nulla. Angel era già furioso con me; non volevo peggiorare le cose facendogli sapere che l'avevo detto a qualcuno.

"Non posso restare."

Le parole uscirono e parte del peso che sentivo sulle spalle si alleviò... finché non notai l'espressione di Lili. Era un miscuglio tra la furia e l'orrore. "Che cosa intendi dire?"

"Il giorno in cui ho fatto il test di gravidanza, tuo zio mi ha aggredita," le dissi, "e poi tuo fratello mi ha dato la *colpa* perché mi trovavo nella parte sbagliata della casa. Come potrei crescere un bambino in quel posto? Come potrebbe una brava madre crescere un bambino in quel posto?"

"*Io* sono cresciuta in quella casa," mi disse Lili. "I miei fratelli sono cresciuti in quella casa."

"Senza offesa," dissi, sapendo benissimo che si sarebbe offesa, "ma sei stata cresciuta da una governante dopo che tua madre si è suicidata. Tuo padre ha chiesto ad Angel di sparare a qualcuno prima che si diplomasse. Non lo definirei un brillante esempio di infanzia."

L'espressione già furiosa di Lili si inasprì ulteriormente. "Noi non siamo cattive persone."

"Non siete neanche *brave* persone," ribattei, "e questa non è un'accusa contro di te o la tua famiglia, perché ho scoperto delle cose che non mi piacciono nemmeno in me stessa, ma... voglio che mio figlio cresca in modo normale. Voglio che vada a scuola, si faccia degli amici e non debba preoccuparsi che i suoi genitori possano essere uccisi da un cartello rivale."

"Angel metterebbe tutto a ferro e fuoco per cercarti," disse Lili dopo una lunga pausa, "sempre che i Rojas non ti uccidano prima."

"Aiutami ad andarmene da Miami," le dissi, ripetendo la stessa supplica del giorno in cui ci eravamo conosciute. "Lascerò il paese e nessuno mi vedrà più."

Lili scosse la testa. "Saresti morta prima di uscire dalla contea." Mi prese le mani tra le sue. "Non farlo. Ti prego, non farlo."

Mi liberai le mani. "Nessun problema se non vuoi aiutarmi," le dissi bevendo un sorso del mio tè dolce. Lo zucchero mi fece quasi soffocare. "Ma non puoi dirlo a nessuno."

"Non posso promettertelo, Emma."

Il cameriere si presentò al tavolo, interrompendoci. "Posso portarvi qualcosa...?"

Tirai fuori la mia carta di credito. "Il conto." Guardai Lili. "Siamo pronte." Il cameriere prese la mia carta e si allontanò rapidamente.

"Emma..."

Alzai una mano. "Sto per dirti una cosa e non voglio che pensi che lo faccia per cattiveria, ok? Ma se dirai qualcosa ad Angel non esiterò a dirgli di tuo figlio."

Un'espressione impaurita le balenò in volto. "Emma, non puoi dirglielo. Se lo sapessero..."

"Allora non dire una parola," le risposi. Minacciarla in quel modo avrebbe comportato la distruzione reciproca e la nostra amicizia probabilmente non sarebbe mai più stata la stessa... ma non potevo rischiare che corresse a dire tutto al fratello maggiore. Era improbabile che Angel mi facesse del male se avesse saputo che ero incinta, ma quello che stavo pianificando era un tradimento e non si sarebbe mai voltato dall'altra parte.

Mentre uscivamo dal ristorante, per una volta precedute da David, Lili mi toccò il braccio. "Riflettici bene," mi implorò. "Non fare niente di precipitoso."

Non stavo facendo nulla di precipitoso e ci avevo riflettuto accuratamente, ma non era necessario che glielo dicessi. "Lo farò," le risposi. A giudicare dalla sua espressione, aveva capito che stavo mentendo.

CAPITOLO 25

Angel

"Miguel," dissi per salutarlo. "Come procede con la struttura?" L'uomo emise un ronzio che fece gracchiare il telefono. "Abbiamo iniziato a costruirla," mi disse. "Dovremmo essere operativi entro i prossimi due mesi."

Due mesi, pensai. "Io ed Emma potremmo raggiungervi per l'inaugurazione," gli dissi. "Non ha mai viaggiato fuori dagli Stati Uniti."

"Meraviglioso!" Esclamò Miguel. "Mi piacerebbe ospitare te e la tua incantevole moglie; si innamorerà della campagna."

"Allora, dimmi..."

La mia porta si spalancò e David entrò seguito da Lili, che lo stava implorando di fermarsi e di pensare a ciò che stava facendo. "*Jefe*, ho bisogno di parlarti," disse David, nonostante il mio tentativo di mandarli via.

"Miguel, *perdón*, ma ho un'emergenza improvvisa." Fissammo la prossima telefonata e riattaccai. "Sarà meglio che tu abbia una buona ragione per interrompermi," dissi fissando David. Quell'uomo faceva parte della scorta di Emma da un po' di tempo e, sebbene lei non avesse mai avuto niente di buono o cattivo da dire su di lui, mi sembrava inaffidabile. *Forse dovrei farle cambiare scorta più spesso*, pensai, osservandolo balbettare. "Sputa il rospo, David. Ho altre telefonate da fare."

"*Doña* Emma è incinta," mi disse, "e ha intenzione di andarsene."

Quelle parole non avevano alcun senso. "Che cosa hai detto?" Fissai mia sorella, che aveva gli occhi spalancati e madidi di lacrime. "Liliana? Di cosa sta parlando?"

"Angel..."

"Le ho sentite parlare a pranzo," disse David, lanciando un'occhiata a Lili. "Mi dispiace, *jefe*, ma non..."

"Vattene. Subito." David non esitò ad allontanarsi. Forse era più intelligente di quanto credessi. "Lili, dimmi cosa ti ha detto Emma. Subito."

Lili non aveva più paura di me da quando aveva tredici anni e aveva imparato a sparare. In quel momento, però, sembrava totalmente terrorizzata. "Emma è incinta," mi disse. "L'ha scoperto il giorno in cui *Tío* Andre l'ha aggredita."

Ricordai Emma nella nostra stanza, con la mano appoggiata sulla pancia, come se la stesse proteggendo, e sentii una vampata di calore. *Sarò padre*, pensai, quasi sorridendo... ma poi ripensai a ciò che aveva detto David. "Vuole andarsene?"

Lili tirò su con il naso e si asciugò il viso. "È spaventata," mi disse. "Non ragiona lucidamente."

Mi sentii un peso sul petto. La rabbia mi offuscò la vista. "Ha detto di volersene andare?" Le chiesi lentamente e cautamente, come se quelle parole non volessero uscirmi dalla bocca.

Esitando, Lili annuì abbassando la testa. "Ma non lo pensava davvero!" Esclamò. "Emma è solo..."

Mi alzai e mi misi a camminare prima di rendermene conto. Le passai davanti correndo, ignorandola mentre mi urlava di fermarmi e di pensare a ciò che stavo facendo. Non sapevo cosa stessi facendo; vedevo tutto rosso e sentivo un ronzio nelle orecchie.

Emma era in cucina e stava tirando fuori pentole e padelle, come se stesse per preparare un altro pranzo per tutta la famiglia. Sarebbe stato uno spettacolo piacevole, ma non fece che alimentare ulteriormente la mia rabbia. Quando si voltò, la vista del suo viso mi spinse oltre il limite. Attraversai la cucina e le afferrai il braccio, costringendola a seguirmi.

"Angel, mi fai male," mi disse, cercando di liberarsi dalla mia presa, ma la strinsi. Riuscivo quasi a sentirle le ossa del polso sfregarsi tra di loro. "Che cosa stai facendo?"

Non riuscivo a parlare. Non c'erano parole per descrivere ciò che provavo. La sentivo dimenarsi dietro di me, per tenere il passo e per liberarsi, ma non mi voltai. Non potevo. Quasi la trascinai per la casa, attraversando le porte che sicuramente Emma si ricordava di aver oltrepassato, a giudicare dal suo respiro affannoso e impaurito.

"Angel, *ti prego*," disse di nuovo, con un tono di voce dolorante. Sicuramente, se avessi guardato nel punto in cui le stringevo il polso, avrei già visto dei lividi. Non ero certo che mi importasse. Ci fermammo fuori dalla stanza dove era rimasta prigioniera quando era arrivata alla villa; sapevamo entrambi che c'era una tastiera per chiuderla dall'esterno. Una volta entrata, non sarebbe uscita finché non gliel'avessi permesso. Emma spalancò gli occhi terrorizzata. "Non farlo," mi implorò. "Ti prego, non farlo."

Con una mano, aprii la porta e la spinsi dentro. Prima che potesse girarmi intorno, chiusi la porta e inserii il codice. Sentii scattare la serratura. Solo in quel momento, quando fui certo che Emma non sarebbe andata da nessuna parte, la rabbia mi abbandonò.

Sentii Emma piangere e implorare da dietro la porta. Mi chiese molte volte cosa avesse fatto di sbagliato e sbottai a ridere. Sapeva *perfettamente* ciò che aveva fatto. Stava cercando di manipolarmi affinché la liberassi. Poteva scordarselo. Non sarebbe andata da nessuna parte.

Mi allontanai dalle sue grida, passando davanti alla fila di stanze che avevamo adibito a celle di detenzione; avevo delle telefonate da fare. Dovevo chiedere ad Ademir dei suoi contatti in Europa. Quando raggiunsi il mio ufficio, avevo quasi smesso di pensare a Emma... finché non vidi Lili in piedi accanto alla porta. Aveva il broncio e la fronte aggrottata. "Non dovevi farlo," mi disse. "Avresti potuto parlarle; non l'hai mica sorpresa a fare le valigie. Ti stava preparando la cena!"

All'improvviso, mi sentii irritato e adirato. "*Métete en lo tuyo.*" Le passai davanti, chiudendomi la porta alle spalle.

Anche attraverso il monitor riuscivo a vedere l'agitazione di Emma. Stava camminando; lo era da quando si era svegliata quella mattina. Se avessi voluto, avrei potuto zoomare per guardarle bene il viso, ma resistetti a quell'impulso.

Chiamai Lara e, pochi istanti dopo, la vidi comparire alla porta del mio ufficio. "È ora di portarle la colazione. Fagliela portare da Lili."

Lara sospirò. "Non può almeno venire in sala da pranzo? Sono passati tre giorni."

"No." Non avevo nemmeno detto una parola a Emma da quando l'avevo rinchiusa e non avevo intenzione di farlo in quel momento. Le uniche persone che potevano avvicinarsi a lei erano Lili e Lara, alle quali era stato severamente ordinato di mantenere le conversazioni brevi.

"La stai torturando," mi disse Lara, con un tono di voce fragile. Alzai lo sguardo e rimasi quasi sconvolto non vedendo il caloroso sorriso che la caratterizzava. Aveva il viso profondamente corrucciato. "La tieni rinchiusa come un cane e ti chiedi perché vorrebbe andarsene."

Digrignai i denti. "Non aveva intenzione di dirmelo."

"Come fai a saperlo?" Ribatté Lara. "Non le hai dato la possibilità di spiegarti nulla. Hai preso per oro colato ciò che ti ha detto David e l'hai rinchiusa senza nemmeno dirle perché."

"Emma lo sa perfettamente," le risposi, guardando di nuovo il monitor del computer. Emma aveva smesso di passeggiare; era tornata a sedersi sul letto, con la testa tra le mani.

Lara emise una sorta di singhiozzo e, quando la guardai, vidi che aveva le lacrime agli occhi. "Tu non sei il ragazzo che ho contribuito a crescere," mi disse.

Mi alzai, raddrizzando le spalle. "Di' a Lili di portare la colazione a Emma," le ordinai. "Il pranzo le verrà portato a mezzogiorno."

Lara contrasse il labbro, disgustata dal mio atteggiamento. "Conosco la tabella di marcia, *jefe*," mi disse prima di andarsene.

Avevo un inventario dei locali da approvare e quel pomeriggio Padre aveva un appuntamento dal medico al quale dovevo assistere, ma era passato tutto in secondo piano. Continuavo a spostare lo sguardo verso il monitor.

Vidi Lili aprire la porta e portare il vassoio della colazione a Emma. Sebbene spesso tenessi il volume muto, allungai la mano e lo alzai. "Emma, *te lo giuro*, io non..."

"Non voglio ascoltarti," le rispose Emma. Non avevo mai sentito la sua voce tanto tremante, nemmeno quando avevo minacciato la sua vita in occasione del nostro primo incontro. "Lascia il vassoio e vattene."

"No, devi ascoltarmi," le disse Lili.

Emma scoppiò a ridere, emettendo un suono sgradevole. Ero affascinato da quell'aspetto di lei; l'avevo vista infastidita, persino arrabbiata, ma quello era un altro livello che non avevo mai sperimentato. "Non devo fare proprio niente," disse in tono sprezzante. "Corri da tuo fratello, Lili, proprio come hai fatto prima."

Lili sbatté il vassoio sul cassettone e si voltò; Emma non si mosse dal suo posto sul letto. Non appena sentii la porta chiudersi, un lamento acuto le uscì dalla gola e tolsi il volume. Non volevo ascoltare i suoi singhiozzi.

La porta del mio ufficio si aprì; non alzai lo sguardo per vedere chi fosse. "Sono occupato."

"*Mijo*, tuo padre..." Mi bastò sentire la voce per capire che era *Tío* Jose, un altro dei miei zii importunanti, quelli sui quali avrei dovuto mettere maggiormente in guardia Emma.

"Papà ha un appuntamento alle quattro, lo so," gli dissi. "Sarò occupato fino ad allora. Vattene."

Tío Jose schioccò i denti. "Da quando sei diventato tanto impertinente, eh? Quella tua mogliettina..."

Aprii con calma il cassetto superiore della scrivania, presi la mia 9mm e tolsi la sicura. C'era già un proiettile in canna; la tenevo in quel modo di proposito. *Tío* Jose spalancò gli occhi quando alzai la pistola e gliela puntai contro. "Vattene. Subito."

"Angel, tutto questo è ridicolo..."

Premetti il grilletto. Il proiettile si conficcò nel muro, appena sopra la sua spalla. "*Non* ti ho colpito per rispetto," precisai. "Il prossimo colpo non sbaglierò."

Finalmente *Tío* Jose sembrò cogliere il messaggio, perché corse via con la proverbiale coda tra le gambe. *Fottutamente patetico*, pensai. Controllai le e-mail, confermai l'appuntamento di papà con l'oncologo e riguardai il monitor. Emma aveva finito di fare colazione; stava scorrendo il menu di Netflix, ma continuava a voltarsi verso la telecamera, come se sapesse che la stavo guardando.

"Angel, ti stai comportando in modo ossessivo."

Lanciai un'occhiataccia a Omar, che si trovava nel punto esatto in cui *Tío* Jose era stato solo pochi istanti prima. "Perché oggi nessuno di voi riesce a lasciarmi in pace oggi?" Borbottai. "Sono occupato."

"Se non me ne vado, sparerai anche a me?" Mi chiese Omar.

Non l'avrei fatto e lo sapevamo entrambi. Omar e io potevamo picchiarci, di solito dietro ordine di Padre, ma nessuno dei due avrebbe fatto nulla che provocasse all'altro un danno permanente. Era il mio braccio destro; sarebbe stato il mio secondo una volta che Padre se ne fosse andato. "Che cosa ti serve?" Gli chiesi, respirando per calmare la rabbia che mi pervadeva.

"Manny vuole parlare con entrambi," mi disse. "Ho pensato che potremmo portarlo a pranzo."

"Non posso..."

"Puoi smettere di osservare tua moglie per un'ora, Angel. Non può andare da nessuna parte e devi prendere un po' d'aria per non uccidere le persone alle quali tieni davvero."

A *Tío* Jose non importava nulla di me; se avesse creduto di riuscire a farla franca, mi avrebbe messo il cianuro nel caffè il giorno dopo... ma comprendevo il suo punto di vista. "Bene."

Manny entrò dalla porta. "Grazie, Angel!" Fece un sorriso a trentadue denti... e qualcosa scattò dentro di me.

"Levati quel cazzo di sorriso dalla faccia." Manny aveva lo stesso problema che avevo io alla sua età: aveva la faccia da bambino e, quando sorrideva, era ancora più evidente. Padre mi urlava di smettere di sorridere quando iniziavo a seguirlo come un'ombra. Voleva che avessi l'aspetto e l'atteggiamento di un uomo. Se era ciò che Manny voleva... allora gliel'avrei dato.

Manny mi fissò sconvolto prima di assumere un'espressione più seria. Si raddrizzò le spalle e si mise in posizione eretta. "*Sì, jefe,*" disse con un cenno del capo. Mi sentivo bruciare lo stomaco. Non volevo tutto ciò per Manny, non ancora. Volevo che avesse l'aspetto e l'atteggiamento di un quattordicenne ancora per un po'.

Tuttavia... sembrava che le cose non sarebbero andate come avrei voluto.

"Andiamo a pranzo?" Mi chiese Omar.

Tornai a guardare lo schermo, vidi Emma sdraiata sul letto e sospirai. "Andiamo a pranzo."

CAPITOLO 26

Emma

Quattromilaottocentotrentasette... quattromilaottocentotrentotto... Era ufficiale. Stavo per avere una crisi di nervi. Stavo contando i giri del ventilatore a soffitto da ore. Prima di quelli, avevo contato i battiti del cuore. Negli ultimi giorni, avevo pianto e implorato tanto che mi faceva male la gola.

Lara era venuta a portarmi il pranzo, dicendomi parole gentili. Mi aveva accarezzato il viso e mi aveva detto di essere forte, ma per cosa? Angel non mi aveva detto nemmeno una parola prima di rinchiudermi e non era venuto a trovarmi. Si assicurava che mi portassero da mangiare e, come quando ero stata in quella stanza in precedenza, il bagno era fornito di tutto il necessario e nel cassettone c'era un mucchio di vestiti troppo grandi. Lara si era portata via il cesto di vestiti sporchi e immaginai che li avrei riavuti il giorno dopo a colazione.

Angel avrebbe potuto tenermi rinchiusa lì dentro per anni.

Quando sentii il segnale acustico della tastiera, mi voltai di scatto verso la porta. Lara non sarebbe dovuta tornare prima delle cinque per portarmi la cena. Angel entrò nella stanza e sentii improvvisamente un peso alla bocca dello stomaco. Aveva il volto contratto dalla rabbia, ma notai anche un'espressione in qualche modo triste. *Vattene a fanculo anche tu*, pensai, ma nonostante la potenza di quel pensiero e l'ardore della mia rabbia, l'espressione tormentata di Angel mi impedì di dirgli di andarsene a fanculo o qualsiasi altra cosa spregevole avessi detto a Lili negli ultimi giorni.

"Io e Omar abbiamo pranzato con Manny," mi disse Angel. Avevo un tono di voce piatto, ma non del tutto privo di emozioni.

Deglutii a fatica. "Quindi?"

"Ha lasciato la scuola," mi disse. "Inizierà a seguire Omar per diventare un sicario."

Quelle parole fecero breccia nella profonda confusione che provavo. "Ha quattordici anni," osservai. "Non può essere legale."

"Tecnicamente, sua madre ha annullato la sua iscrizione a scuola per farlo studiare a casa," mi spiegò Angel. "Sono sicuro che continuerà a insegnargli la matematica o qualsiasi stronzata lo stato le imporrà di insegnargli, ma trascorrerà la maggior parte delle giornate in addestramento con Omar."

Mi si contorse lo stomaco dal disgusto. Manny era un ragazzino. Immaginai chiaramente il suo viso pallido e spaventato; mi era sembrato un bambino quando gli avevo medicato la ferita sul braccio. Volevano davvero addestrarlo a diventare uno degli uomini in prima linea nella lotta per il territorio che i Castillo stavano combattendo contro i Rojas?

"È troppo giovane," dissi.

Angel serrò la mascella. "Lo so."

"Allora perché...?"

"Come potrei impedirlo?" Ribatté. "Non sono stato io a ritirarlo da scuola; sua madre ha fatto tutto da sola." Disse in tono amareggiato.

"Sono sicuro che Padre ha qualcosa a che fare con questo, ma non lo ammetterebbe mai. Manny è entusiasta."

Angel era davvero arrabbiato e io ero semplicemente molto stanca. "Perché mi stai raccontando tutto questo?" Gli domandai. "E perché sei venuto qui?"

Respirare gli fece tremare il petto. I suoi occhi fissavano ardentemente i miei e, mio malgrado, percepii quello sguardo attraversarmi tutto il corpo. Ecco cosa voleva: voleva conforto, il che per Angel voleva dire fare sesso. Così era venuto da me, nonostante la rabbia, perché per lui ero io quella fonte di conforto. Avrebbe potuto guardarsi intorno e trovarla facilmente, ma aveva messo da parte la rabbia per venire da me. Quel pensiero mi confuse.

Accidenti a lui, ebbi il tempo di pensare, poi iniziammo a muoverci contemporaneamente. I nostri corpi si unirono l'uno all'altro e Angel mi sollevò tra le braccia. Non potei fare altro che avvolgergli le gambe intorno ai fianchi mentre mi baciava e mi mordicchiava il collo. "Perché ti voglio ancora, Emma, eh?" Mi sussurrò sulla clavicola.

Gli misi le dita tra i capelli, tirandoli abbastanza da farlo gemere in un miscuglio di piacere e dolore. "Perché ti voglio *ancora*?" Ribattei, gemendo quando mi fece scivolare una mano sulla camicia per accarezzarmi un seno, pizzicandomi il capezzolo fino a farlo irrigidire. "Non dovresti volerti." Gli appoggiai il viso sul collo e lo morsi forte, poi Angel emise un gemito, strusciandosi sopra di me finché non riuscii a sentire quanto gli fosse diventato duro. "Mi hai rinchiusa."

Indietreggiò per guardarmi negli occhi. Non era affatto dispiaciuto. "Mi hai mentito," ribatté lui.

"Io non..."

Angel mi spinse per farmi stendere sul letto. "Sei incinta," mi disse, incombendo su di me. "Non negarlo."

"Non lo farò," risposi. "Non ti ho mentito al riguardo prima." Angel mi tirò giù i pantaloncini troppo grandi dalle gambe e se li gettò alle spalle.

"Non me l'hai detto. Avevi intenzione di lasciarmi senza dirmelo." Le sue parole furono brevi, fredde e taglienti; non corrispondevano all'ardore del suo sguardo o al modo in cui le sue mani sembravano marchiarmi mentre mi apriva le gambe per posizionarsi tra di loro. Angel mi spostò le mutandine, sorridendo spietatamente quando vide che ero già bagnata. "Non è molto convincente che tu voglia andartene quando sei sempre pronta prima ancora che io ti tocchi, Emma," disse in tono beffardo.

Non mi piaceva il modo in cui pronunciava il mio nome. Era come se dovesse ricordare a sé stesso chi fossi; lo faceva sembrare pericoloso. "Angel..."

Mi fissò dritto negli occhi. "Ti voglio," mi disse semplicemente, senza alcuna emozione. "Non riesco a smettere di volerti." Angel mi mise le mani sotto le ginocchia, si posizionò in modo da fare pressione su di me, poi iniziò a spingere. Urlai e, tenendomi bloccata, non riuscii a seguire il movimento dei suoi fianchi. Dovevo restare ferma e permettergli di sfogare la sua aggressività su di me.

La tensione che sentivo tra le scapole aumentava sempre di più man mano che mi scopava. *"Angel,"* lo supplicai. "Toccami. Fammi venire."

Il suo sguardo si fece più acuto. "Oh, hai bisogno che ti faccia venire?" Disse in tono di scherno. "E tu cosa mi darai?"

Il cuore mi si strinse nel petto; non mi piaceva l'espressione sul suo viso. "Che cosa vuoi?"

Mi lasciò cadere le gambe sul letto e si chinò su di me; emisi un gemito mentre cambiava l'angolazione delle spinte. Non si fermò finché non sentii il suo respiro sul viso. "Baciami," mi disse. "Dimostrami che sei mia, che non andrai da nessuna parte."

Non avevamo mai parlato del fatto che l'ultima volta che l'avevo baciato era stata al nostro matrimonio. Sapevo che lo infastidiva — Angel sembrava sempre turbato quando distoglievo lo sguardo mentre provava a baciarmi — ma c'era una parte di me che non poteva permettergli di appoggiare di nuovo la bocca sulla mia. Era la parte di me che non voleva amare Angel, la stessa parte che ancora non lo amava. Aggrottai la fronte. "Angel, io..."

L'espressione di Angel si indurì e si allontanò da me, lasciandomi vuota e bisognosa. Gli guardai la schiena mentre si dirigeva verso la porta, sussultando a malapena quando la sbatté dietro di sé. Sentire scattare il chiavistello mi fece scoppiare a piangere.

Non sapevo per quanto tempo avessi pianto, ma una volta prosciugate le lacrime mi sentii come se non provassi più nulla. Il dolore che provavo per il suo tradimento, la rabbia per essere stata rinchiusa, era tutto nascosto dietro un muro di... niente.

Lo sguardo che Angel mi aveva rivolto prima di voltarmi le spalle era perfettamente chiaro: non potevamo fidarci l'uno dell'altra. Come avrebbe potuto esserci qualcos'altro tra di noi se non ci fossimo fidati? Mi toccai la pancia; l'avevo fatto spesso negli ultimi giorni. "Mi dispiace," dissi. "Papà e io siamo un vero disastro; non te lo meriti."

Alzai lo sguardo verso la telecamera di sicurezza nell'angolo della stanza. La piccola luce rossa mi fece capire che qualcuno stava guardando e, anche se non era necessariamente confortante, immaginai che fosse bello sapere che non ero totalmente da sola. Angel non aveva...

La luce si spense. Mi si bloccò il respiro e sentii una voragine nello stomaco. Quindi mi aveva davvero abbandonata? Qualcuno sarebbe arrivato alle cinque per portarmi la cena o sarei rimasta lì a marcire?

"Angel non lo farebbe," dissi ad alta voce, avendo bisogno di sentire quelle parole. "Non mi lascerebbe morire qui." *No, non metterebbe in pericolo il bambino; aspetterà il parto... Poi si libererà di me*, pensai con lo stomaco in subbuglio. Sopraffatta dal nervosismo, dovetti correre in bagno. Mi si rivoltò lo stomaco e quel poco che ero riuscita a mangiare a pranzo finì nel gabinetto.

Mi inginocchiai appoggiando la fronte sulla porcellana bianca e respirai per diversi lunghi minuti, mettendo alla prova il mio stomaco. Quando rimase calmo, mi alzai e mi sciacquai la bocca nel lavandino. Osservai allo specchio la donna che ero diventata: non la riconobbi. Aveva le borse sotto gli occhi infuriati e le guance scavate.

Tutta colpa di Angel, pensai amaramente, poi distolsi lo sguardo da quegli occhi inquieti. Aprendo la porta del bagno, mi trovai davanti un uomo imponente che non avevo mai visto prima. Mi guardò per una frazione di secondo prima di sollevarmi e mettermi sopra la sua spalla. Borbottai quando la sua spalla mi affondò nella pancia. Mi sentii di nuovo nauseata. "Se provi a urlare," ringhiò l'uomo prima che sentissi sul fianco una lama affilata come un rasoio, "ti sventrerò prima che qualcuno possa anche solo *pensare* di salvarti. Sono stato chiaro?"

Aprii la bocca in segno di assenso, ma poi la richiusi. L'uomo mi condusse attraverso la porta. *Sta' attenta!* Era la prima lezione che Lili mi aveva insegnato durante le sedute di autodifesa. *Osserva tutto ciò che ti circonda e cogli tutte le informazioni che potrebbero tornarti utili.*

Sbirciai le telecamere di sicurezza; erano tutte spente. Angel non l'avrebbe fatto; non avrebbe sprecato energia per spegnere le telecamere. Chiunque fosse quell'uomo, aveva dei contatti all'interno, ma non voleva che Angel lo scoprisse. Altrimenti perché avrebbe dovuto sgattaiolare nella villa in quel modo?

Alla fine del corridoio c'erano un corpo e tanto sangue. *Angel*. La bile mi risalì in gola. *Non farti prendere dal panico*. Quella era stata la seconda lezione che Lili mi aveva insegnato. *Cerca di capire cosa sta succedendo prima di perdere la testa.* Mi sforzai di respirare e guardai l'uomo accasciato sul pavimento in marmo bianco.

Capii subito che non era Angel. Era troppo robusto, ma non era abbastanza alto per essere Omar. Ci stavamo allontanando ma, prima di svoltare l'angolo, mi resi conto che si trattava di David. *Era vivo o morto?* Il terrore prese il sopravvento su tutto il mio corpo.

L'uomo aprì una porta laterale e presi la mia prima boccata d'aria fresca dopo giorni... Poi notai la macchina con il motore acceso. *Essere portata in un altro posto implicava che non sarei mai tornata. Lotta più che puoi.* Tuttavia, non avevo possibilità con una lama già conficcata sulla pancia. Cercai di allontanarmene il più possibile, preoccupata che scivolasse e che la preziosa vita che portavo in grembo potesse subirne le conseguenze.

CAPITOLO 27

Angel

"Chiediamo a Lara di preparare la cena in anticipo per stasera," mi disse Padre mentre entravamo in casa dal garage. Non aveva detto una parola da quando avevamo lasciato l'ospedale con la busta delle sue ultime ecografie e le raccomandazioni formali del suo oncologo, che corrispondevano a quelle che ci aveva comunicato verbalmente non molto tempo prima: non c'era più nulla da fare. Il cancro era rapido e aggressivo e la chemioterapia lo faceva solo stare peggio. Rimasi sorpreso di non sentirgli nominare la busta mentre ce ne andavamo; non mi chiese di sbarazzarmene come l'ultima volta.

"Non ho fame, Padre."

Mio padre mi lanciò un'occhiata glaciale. "La cena, *mijo*," disse. "Dobbiamo parlare."

Sospirai e accettai. "Sì, Padre. Vado a parlare con Lara. Qualche richiesta?"

Il suo volto, giallastro ed emaciato, divenne ancora più pallido. "Qualcosa di semplice," disse, "ma dille che, qualunque cosa sia, voglio il platano fritto."

Annuii di nuovo e andai in cucina a parlare con Lara e a riferirle le richieste di mio padre. "Papà vorrebbe qualcosa di semplice stasera. Magari pollo e riso? Con il platano fritto."

Lara non si preoccupò di guardarmi. "*Sì, jefe*," mi rispose.

"Lara."

Si rifiutò di guardarmi. "Emma non è felice," mi disse. "Tu la rendi infelice... proprio come tuo padre faceva con tua madre."

Quelle parole furono un pugno nello stomaco. Ripensai allo sguardo di Emma dopo che mi ero allontanato da lei e a come i suoi occhi sembrassero spenti. I singhiozzi che mi avevano seguito lungo il corridoio erano peggiorati rispetto a quando l'avevo rinchiusa.

Tuttavia, eravamo giunti alla stessa conclusione in quella stanza: non ci fidavamo l'uno dell'altra.

"Non posso fidarmi di lei," le dissi. "Non adesso."

Lara abbassò le spalle. "Se non puoi fidarti di tua moglie, di chi puoi fidarti?"

Stavo per ribattere che mi fidavo della mia famiglia, ma non era del tutto vero. Mi fidavo di Omar, Liliana e Manny. Ma nel complesso? La mia famiglia avrebbe preferito vedermi morta piuttosto che vedermi prendere il posto di Padre. "Non usare molte spezie," le dissi, ignorando totalmente la sua domanda. "Padre... non si sente bene."

"Sta morendo," mi disse Lara, passandomi davanti per aprire il frigorifero. "Morire non è un processo gradevole."

La guardai mentre prendeva il pollo dal frigorifero; era una gallina intera che Lara avrebbe tagliato a pezzi. Quando ero più piccolo, le avevo chiesto come mai non comprasse il pollo già tagliato e confezionato e Lara era scoppiata a ridere. Non le piaceva scegliere quella che riteneva la soluzione più facile.

"Come fai a saperlo?" Le chiesi, il che la fece *finalmente* voltare per guardarmi. Era lo stesso sguardo che mi rivolgeva da bambino quando pensava che avessi detto o fatto qualcosa di decisamente stupido.

"Il suo viso diventa sempre più pallido giorno dopo giorno," mi disse. "Lo sanno tutti; tutti lo *vedono*, ma nessuno gli dice niente. Sappiamo che il *jefe* ha il suo orgoglio e non vogliamo toglierglielo."

Ci guardammo per un attimo e le feci un cenno con la testa per ringraziarla. "Grazie," le dissi.

Lara sospirò. "Puoi ringraziarmi portando Emma in sala da pranzo stasera," mi disse. "Sarebbe un ringraziamento sufficiente."

Scossi la testa. "No," le risposi. "Non... non stasera."

Lara mi guardò. "Presto?"

"Forse," le dissi. "Vedremo."

Lara accennò un sorriso. "Di' a tuo padre che la cena sarà pronta tra un'ora."

"*Gracias*," le dissi.

Mantenendo la parola, Lara apparecchiò la tavola in meno di un'ora. Aveva preparato il *moro de maíz* con pollo e platano fritto, proprio come richiesto. C'era un profumino delizioso. Rimase abbastanza a lungo da riempire di cibo il piatto di Padre e metterglielo davanti. Mi guardò con diffidenza, ma la congedai con un gesto. "Va' pure, Lara," le dissi. "Posso servirmi da solo."

Capii che si stava trattenendo per non alzare gli occhi al cielo mentre se ne andava. "Le hai permesso di passarla liscia in troppe occasioni," disse mio padre mentre mangiava un piccolo boccone di riso. "Non ti rispetta."

Ci rispetta entrambi fin troppo, pensai, ma tenni saggiamente quel pensiero per me. "È fedele alla nostra famiglia da anni," gli dissi. "Ha tutto il diritto di essere critica." Padre emise un verso di derisione, ma tenne per sé qualsiasi pensiero gli fosse venuto in mente. Invece, allungò la mano verso il piatto di platano fritto e notai la sua espressione soddisfatta. "Padre, tutto bene? Hai bisogno dei tuoi antidolorifici?"

Mio padre afferrò il bordo del piatto e lo tirò verso di sé. "Non sono invalido," disse, sembrava talmente infantile che quasi scoppiai a ridere. "Non sono ancora morto, *mijo*." Prese un cucchiaio e guardò il suo minuscolo riflesso capovolto. "Anche se sto iniziando a sembrarlo."

Voleva che gli assicurassi che non sembrava un cadavere, ma non mi sentivo magnanimo, quindi alzai il bicchiere di vino. Era scuro e secco, il mio preferito della cantina: Lara era una donna dal cuore tenero. Non sarebbe mai rimasta arrabbiata con me per troppo tempo.

"Angel!" Lili entrò correndo nella sala da pranzo con gli occhi spalancati e un'espressione sconvolta. Le vidi tremare le mani. "Angel, David è..." Era la guardia di Emma; gli ero passato davanti prima, uscendo dalla sua stanza. Strinsi i pugni intorno alle posate che avevo tra le mani.

"Liliana," la interruppe Padre, facendola trasalire. Mia sorella si voltò verso di lui con gli occhi spalancati, come se si fosse appena accorta che anche lui era seduto a tavola. "È scortese interrompere mentre gli altri stanno mangiando."

"Mi... mi dispiace, Padre," gli disse. "Ma ho bisogno di..."

"Prendi un piatto, *mija*," le disse, interrompendola di nuovo. "Lara ha fatto un sacco di platano fritto e so che ti piace tanto quanto piace a me."

Lili scosse la testa, voltandosi verso di me. Non sapeva come interromperlo senza essere scortese; ero l'unico che riusciva a cavarsela.

"Lili, che cosa sta succedendo? Che cosa c'è che non va con David?" Le chiesi, vedendola rabbrividire visibilmente prima di rispondermi.

"David è morto."

"Morto?" Mi alzai in piedi. "Dove? Come?"

"C'è sangue ovunque, Angel, non so esattamente *come*," mi disse. "Emma è scomparsa dalla sua stanza."

"Tua moglie ha ucciso tuo cugino, *mijo*?"

Lili non riuscì a ribattere al sarcasmo. "Con cosa? Tutto ciò che poteva essere usato come arma in quella stanza è inchiodato. Non è *evasa* dalla sua stanza; la porta era aperta, come se qualcuno conoscesse il codice."

Balzai in piedi. "Controllerò le telecamere; vedremo..."

"Perché preoccuparsene?" Chiese Padre ad alta voce, parlando sopra di me. "Ora che quella puttana e il suo mocciosi se ne sono andati, possiamo tornare alle nostre vite. Anche se non sembra, è una vera benedizione, credimi."

Mi sentivo come se fossi stato immerso nell'acqua ghiacciata. Fissai mio padre. "Padre?"

Si mise un altro boccone di riso in bocca. "Che cosa c'è? Pensavi che non avrei scoperto della gravidanza? Le persone parlano, *mijo*."

Nessuno ne avrebbe parlato; me ne ero assicurato con David. "Hai messo delle cimici nel mio ufficio, vero?"

"Sono tuo padre," disse invece di rispondere. "Ho bisogno di sapere queste cose."

Indipendentemente da ciò che "aveva bisogno di sapere," la sua impassibilità era assordante. "Che cosa hai fatto a mia moglie?" Gli domandai. Padre continuò a mangiare senza dire niente. "Hai davvero intenzione di fare così? Vuoi restare seduto lì come un bambino rifiutandoti di parlare?"

"Bada a come parli," borbottò. Allungai una mano, tirai fuori la mia 9mm dalla fondina che portavo dietro la schiena e gliela puntai contro. Lili urlò il mio nome, ma mio padre non batté ciglio. Invece, mi fissò come se fossi un'adolescente che faceva i capricci. "Metti via quel giocattolo," disse. "Non hai intenzione di spararmi."

Tolsi la sicura. "Sarebbe un *onore* vederti morire," gli risposi.

"Angel, fermati," mi supplicò Lili ma, pur sentendo il suo tono di voce disperato, non distolsi lo sguardo da mio padre.

"Dimmi dov'è Emma." Misi il dito sul grilletto, poi una grossa mano avvolse la mia.

"Che cazzo stai facendo?" Urlò Omar cercando di disarmarmi, ma opposi resistenza.

"Sta cercando di uccidermi, *mijo*," disse Padre con un tono di voce ordinario, come se fosse totalmente annoiato dalla situazione. "Rinchiudilo per me. Ci occuperemo della punizione di Angel dopo cena, d'accordo?"

Omar, che non aveva mai esitato a seguire gli ordini di nostro padre, esitò. "Angel?"

Quella domanda irritò mio padre. Padre si alzò in piedi. "Perché lo stai interpellando?" Gli chiese. "Ti ho detto di portarlo via."

"Emma è sparita e David è morto," dissi. "Ha qualcosa a che fare con tutto questo."

Dopo un istante, Omar mi lasciò andare e puntai di nuovo la pistola contro mio padre. "È incinta di tuo nipote," disse mio fratello. "Che cosa hai fatto?"

Digrignai i denti. Se non avessi avuto bisogno di lui per trovare Emma, gli avrei ficcato un proiettile proprio tra...

"Angel? Va tutto bene?"

Se avesse avuto al collo la medaglia di San Cristoforo, *non avrei avuto* bisogno di mio padre. Porsi la pistola a Lili. "Tienigliela puntata addosso, d'accordo?" Le dissi, tirando fuori il telefono dalla tasca. "Se si muove, uccidilo."

Il labbro di Lili stava tremando, ma la sua mira era solida. "Va'," mi disse. "Bado io a lui."

Non mi aspettavo che Omar mi seguisse, ma ero felice di percepire la sua presenza dietro di me. "Controlla le telecamere," mi disse mentre attraversavamo la porta del mio ufficio. Il programma era ancora aperto, ma quando eseguii il backup fino all'ora precedente, le telecamere si spensero.

Imprecando, aprii il programma di monitoraggio, per la cui creazione avevo pagato qualcuno molto più intelligente di me prima di inserire il localizzatore nella medaglia di San Cristoforo. Era minuscolo, impermeabile e senza soluzione di continuità. Finché avesse continuato a tenerlo al collo, avrei potuto trovarla.

"È viva," disse Omar tentando di rassicurarmi.

"Non sappiamo esattamente quando è stata rapita. Potrebbero essersi già liberati del suo corpo," sottolineai, e mi si rivoltò lo stomaco quando vidi dove il localizzatore aveva rintracciato la medaglia. Everglades National Park. *Cazzo.*

Non provavo paura da anni. Non da quando avevo fissato un uomo negli occhi per la prima volta e gli avevo fatto saltare il cervello. Non da quando mio padre mi aveva pestato tanto forte da farmi pensare che sarei potuto morire davvero. Tuttavia, fissando quel puntino fermo in mezzo al nulla, mi sentii avvolgere da un freddo appiccicoso. Non era il solito luogo freddo in cui sarei potuto andare per schiarirmi la mente. Era soffocante e mi stringeva la gola.

"Andiamo," disse Omar. "Lili le ha insegnato un po' di autodifesa. Sopravvivrà finché non arriviamo lì."

Emma, però, non sapeva che l'avremmo raggiunta. Come avrebbe fatto a resistere fino ad allora? "Morirà comunque, lo sai, vero?" Dissi a mio fratello.

Omar annuì. "Gli hai puntato contro una pistola," mi disse. "Ci sono solo due modi in cui potrebbe finire." Mi appoggiò una mano sulla spalla e me la strinse. "Sono qui con te, fratello."

"Se Emma dovesse morire, Padre e chiunque l'abbia aiutato avranno una morte lenta e dolorosa e vorranno morire prima ancora che io li uccida."

No, pensai, *anche se dovesse essere viva moriranno comunque*. Non avrei avuto alcuna pietà per loro.

CAPITOLO 28

Angel ed Emma

EMMA

Urlai per più di dieci minuti, ma la musica dell'auto rimbombava nel bagagliaio. Aveva alzato la radio per non sentirmi. Mi sdraiai sulla schiena e provai a dare calci sul bagagliaio, ma non si mosse.

Il panico minacciava di serrarmi la gola, ma mi ricordai che i bagagliai erano dotati di maniglie di sicurezza. Prendendo fiato, mi sforzai di restare calma e di pensare razionalmente, poi iniziai a cercare qualcosa che assomigliasse a una corda.

Passai le mani sulla parte superiore del bagagliaio e lungo i bordi, ma non trovai niente. Avevano rimosso ogni dotazione di sicurezza dal bagagliaio. *Non sono stupidi*, pensai. *Non permetterebbero a qualcuno di scappare.* Che cosa avrei potuto fare? Se avessi continuato a cercare un modo per scappare, non avrei avuto il tempo di lasciarmi prendere dal panico. Se avessi ceduto all'ansia e alla paura, sarei morta: anche Lili me l'aveva detto.

Avrei potuto provare ad attivare le luci posteriori, per cercare di attirare l'attenzione di qualche auto. Tuttavia, rimuovere la fodera per arrivare alle luci era quasi impossibile. Avevo bisogno di un attrezzo affilato o di qualcosa per strappare il tessuto.

Se avessi avuto qualcosa di affilato, però, avrei semplicemente potuto aggredire quell'uomo non appena avesse riaperto il bagagliaio. La macchina fece una svolta e scivolai su un lato del bagagliaio. La strada stava diventando più accidentata; non era un buon segno. Passammo sopra una buca e sbattei la testa sul bagagliaio. *Cazzo*. Mi sarebbe venuta una commozione cerebrale in quel modo e poi come avrei fatto?

Al buio non sarei riuscita a trovare nulla che potessi usare come arma. C'ero solo io e, considerando la stazza di quell'uomo, mi avrebbe sicuramente sopraffatta. La mia opzione migliore era correre il più lontano e il più velocemente possibile.

Avrei dovuto coglierlo di sorpresa, non appena avesse aperto il bagagliaio, non potevo esitare. Non potevo lasciare che la paura mi facesse crollare, altrimenti sarei morta. Ne ero sicura. Non era un riscatto; era quello che Angel mi aveva descritto come l'inizio di una guerra.

La macchina stava avanzando sulla ghiaia in quel momento; il bagagliaio non faceva che scricchiolare mentre l'auto oscillava e sprofondava. Mi si strinse lo stomaco e la bocca mi si riempì di saliva. Non volevo vomitare lì dietro; il cattivo odore avrebbe solo peggiorato la situazione.

Quando l'auto rallentò e si fermò, il cuore iniziò a battermi forte nel petto. *Ora o mai più*, pensai. Dovevo uscire il più velocemente possibile e mettermi a correre. Ingoiai la saliva e tirai su le ginocchia, in modo da avere la spinta per uscire dal bagagliaio.

Sentii lo sportello del guidatore aprirsi e ascoltai i passi che si avvicinavano. Ogni muscolo del mio corpo era teso e pronto e, quando il bagagliaio iniziò ad aprirsi, non aspettai. Mi alzai di scatto, aprendolo con le mani, lo sbattei sul viso del mio rapitore con un rumore nauseabondo.

Sentii l'uomo gemere, ma non mi fermai a vedere cosa gli avessi fatto. Invece, non appena i miei piedi toccarono il terreno spugnoso, iniziai a correre il più forte e il più velocemente possibile. Tutto intorno a me era verde e, quando uscii dal sentiero in mezzo agli alberi fitti, mi ritrovai immersa nell'acqua fino alle ginocchia. *Cazzo, mi ha portato alle Everglades?*

Cercando di stare attenta alla presenza di alligatori o serpenti, continuai ad avanzare, spruzzandomi l'acqua fino alle ginocchia e alle cosce e ricoprendomi di fango. Più diventava profonda, più avanzavo lentamente; non volevo scivolare completamente sotto la superficie dell'acqua, ma non potevo nemmeno voltarmi.

Sentii uno scoppio, poi un proiettile mi sfrecciò sopra la testa. Non mi voltai; non ci voleva un genio per capire che quell'uomo si era ripreso abbastanza da iniziare a inseguirmi. Proseguii, felice quando il livello dell'acqua iniziò ad abbassarsi e riuscii ad andare più veloce. Se avessi potuto arrampicarmi su un albero, avrei potuto nascondermi ancora meglio, ma non avevo intenzione di salire a più di dieci metri d'altezza. Se mi avesse trovata, sarei finita in trappola.

Invece, mi nascosi in un cespuglio, sibilando mentre le spine mi laceravano la pelle delle braccia e del viso. Quando fui piuttosto sicura di non poter essere vista, mi fermai e mi accovacciai il più possibile. Riuscii a sentire dei passi pesanti e mi accovacciai ancora di più. "Ti troverò," gridò l'uomo. "Se esci subito, sarà indolore, ma se continui a correre mi prenderò del tempo per farti soffrire."

Tremai, ma poi tornai in me e strinsi i pugni fino a conficcarmi le unghie nelle mani. Si stava avvicinando e, per quanto fossi nascosta, non avevo alcuna certezza che non mi avrebbe trovata. Abbassai lo sguardo e vidi un grosso bastone, che sembrava piuttosto affilato, vicino al mio piede. Lo presi, stringendolo tanto forte che le nocche mi diventarono bianche.

Non sarebbe servito a molto contro la sua pistola, ma se fossi riuscita a coglierlo di sorpresa avrei avuto qualche possibilità.

∼

Angel

Trovammo l'auto abbandonata su una strada con il cartello "Accesso consentito solo agli operatori del parco nazionale." Il bagagliaio e lo sportello del guidatore erano aperti, ma non c'era sangue visibile. Omar aggrottò la fronte e si appoggiò al bagagliaio. "Qualcosa non va?"

Tirò fuori la medaglia di San Cristoforo; la catenina era stata spezzata. "Era quella che stavi tracciando?" Mi chiese.

Cazzo. "Sì." Allungai il braccio e Omar mi mise la medaglia in mano. La strinsi per un attimo, poi la infilai in tasca. Una volta riparata, l'avrei rimessa al suo posto al collo di Emma. *Se non sarà troppo tardi*, mi suggerì la mente, spingendomi a darmi una mossa.

Avevo lasciato la mia pistola a Lili, ma Omar era preparato. Aveva preso la Sig Sauer semiautomatica dal cruscotto e me l'aveva data; era un po' piccola per i miei gusti, ma avrebbe fatto il suo lavoro. Omar aveva la sua Smith & Wesson. Sapevo che erano entrambe cariche di proiettili a punta cava. Chiunque avesse preso Emma, non avrebbe mai più lasciato le Everglades. Neanche per sogno.

Sentimmo uno sparo e ci mettemmo a correre. "Emma!" Urlai, sforzandomi di muovere le gambe. Era *viva*. Dovevo raggiungerla. "Emma!" Sapevo che il suo rapitore mi avrebbe sentito e volevo che lo facesse. In quel modo, si sarebbe distratto; avrebbe dovuto venire a cercarci.

Sentimmo un altro sparo nella nostra direzione. Fortunatamente, chiunque fosse, era una vera schiappa a sparare a lunga distanza, perché il proiettile ci passò proprio sopra la testa. Ci facemmo strada tra i cespugli e vidi una figura massiccia in lontananza. Stava frugando con le braccia tra rovi e cespugli; quando si girò e ci vide, prese la mira.

"Testa o spalla?" Mi chiese Omar.

"Spalla," gli risposi. "Ho delle domande da fargli." Omar borbottò in segno d'accordo, poi premette il grilletto. L'uomo urlò mentre la spalla iniziava a sanguinargli. Si sforzò di alzare di nuovo la pistola, ma Omar gli aveva distrutto la parte superiore del braccio. L'osso bianco gli brillava sotto il sole. Se fosse uscito vivo da lì, non avrebbe mai più potuto usare quel braccio.

Non che avesse importanza, perché non l'avremmo mai lasciato andare.

"Emma!" Urlai mentre Omar puntava la pistola sull'uomo. "Em—!" Sentii un fruscio sotto un cespuglio alto circa nove metri, poi Emma uscì allo scoperto.

Era coperta di fango dalla testa ai piedi e aveva i vestiti fradici e strappati, ma non era mai sembrata tanto bella. "Angel?" Aveva la voce roca e ancora impaurita.

Sussurrai il suo nome. Vedendole tremare le spalle, dovetti abbracciarla. Attraversai il cespuglio salendo su un albero caduto e la presi tra le braccia, emettendo un gemito quando sentii il suo corpo stretto al mio. *"Mi esposa,"* sussurrai diverse volte. Emma si strinse a me. Tremavamo entrambi e mi accorsi solo dopo che stava singhiozzando. Le inclinai il viso per guardarla, esaminandole i graffi sulle guance e sul naso. Per la prima volta in tutta la mia vita, mi sentii bruciare gli occhi per le lacrime e non mi importava se Omar o Emma avessero potuto vedermi. "Mi dispiace," le dissi baciandole il graffio sul naso. Una lacrima mi scivolò sul viso. "Mi dispiace tanto." Le sfiorai la guancia con le labbra. Un'altra lacrima. "Scusami se ti ho rinchiusa e ti ho messa in pericolo."

Emma scosse la testa. "Mi dispiace," disse con voce stridula, stringendomi le braccia intorno al collo e appoggiandomi il viso sulla clavicola. "Mi dispiace non averti detto del bambino. Avrei dovuto venire da te..."

Il bambino. Non ci avevo nemmeno pensato; mi ero preoccupatolo solo di come fare a riprendere Emma. "È..." Un brivido mi attraversò il corpo. "Tutto bene?" Le toccai la pancia ancora piatta. "Il bambino...?"

Emma mi toccò la mano. "Al momento stiamo bene, ok?"

"Fisseremo un appuntamento con il miglior ostetrico della città," le promisi. "Voglio assicurarmi che stiate entrambi bene."

"Odio interrompervi," disse Omar, "ma se vuoi interrogare questo tizio dovresti farlo al più presto. Penso di aver colpito qualcosa di vitale. Sta impallidendo."

Emma si strinse ulteriormente a me e la abbracciai più forte. "Non sei obbligata a seguirmi," le dissi. "Puoi restare qui mentre vado a interrogarlo."

Emma ci rifletté, ma poi scosse la testa. "Non voglio restare da sola," rispose.

Neanch'io volevo allontanarmi da lei, quindi non obiettai. Invece, tenendole il braccio intorno alla vita, tornammo verso il bosco, fino al punto in cui Omar aveva puntato la pistola sull'uomo che aveva portato lì Emma per ucciderla.

Omar aveva ragione: l'uomo stava impallidendo per la perdita di sangue. Ne aveva perso una notevole quantità. L'uomo mi fissò, sollevando il petto per lo sforzo di respirare. Aveva un'aria vagamente familiare, come se l'avessi già visto da qualche parte. "Per chi lavori?" Gli domandai.

"*Vete a la mierda,*" ansimò.

Gli puntai la Sig Saur sull'altra spalla e premetti il grilletto. La carne e le ossa gli esplosero verso l'esterno, facendolo gemere agonizzante. "Riproviamo," suggerii con calma. "Per chi lavori?"

L'uomo digrignò i denti; ansimava in modo affannoso e dolorante. "Luis... Rojas..."

Premetti di nuovo il grilletto e gli feci esplodere la testa, macchiando l'erba di sangue e altra roba più densa e pesante. Emma si avvicinò a me e mi strinse più forte. "Padre sta collaborando con Luis per sbarazzarsi di Emma," disse Omar. "Non ha senso."

In realtà, però, ne aveva perché avevo messo in imbarazzo Padre quando avevo rifiutato di collaborare con Luis; aveva approvato l'accordo per riappacificarsi e rifiutare il suo ordine era stato un'offesa nei suoi confronti. "Scarichiamolo da qualche parte e andiamocene da qui," dissi.

Omar lanciò un'occhiata a Emma. "Riportala in macchina," mi disse. "Me ne occupo io."

"Pronta a tornare a casa?"

Esitò solo per un istante prima di accettare. "Ti prego, portami via da qui."

CAPITOLO 29
Emma

Dopo la quarta volta che scivolai a causa del fango che mi cospargeva le scarpe, Angel mi prese in braccio come una sposina. "Ti sporcheresti ancora di più," protestai. "Sono perfettamente in grado di camminare. Mettimi giù!"

Angel scosse la testa. "Non penso proprio, *mi esposa*," disse. Mi era mancato *tantissimo* sentirmi chiamare in quel modo. Rabbrividii e mi avvicinai al suo corpo nonostante ciò che avevo detto. "Hai freddo?" Mi chiese.

Sapevamo entrambi che non sentivo davvero freddo. Molto probabilmente, ero sotto shock. "Ho un odore disgustoso," dissi, ma non mi piacque il mio tono di voce distante.

Si chinò e inspirò il mio odore. "Hai un profumo meraviglioso... Non sei mai stata tanto bella," mi disse Angel, facendomi ridere per quella bugia. La risata lasciò rapidamente il posto ai singhiozzi, poi gli misi le braccia intorno al collo e lo strinsi forte. "Non vado da nessuna parte," mi disse dolcemente. "Sono qui con te."

Angel mi mise giù sulla strada sterrata dove erano parcheggiate entrambe le vetture. "Che cosa ne facciamo della sua macchina?" Gli domandai.

"Niente," mi rispose. "La targa non farà risalire alla famiglia Rojas; l'auto verrà perquisita e rimossa."

"Sembra che tu lo sappia per esperienza," osservai.

"Proprio così," disse Angel. "Non è il primo corpo che Omar e io scarichiamo in una zona come questa."

Lo sapevo — me l'aveva detto quando ci eravamo incontrati la prima volta — ma era difficile credere che l'uomo che mi stava tenendo per mano con tanta dolcezza fosse anche lo spietato assassino che ormai avevo imparato a conoscere. "Ti infastidisce?" Gli chiesi.

"Ne abbiamo già parlato," mi ricordò. "Che cosa ti ho risposto quella volta?"

Ripensai alla conversazione che avevamo avuto durante la luna di miele. "Che non ti piaceva uccidere, ma che l'avresti fatto per la tua famiglia," gli risposi.

Angel annuì. "Quell'uomo ti ha rapita e stava per ucciderti. Per quanto mi riguarda, ha firmato la sua condanna a morte." Mi accarezzò la guancia, facendo attenzione a non fare pressione sul graffio che la attraversava. "Ultimamente non sono stato molto bravo a proteggerti," ammise, "ma adesso è tutto passato. D'ora in poi, tu e il nostro bambino sarete la mia priorità."

Stupita, mi appoggiai alla sua mano. "So quanto è importante la tua famiglia per te, Angel," gli dissi.

"Tu *sei* la mia famiglia, Emma. Niente è più importante di te."

Non ero del tutto sicura di credergli, ma sapevo che non stava mentendo. Sembrava sincero ma, finché non l'avesse fatto davvero, non ero certa di potermi fidare.

"Oh," disse, mettendo una mano in tasca, "a proposito, ti è caduto qualcosa." Tirò fuori la medaglia di San Cristoforo e la sollevò.

Quasi in preda al panico, mi toccai il collo. "Non mi ero nemmeno resa conto che fosse caduta," risposi allungando una mano per prenderla. "Mi dispiace molto..."

Angel allontanò la medaglia per impedirmi di prenderla. "Perché dovrebbe dispiacerti?"

"Non avevo intenzione di toglierla," gli dissi. "Ti avevo promesso che non l'avrei fatto."

Il suo viso si addolcì, assumendo un'espressione affettuosa. Era strano vedere quello sguardo sul viso di quell'uomo tanto stoico. "Anche quando eri arrabbiata con me, non te la sei tolta."

Non era una domanda, ma gli risposi comunque. "Non penso di averci riflettuto," ammisi, "ma non mi è mai venuto in mente di togliermela. La indosso ogni giorno da quando me l'hai data."

"Emma, io..."

"Fatto!" Urlò Omar, seguendoci. "Salite in macchina, così possiamo andarcene da questo posto. Perché state fermi lì a parlare?"

Angel abbassò la testa, sibilando parolacce a suo fratello, ma considerando che Omar aveva appena gettato un corpo nella palude probabilmente aveva ragione a volersene andare. Angel mi aprì lo sportello posteriore e poi salì dietro di me, facendomi scivolare dall'altra parte del sedile. Guardai la distesa fangosa che ci stavamo lasciando alle spalle. *Al ritorno mi farò una bella doccia bollente*, mi ripromisi.

Omar si sedette al volante. "Non riesco a credere che vi stia facendo da autista," si lamentò.

Angel diede un calcio al sedile. "Piantala. Lo capirai quando ti innamorerai." *Innamorarsi?* Mi voltai di scatto per guardare Angel, che mi prese il viso tra le mani. "Sei ferita?" Mi chiese, facendomi voltare da una parte e dall'altra per vedere meglio i graffi.

Mi alzai le maniche per mostrargli dove ero rimasta incastrata tra i rami e i rovi. Sulla pelle c'erano lunghi graffi e segni. "Fa male," gli dissi.

Li guardò per un attimo e quasi mi aspettavo che mi dicesse che sarei stata bene, che mi avrebbe confortata con la solita scontrosità alla quale ero abituata. Invece, si chinò e sfiorò con le labbra ogni singola ferita, facendo attenzione a non farmi male. Non immaginavo che fosse capace di tanta dolcezza.

Sentii una fitta al petto. Era possibile amare un uomo come lui? Era possibile dare il mio cuore a qualcuno la cui bussola morale era decisamente starata? Se l'avessi fatto, che cosa avrebbe voluto dire di me come persona? Non avrei più potuto affermare di essere una brava persona, anche se mi ero semplicemente limitata a tollerare le azioni di Angel. Le brave persone non si occupavano di traffico di droga e omicidi con tanta naturalezza.

Doveva importarmi di che tipo di persona fosse Angel; non era possibile che, dopo aver visto il suo lato peggiore, lo volessi ancora tra le braccia. Giusto? "Sono..." deglutii a fatica. "Mi rimetterai in quella stanza?" Gli domandai.

Angel scosse la testa. "Non ti rinchiuderò di nuovo," mi promise. "Ho bisogno di te nella nostra camera da letto, accanto a me nel nostro letto; mi sono sentito solo."

"È stata un po' colpa tua," sottolineai dolcemente.

Invece di digrignare i molari, di rispondermi a tono o di qualsiasi altra cosa che avrebbe fatto prima, Angel mi sorrise. "Ciò non implica che dormire senza di te mi abbia fatto sentire meno solo," disse. "Mi ero abituato a sentirti russare."

"Io non russo!"

Angel scoppiò a ridere. "Sì che russi," disse, "ma è carino." Appoggiò la fronte sulla mia. "Non posso lasciarti andare, *mi esposa*," disse in tono allegro. "Ti amo più di quanto abbia mai amato una donna prima d'ora e sono un uomo egoista. Non puoi lasciarmi."

Quelle parole erano allo stesso tempo una promessa e una minaccia, ma descrivevano perfettamente Angel in tutti gli aspetti della vita. Perché doveva essere diverso nell'amare qualcuno? "Non ti lascerò," gli dissi. Il pensiero di stare lontana da lui mi fece rivoltare lo stomaco. Se fosse dipeso da me, non sarebbe mai più uscito dal mio campo visivo. "Non mi piace quello che fai," non potei fare a meno di aggiungere. "Non credo che lo approverò mai e non mi piace come mi fa sentire con me stessa perché, nonostante tutto ciò..." Mi si strinse la gola a quelle parole.

Angel mi prese il viso tra le mani. "Cosa?" Mi esortò.

"Anch'io ti amo," dissi. Avvicinandomi, appoggiai le labbra sulle sue, in modo dolce e casto, per la prima volta dal giorno del nostro matrimonio. Angel emise un gemito e si avvicinò per baciarmi di nuovo. La sua lingua mi sfiorò il labbro inferiore prima di immergersi all'interno, aggrovigliandosi con la mia. Mi feci strada tra i suoi capelli con le dita e lo strinsi mentre continuava a baciarmi fino a farmi girare la testa.

"Ehi!" Urlò Omar dal sedile anteriore. "Fareste meglio a non fare sesso lì dietro! Non sono pronto ad assistere allo spettacolo."

Angel si allontanò da me con una risata. "Bel modo di rovinare il momento, *cabrón*."

Gli diedi una pacca sul petto. "Sii gentile con tuo fratello," gli dissi.

Si voltò di nuovo per guardarmi negli occhi. "Tutto ciò che vuoi, *mi esposa*."

Mi sporsi verso di lui, baciandolo di nuovo. Da quando mi aveva finalmente permesso di farlo, sentire la sua bocca sulla mia non era mai abbastanza. "Voglio farmi una doccia," dissi, poi Angel scoppiò a ridere... finché non facemmo l'ultima curva prima di raggiungere la villa.

Il suo sguardo divenne burrascoso e cupo. "Dobbiamo prima occuparci di Gustavo," disse.

"Di tuo padre? Perché?" Poi capii: era stato lui a far entrare quell'uomo in casa. Sapevo che doveva aver ricevuto un aiuto dall'interno — altrimenti in quale altro modo avrebbe potuto spegnere tutte le telecamere di sicurezza? — ma non avrei mai immaginato che fosse stato il padre di Angel. "Sei sicuro?"

Angel annuì. "Sapeva della tua gravidanza," disse. "Voleva che sparissi."

Tutto ciò non aveva senso. Quell'uomo era fissato sul fatto che io dessi ad Angel un bambino; era la ragione per la quale aveva costretto Angel a sposarmi. "Non capisco", dissi. "Sapevo che non era *entusiasta* della mia presenza, ma l'ho offeso così tanto?"

Angel mi prese la mano e me la strinse. "Non hai fatto niente di male," mi disse. "Penso che Gustavo non voglia che qualcuno al di fuori di lui possa essere felice." Era sconvolgente sentire Angel chiamare suo padre per nome, come se per lui fosse già morto.

"Angel, pensaci bene, ok? Non fare niente di avventato."

"Sono perfettamente calmo, *mi esposa*," rispose, che era la cosa meno rassicurante che avrebbe potuto dire. Quando era calmo, di solito, Angel aveva un atteggiamento glaciale.

Strinsi le dita intorno alle sue, riportando il suo sguardo su di me. "Non fare niente di pericoloso, ok? Non potrei mai sopportare di perderti."

Si portò la mia mano alla bocca e la baciò, sporcandosi il mento, così allungai una mano per pulirlo, peggiorando solo la situazione. "Non può farla franca per ciò che ti ha fatto," mi disse.

"E non sto dicendo che dovrebbe… ma tu devi stare al sicuro."

"È un vecchio malato, *mi esposa*," mi rassicurò. "Omar e io avremmo dovuto fargli abbassare la cresta anni fa, ma non l'abbiamo fatto per rispetto."

"E ora quel rispetto è svanito," intervenne Omar dal sedile anteriore.

"Concordo," disse Angel.

Quella parte di me che non mi piaceva, quella che poteva trascurare la spietatezza di Angel, sollevò la sua brutta testa. *Suo padre non ci farà mai più del male*, mi disse. *Finalmente*! Non volevo la morte di nessuno sulla coscienza… ma non potevo affermare che sarei stata triste se quell'uomo fosse finito nella palude accanto al suo lacchè.

CAPITOLO 30

Angel

"Mio padre deve pagare per ciò che ha fatto," dissi mentre Omar parcheggiava la macchina nel vialetto. "Non sei costretta a guardare. Va' a farti una doccia calda e mettiti a letto."

Emma scosse la testa. "No, penso che la mia presenza sia necessaria," mi rispose, toccandosi la pancia. "Devo sapere perché volesse fare una cosa del genere a suo nipote."

"Io devo sapere perché volesse fare una cosa del genere a *te*," dissi. Le passai una ciocca di capelli arruffata dietro l'orecchio e appoggiai di nuovo la bocca sulla sua. Sapeva ancora di sabbia e terra, ma non mi importava. Le sue labbra erano la cosa migliore che avessi mai assaggiato.

Emma allungò una mano. "Andiamo," mi disse. Come potevo dirle di no?

Entrammo in casa mano nella mano, seguiti da Omar, che tornava trionfatore al castello. Nella sala da pranzo, Lili era seduta su una sedia con la mia pistola ancora puntata su nostro padre, il quale aveva evidentemente finito di cenare. "Finalmente siete tornati," borbottò Lili restituendomi la pistola. "Mi si stava addormentando il braccio." Tuttavia, quando posò lo sguardo su Emma, la sua espressione si addolcì. "Sono davvero felice che tu stia bene," disse, cercando di abbracciare Emma.

Emma la evitò. "Anch'io," ribatté lei seccamente, rifiutandosi di guardarla in faccia. Lili si rattristò e, se non fosse stato per l'uomo che avevo davanti, avrei detto qualcosa... ma occuparmi di Gustavo era la mia priorità. Avrei aiutato Lili in seguito.

"Prima di ucciderti," dissi, concentrandomi su mio padre, "voglio sapere perché."

Mio padre mi fissò. "Perché cosa, *mijo*?"

Per un attimo, lo fissai con la bocca serrata, poi feci oscillare il braccio e gli colpii la mascella con il calcio della pistola. Lili trasalì, con gli occhi spalancati; anche Omar sembrava sconvolto. Nessuno di noi aveva mai osato reagire. "Perché hai incaricato Luis Rojas di rapire mia moglie?" Gli domandai.

Gustavo serrò la mascella. La pelle sottile si era spaccata e il sangue gli scorreva lungo il collo, macchiandogli la camicia. "Luis Rojas ti ha proposto la pace e tu gli hai sputato in faccia. Dovevo fare qualcosa prima che ci dichiarasse guerra."

"Ci ha dichiarato *guerra* quando ci ha attaccati all'Elíseo," osservai. "Perché dovrei accettare la sua offerta di pace dopo che ha cercato di uccidermi?"

"Ti ha offerto una parte della sua impresa; io ho accettato e tu hai rifiutato."

Quindi era quello il vero problema. Gustavo voleva il settore dei trasporti ed era furioso che io avessi rifiutato, nonostante tutti gli altri sbocchi che avevo creato per noi, nonostante fosse inutilmente rischioso per tutte le persone coinvolte. Nonostante, probabilmente, fosse una trappola dei Rojas per stanarci tutti e consegnarci ai federali. Qualunque cosa Gustavo volesse, la otteneva e non era disposto a scendere a compromessi.

"Mi hai già punito per questo," gli dissi. "Se non fosse stato sufficiente, avresti potuto mandare qualcuno a rapire me e affidare la famiglia a Omar. Perché rapire Emma?"

Mio padre guardò Emma con evidente disprezzo. Pensai di colpirlo di nuovo, ma probabilmente gli avrei rotto la mascella e sarebbe stata solo una perdita di tempo. "Te l'ho fatta sposare perché hai fatto una cazzata e ti sei ritrovato ad avere un debito a vita con una *donna*." Pronunciò quel termine come se fosse una parolaccia. "Non avevo previsto che ti piacesse."

"Pensava che il matrimonio fosse una punizione?" Gli domandò Emma. Aveva un tono di voce calmo e non sembrava arrabbiata; più che altro, sembrava confusa. Poi, sembrò che qualcosa le scattasse in mente, perché la bocca le si contorse in un ghigno. "Pensava che l'avrei odiato, vero? Come sua moglie odiava lei?" Gli chiese, con un tono di voce sempre più duro e cattivo a ogni parola. "Voleva che lo rendessi infelice perché per lei è stato così?"

Lo sguardo di Gustavo si oscurò. Se avesse potuto avvicinarsi, l'avrebbe strangolata; glielo leggevo chiaramente in volto. Allungai il braccio e la spostai dietro di me. "Il tuo compito era quello di dargli dei figli e poi toglierti di mezzo, proprio come mia moglie. Quella donna ha svolto magnificamente i suoi doveri."

"Pensava che anch'io mi sarei uccisa?" Gli domandò Emma. "Non appena avessi smesso di sfornare figli?"

"Chiunque può essere convinto a fare qualsiasi cosa con il giusto incentivo, *mija*."

Se Gustavo ci avesse lanciato una bomba addosso ci avrebbe feriti molto meno di quelle parole. "Padre," disse Lili con un tono di voce esitante. "Che cosa stai dicendo? Hai... hai fatto qualcosa a Mami?"

Le lanciò uno sguardo talmente pieno di veleno che Lili sussultò come se l'avesse colpita. "Ha svolto il suo dovere," ripeté, completamente impassibile. "Non avevo più bisogno di lei; Miriam l'aveva capito."

Gustavo non dovette dirlo esplicitamente affinché tutti noi capissimo cosa intendesse: o aveva fatto uccidere mia madre facendolo passare per un suicidio o le aveva ordinato di uccidersi e mia madre gli aveva ubbidito. "Ciò che mi piacerà sarà mandarti all'inferno," gli dissi.

Mio padre fece un sorrisino. "Verrai ucciso nel preciso istante in cui proverai a prendere il controllo," mi disse, ricordandomi che si trattava di un tradimento. "Ci vediamo all'inferno."

Prima che mettessi il dito sul grilletto, Emma mi afferrò il braccio. "Aspetta, fermati," mi disse.

"Emma..."

"*Deve* morire," sussurrò Lili. La sua voce sembrava carica di lacrime, ma non potevo distogliere lo sguardo da mio padre.

Emma mi girò intorno, spingendomi il braccio finché non abbassai leggermente la pistola. Avrei ancora potuto sparargli in un istante, ma Emma fece in modo che non potessi semplicemente premere il grilletto e fargli un buco nel petto. "Non sono in disaccordo con nessuno di voi," disse, "ma non può essere così."

"Perché no?" Chiese Omar, che sembrava nervoso come Lili.

"Perché vostro padre ha ragione," disse Emma. "Se Angel lo uccidesse adesso, tutta la famiglia si rivolterebbe contro di lui."

"Lo proteggerò io," insistette Omar. "Non permetterei mai che succedesse qualcosa ad Angel."

Emma scosse la testa. "Non potresti prometterlo. Se gli uomini non lo seguono in massa, sarà un massacro, e *non* permetterò che ciò accada." Aveva un tono di voce che non avevo mai sentito prima.

"Allora, che cosa suggerisci, *mi esposa?*" Le domandai. "Non possiamo lasciarlo vivo."

"Perché no?" Prima che qualcuno di noi potesse protestare, alzò la mano. "Sta già morendo." Tutti restarono senza parole; proprio come aveva fatto Lara, disse ciò che tutti avevano ignorato per mesi. Si avvicinò a Gustavo, ma rimase abbastanza lontana da permettermi di spargli se si fosse mosso. *Ragazza intelligente*, pensai affettuosamente. "Tutti sanno che lei è malato," gli disse, rivolgendosi direttamente a Gustavo. "Non è affatto bravo a nasconderlo, soprattutto perché la sclera dei suoi occhi si sta ingiallendo. Che cos'è? Il fegato o il pancreas?"

Sembrava che mio padre si stesse trattenendo dal rispondere. "Il pancreas," rispose alla fine.

Emma annuì, come se si aspettasse quella risposta. "Quarto stadio?"

"Sì." Borbottò. Non gli piaceva che Emma lo stesse facendo nero in quel modo, rivelando tutti i segreti che aveva tenuto nascosti per mesi.

Emma borbottò dolcemente, continuando a tartassarlo. "Probabilmente non le rimane molto tempo," osservò, con un tono di voce quasi distaccato, come se stesse parlando del tempo. Era spaventoso vederla in quel modo; di solito, mia moglie aveva un viso molto espressivo, anche quando pensava di nasconderlo bene. Era anche una delle cose più sensuali che avessi mai visto. "Sa, il cancro di mia madre si era diffuso al pancreas. Alla fine, è stato questo a ucciderla. Era costantemente agonizzante e nemmeno gli antidolorifici la facevano stare meglio."

"Ora sei soddisfatta?" Borbottò Gustavo. Stava diventando un po' grigiastro in viso e la ferita ancora sanguinante lo stava confondendo.

Emma tornò accanto a me e le misi un braccio intorno alle spalle. Stava tremando; era ancora fradicia dopo aver attraversato le Everglades e stava andando avanti spinta dalla pura adrenalina. Era giunta l'ora di porre fine a tutto ciò. "Credo che," disse rivolgendosi a me, "dovremmo lasciare che la natura faccia il suo corso e lasciarlo morire provando la stessa agonia che ha provato mia madre. Sarà più doloroso di spargli."

Se mai dovesse rivoltarsi contro di me, sarei totalmente fottuto, pensai. Sapendo che Omar non avrebbe esitato a uccidere mio padre, mi voltai e la baciai, intensamente e profondamente, finché non ansimammo entrambi, l'uno nella bocca dell'altro. "Se è questo che vuoi," le risposi con le labbra sulle sue. "Va bene. Farei qualsiasi cosa per te."

Rabbrividì mentre mi abbracciava, ma gli occhi le brillavano. "Penso che debba soffrire un po'," disse Emma.

Ero d'accordo. "Sì." Mi aveva detto che non le piaceva il modo in cui stare con me la faceva sentire con sé stessa. Avevo tirato fuori l'oscurità che si trovava già dentro di lei? O forse tenendola vicina a me la stavo traviando? In ogni caso, non aveva importanza. Come le avevo già detto, ero troppo egoista per pensare di lasciarla andare.

Fissai mio padre. "Ecco cosa farò," dissi. "Mi firmerai una procura e poi troverò un ospizio in cui scaricarti finché non morirai lì da solo. Nessuno sarà autorizzato a telefonarti o ad andare a trovarti, altrimenti finirà con te all'inferno."

"Che cosa ne faremo di lui fino ad allora?" Domandò Omar. "Anche con i soldi, ci vorranno alcuni giorni per sistemare tutto."

Sorrisi a mio padre che, per la prima volta, sembrava nervoso. "Credo che la stanza in cui tenevo rinchiusa Emma sia aperta." Guardai mio fratello. "Mi aiuti?"

Omar annuì e insieme afferrammo mio padre sotto le braccia. Non si ribellò; non aveva la forza di farlo. Anche se non sembrava che avesse perso troppo peso, sembrava un mucchio di ossa tenuto insieme da una pelle sottile come la carta.

Lo trascinammo attraverso la casa fino al corridoio delle celle di detenzione. Mentre il corpo di David era stato spostato e la notizia era stata comunicata alla sua famiglia, la porta della precedente stanza di Emma era ancora aperta. Lo portammo lì dentro e lo scaricammo sul letto disfatto. Gustavo vi atterrò con un grugnito, ma non provò a scappare. Era come se fosse senza forze. "Chi gli darà da mangiare?" Chiese Omar mentre ce ne andavamo senza dire una parola a nostro padre.

Chiusi la porta e inserii energicamente il codice della serratura. Poi, seguii la procedura per cambiarlo, in modo che nessuno oltre a me potesse entrare nella stanza. "Vedremo quanto tempo ci vorrà prima di metterlo in un ospizio," dissi. "Se sono solo pochi giorni, può aspettare. Se dovesse avere sete, c'è il lavandino."

Omar mi diede una pacca sulla spalla. "Sei pronto a comunicarlo alla famiglia?" Mi chiese.

Non lo ero — volevo spingere mia moglie dentro la doccia e metterle le mani e la bocca addosso, se me lo avesse permesso — ma immaginavo che non fosse possibile rimandare. "Mi coprirai le spalle?"

"Come ho sempre fatto," mi rispose. Omar mi ricordava costantemente che non aveva mai voluto il potere e la responsabilità di essere il primogenito, sebbene nostro padre e i nostri *tíos* non vedessero l'ora di tramandargli tutto. Era contento di essere il mio galoppino e di stare accanto a me.

"Andiamo."

CAPITOLO 31
Emma

"E questo cosa significa?" Chiese *Tío* Andre per la quarta volta. Era sceso con *Tío* Jose e una serie di cugini nella sala da pranzo nel momento in cui Angel gli aveva inviato un messaggio per comunicargli che suo padre avrebbe lasciato il ruolo di capo della famiglia Castillo. Non mi aspettavo niente di diverso... ma rivedere *Tío* Andre mi fece accapponare la pelle. Mi strinsi ad Angel, che mi mise un braccio intorno; anche il suo sguardo, scuro e tagliente, era puntato sull'uomo. "Dov'è Gustavo? Voglio che quelle parole escano dalla sua bocca."

"Mio padre sta morendo, *Tío*," disse Angel. "Ha un cancro al pancreas al quarto stadio che si sta diffondendo ovunque. L'unica cosa che ci resta da fare è alleviargli il dolore." Il sorriso che gli apparve sul viso era orribile, ma in qualche modo non era mai stato tanto bello.

Tío Jose scoppiò a ridere, come se Angel avesse detto qualcosa di spassoso. "No, non è possibile," insistette, come se non si fosse accorto che Gustavo stesse praticamente appassendo sotto gli occhi di tutti. "Se fosse stato malato, l'avrebbe detto a me e ad Andre."

"Le sue ultime ecografie sono nel mio ufficio," disse Angel. "Manny, potresti andare a prenderle?" Chiese a suo cugino. "Sono in una busta di manila nel cassetto più in alto." Manny corse via e Angel ci fece sistemare in modo da sedersi sulla sedia dalla quale aveva spodestato suo padre, poi mi fece sedere sulle sue gambe.

"Ci sono delle sedie libere dove posso sedermi," gli dissi, osservando gli uomini che discutevano tra di loro e ci lanciavano occhiate diffidenti.

Mi strinse i fianchi con le mani, tenendomi ferma. "Ti voglio vicina a me," mi disse.

"Se mi siedo accanto a te è troppo lontano?"

Alzò lo sguardo verso di me: sul suo volto c'era l'ombra di un sorriso. "Sì," mi rispose semplicemente.

Avrei voluto chinarmi per baciare quel sorriso accennato... e quando mi resi conto che nulla poteva fermarmi, lo feci, appoggiando le labbra sulle sue. "A proposito," dissi a bassa voce soltanto a lui, "sono ancora *sporca* e ho freddo."

"Non ci vorrà molto," mi giurò, ma non mi ripeté di andare a farmi la doccia da sola. Avere a che fare con suo padre e stare con la sua famiglia l'aveva reso appiccicoso. "Ti giuro che sarà la doccia più bollente che tu possa immaginare."

Ridacchiai, parzialmente divertita. Tutto stava assumendo una sfumatura surreale: la teoria del "restare sconvolta" stava diventando sempre più reale. "Tutte promesse."

Manny irruppe di nuovo nella stanza, tenendo la busta in alto. "Dalla a *Tío* Andre," gli ordinò Angel. "Così potrà leggerci il suo contenuto."

Lo osservai mentre apriva la busta e notai il momento in cui si rese conto che Angel aveva detto la verità. "Cancro al pancreas al quarto stadio," disse. "La chemioterapia non funziona." Porse la busta a *Tío*

Jose perché leggesse anche lui, come se avessero bisogno di conferme. Mi appoggiai al petto di Angel e li osservai mentre metabolizzavano la notizia. La maggior parte degli uomini più giovani sembrava felice, persino sollevata, ma i volti degli uomini più anziani si incupirono.

"Dov'è Gustavo?" Domandò *Tío* Jose.

"Ho deciso di mandarlo in un ospizio," disse Angel. "Trascorrerà lì tutto il tempo che gli rimane."

"Quale ospizio?"

"Non importa," disse Angel sollevando le spalle con indifferenza. "Nessuno deve andare a trovarlo; morirà da solo."

Ovviamente, dopo quell'annuncio, scoppiò un putiferio. Il cuore mi batteva forte nel petto e la paura mi ribolliva nello stomaco; ero pronta a gettarmi davanti ad Angel se qualcuno di quegli uomini si fosse rivoltato contro di lui. Sembrava che anche Omar e Lili fossero pronti a proteggerlo, perché si avvicinarono ad Angel.

"Non puoi impedirmi di vedere mio fratello," ribatté *Tío* Jose.

"Ha osato toccare ciò che mi appartiene," disse Angel stingendomi a sé. "Aveva preso accordi con Luis Rojas per far rapire Emma; il loro obiettivo era quello di uccidere lei... e nostro figlio."

Protestarono ancora più forte. "Dove sono le prove?" Urlò qualcuno dal retro della stanza, vicino alla porta. Non riuscii a vedere chi fosse, ma sembrava Stefan.

"David è morto," disse Angel, "perché mio padre ha fatto entrare uno dei Rojas in casa nostra."

"Forse quell'uomo si è introdotto in casa da solo," insistette ostinatamente *Tío* Andre. Quando scoppiai a ridere, mi guardò negli occhi. Mi sentii contorcere lo stomaco e mi strinsi ulteriormente ad Angel, che mi mise un braccio intorno.

"Il nostro sistema di sicurezza è di ottima qualità," disse Angel. "Non può entrare nessuno, a meno che non conosca il codice o non ci sia qualcuno che lo aiuti all'interno della villa. In ogni caso, sarebbe un tradimento. Il massimo tradimento, dato che non ha ordinato al suo scagnozzo di prendersela con me; gli ha fatto rapire mia moglie."

Manny mi guardò come se mi vedesse per la prima volta. "Tutto bene, Emma?"

Che ragazzino dolce! "Sto bene," lo rassicurai. "Sono solo... molto sporca."

Si avvicinò; Angel lo tenne d'occhio, ma glielo permise. "Sei tutta piena di graffi."

Scrollai le spalle. "Ho attraversato le Everglades; ci sono molti cespugli." Mi sentivo pungere le braccia e il viso, come se avessero aspettato che ne parlassi per rivelare la loro presenza. "C'è una crema antibatterica nel kit di pronto soccorso al piano di sopra, giusto?" Sussurrai ad Angel.

"Mi occuperò io di te, *mi esposa*," mi promise, e per la prima volta gli credetti. Sapevo che si era trattenuto con me, ma notare *quanto* l'avesse fatto mi sconvolse. L'uomo stoico e freddo che conoscevo era sparito. Rendersi improvvisamente conto di essere amati era sorprendente; non avrei mai pensato che potesse succedere a me.

"Come fai a essere sicuro che tuo padre fosse d'accordo con i Rojas?" Chiese *Tío* Jose. "David avrebbe potuto farli entrare, ma l'hanno tradito e l'hanno ucciso. Sembrerebbe più plausibile, vero?"

"Papà lo ha ammesso, *Tío*," disse Omar. "Non si vergogna di ciò che ha fatto; non ha cercato di nasconderlo o di giustificarsi. Era arrabbiato con Angel e voleva che soffrisse."

Era una semplificazione eccessiva, ovviamente, ma nessuno al di fuori di noi aveva bisogno di *tutti* i dettagli. "Allora non era in sé," insistette *Tío* Andre. "Hai detto tu stesso che il suo cancro si sta diffondendo rapidamente; sicuramente ha influenzato la sua capacità di pensare in modo lucido."

"Allora perché gli è stato permesso di restare al comando?" Ribatté Angel. "Anche se fosse stata la demenza a spingerlo, non avrebbe dovuto continuare a esercitare potere."

"Avresti dovuto parlarcene prima di prendere una decisione unilaterale."

Scoppiai a ridere ed entrambi i suoi *tíos* mi lanciarono un'occhiataccia, come se volessero darmi fuoco. Ricambiai lo sguardo, rifiutandomi di farmi intimidire ancora. "Non sapevo che foste tutti gestiti da un comitato," dissi. "Gustavo vi ha chiesto il permesso per molte cose? Non mi sembra il tipo che chiede qualcosa, soprattutto il permesso di fare qualcosa."

"È diverso," mi disse *Tío* Andre sogghignando.

Una rabbia che non avevo mai conosciuto si sollevò dentro di me. "Ero la sua *princesa* quando mi ha bloccata con il viso verso il muro," risposi. "Ora invece sono solo la moglie fastidiosa che Angel dovrebbe zittire, giusto?" Quando distolse lo sguardo, vergognandosi di sé stesso, gli chiesi di nuovo: "Non è così?"

Angel schioccò le dita. "Oh, a proposito," disse, e con una mossa quasi sovrumana afferrò rapidamente la pistola che aveva appoggiato sul tavolo, la puntò verso *Tío* Andre e premette il grilletto. Un piccolo puntino rosso gli apparve sulla fronte, poi il sangue spruzzò sul muro insieme alla materia grigia e a pezzi di cranio. L'uomo cadde improvvisamente a terra, come una marionetta alla quale avevano tagliato i fili.

Quando il frastuono riverberante dello sparo si attutì, i familiari di Angel spostarono lo sguardo dal corpo sul pavimento ad Angel, che aveva di nuovo abbassato la pistola ed era tornato ad abbracciarmi.

"Se *chiunque* altro mette le mani su mia moglie, vi assicuro che non sarò tanto clemente," ringhiò Angel. "Mio padre mi ha dichiarato guerra prendendo ciò che è mio e metterei tutto a ferro e fuoco se qualcuno ci provasse di nuovo. Sono stato chiaro?"

Ci fu un brusio di assenso. "Emma è al sicuro con noi, *jefe*," disse Stefan.

Non ero sicura che qualcuno di noi due ci credesse, ma se non avessimo potuto fidarci di loro che tipo di vita avremmo avuto? Non potevo sopportare di dovermi guardare le spalle ogni secondo della giornata. Non era un buon modo di vivere o di portare avanti una famiglia.

"Le cose cambieranno," disse Angel, spingendomi leggermente in modo che entrambi potessimo alzarci. "Non sono mio padre e non ho intenzione di emularlo. Potete decidere se seguirmi o se fare la sua stessa fine." Disse indicando il corpo sul pavimento.

"Sono con te, cugino," disse Manny per primo, con entusiasmo e senza esitazione. "Io seguirei te ed Emma ovunque."

Sbattei le palpebre, un po' sconvolta di sentirgli pronunciare il mio nome... ma ero la matriarca di Angel. Mi sarei seduta alla destra di Angel. Che cosa pensavo che significasse?

La dichiarazione di Manny fu seguita da altre e presto tutti nella stanza giurarono fedeltà ad Angel. Proprio come Manny, alcuni di loro aggiunsero anche il mio nome alla loro promessa. Fu toccante in un modo che non mi aspettavo e il sorriso fiero di Angel fu più che sufficiente per lenire ogni sensazione di disagio che avrei potuto provare.

Solo poche settimane prima, tutto ciò mi avrebbe spezzata: ero stata rapita, inseguita e minacciata, il tutto seguito da un'esecuzione. La mia mente non sarebbe stata in grado di gestirlo. Mi sarei sentita terrorizzata e disgustata... ma in quel momento tutto ciò che riuscivo a vedere era un uomo che avrebbe fatto qualsiasi cosa per me e per nostro figlio. Si era messo contro suo padre e la sua famiglia per mettere al primo posto i miei bisogni e il mio benessere.

Era amore? Era ossessione? Non mi importava, perché Angel era mio e non avrei mai rinunciato a lui. Si definiva egoista perché non riusciva a lasciarmi andare, ma non era l'unico a esserlo. Nemmeno io potevo lasciarlo andare.

Mi toccò la mano e se la portò alle labbra. "Sei stanca, *mi esposa?*"

Ero estremamente stanca, ma sentivo un bisogno che superava la stanchezza. "Lo sono," gli risposi, "ma ho bisogno…"

Angel sorrise in modo dolce e genuino, scuotendomi nel profondo. "Di una doccia, lo so," mi disse.

"Stavo per dire di *te*," ribattei, "ma prima vorrei proprio farmi una doccia. Non vorrei sporcare tutto di fango."

La sua espressione calorosa divenne bollente. "Hai *bisogno* di me, eh?" Mi chiese.

"Se mi provochi, potrei andare a soddisfare i miei bisogni da sola," gli dissi, facendo finta di uscire dalla stanza, ma Angel mi afferrò per la vita e mi tenne stretta.

"Lasciami venire con te," mi disse. "Lascia che mi prenda cura di te."

Mi strinsi a lui. "Prendimi."

CAPITOLO 32

Angel

"Vuoi davvero che l'acqua sia talmente calda da spellarci?" Le chiesi mentre entravo nella doccia. Emma stava in piedi sul tappeto bianco, rovinandolo con il fango che le sgocciolava dal corpo. Era davvero ricoperta di melma: avrei dovuto mandarla di sopra prima, ma non ero riuscito a starle troppo lontano. Una volta risolta la situazione, potevamo prenderci del tempo l'uno per l'altra e avevo proprio intenzione di farlo.

"Accomodati," mi disse. "Non mi sentirò mai più pulita, a meno che uno strato di pelle non mi si stacchi insieme al fango."

Chiesi silenziosamente *scusa* alla mia pelle: ero più un tipo da doccia tiepida. Se l'acqua era troppo calda, mi prudeva non appena mi asciugavo. "Qualunque cosa *mi esposa* voglia, la ottiene."

Emma si mise a ridacchiare. Era una risata un po' isterica; doveva mettersi a letto al più presto, prima di soccombere totalmente al turbamento che di certo la stava divorando. "Così mi vizi," mi disse.

La trascinai nella doccia e cercai di non sobbalzare mentre l'acqua bollente mi scendeva lungo la schiena. "Se una doccia calda vuol dire viziarti, dovrò impegnarmi un po' di più la prossima volta," le risposi, spostandola in modo che si trovasse proprio sotto il getto d'acqua. Diversamente del mio urlo di dolore, Emma emise un sospiro e la vidi rilassare le spalle.

"È *così* bello," gemette lei e, nonostante il calore opprimente e pungente, mi stava diventando duro. Avrebbe dovuto essere illegale per lei pronunciare quelle parole, a meno che non la stessi toccando.

Insieme, per i dieci minuti successivi, le ripulimmo la pelle e i capelli dal fango. I graffi sulle braccia erano leggermente arrossati e, una volta usciti dalla doccia, avrei dovuto metterle un po' di pomata antibatterica. Se il giorno dopo non avessero avuto un aspetto migliore, avrei chiamato il medico per chiedergli cosa potesse assumere essendo incinta.

Mia moglie si era finalmente liberata dallo strato di fango che ne nascondeva le sembianze e la sua pelle si era leggermente arrossata per lo sfregamento e il calore dell'acqua. "Hai finito?" Le domandai.

Mise il broncio ma, alla fine, annuì. Chiusi l'acqua e allungai la mano nel freddo del bagno per prendere gli asciugamani. La asciugai delicatamente, picchiettandole la pelle prima di fare lo stesso su di me. "Non sei obbligato a trattarmi con i guanti," mi disse. "Io voglio che tu sia te stesso."

Aggrottai la fronte. "Mi dispiace trattarti come se fossi fragile, ma so di avere molto da farmi perdonare. Non ti ho trattata bene."

Mi guardò con un'espressione indecifrabile, finché non le accarezzai il viso e appoggiai la bocca sulla sua. Sospirò e feci scivolare la lingua dentro di lei, iniziando a danzare con la sua e trovando tutti i suoi punti più sensibili, facendola gemere e stringersi a me.

La presi per le cosce, incoraggiandola a mettermi le gambe intorno ai fianchi, poi la riportai in camera da letto. Lasciammo i vestiti sporchi in bagno — me ne sarei occupato il mattino seguente. In quel momento, tutto ciò che mi importava era la donna che avevo tra le braccia.

La misi sul letto. "Sdraiati, *mi esposa*," le dissi prima di stendermi sul letto, mettendole le spalle tra le cosce per fargliele aprire.

Il respiro le si bloccò in gola quando mi abbassai per leccarla. Non era ancora del tutto pronta, quindi la feci bagnare sfiorandole il clitoride con la punta della lingua e leccandole la vagina, baciandola come avevo fatto con la bocca.

"*Angel*," sospirò Emma. Mi strinse le cosce intorno alle orecchie; sentii le sue dita tra i capelli mentre mi tirava la testa, implorandomi di accelerare con le spinte accennate dei fianchi. Non volevo; mi piaceva troppo condurla lentamente al piacere invece di farla arrivare subito all'apice.

Quando le sue urla giunsero al limite della disperazione, spinsi due dita dentro di lei contemporaneamente, facendola gemere sonoramente per l'improvvisa tensione. Stava per venire, ne ero sicuro. "Riesco a sentirti tremare intorno a me," le dissi, con il viso ancora tra le sue cosce. "Che cosa devo fare, eh? Per convincerti a lasciarti andare? Voglio sentirti venire sulla lingua. È passato troppo tempo."

Piegai le dita e la sfiorai nel punto che le faceva contrarre la schiena. Iniziai a stimolarla con le dita mentre la succhiavo. Intanto, ascoltavo i suoi dolci *oh, oh, oh!* che si facevano sempre più intensi, finché non si lasciò andare sotto di me. I suoi muscoli interni si contrassero e si strinsero intorno alle mie dita e alla mia lingua. Mi strofinai sul letto per alleviare un po' il dolore all'inguine. *Stasera non pensare a te*, ricordai a me stesso.

"Ti piace, *mi esposa*?" Le chiesi mentre mi allontanavo delicatamente. "Pensi di riuscire a dormire adesso? So che sei esausta."

Emma aggrottò la fronte e si sollevò sui gomiti. "Stai cercando di *non* fare sesso con me?"

A quelle parole, fui io ad aggrottare la fronte. "Abbiamo letteralmente appena fatto sesso. Sei appena venuta!"

"Ma tu no," osservò lei, "e non sono abbastanza stanca da ignorare l'uomo sexy e nudo che vedo nel mio letto."

Le feci l'occhiolino. "Pensi che io sia sexy?"

"È l'unica cosa che hai sentito?" Sbottò lei.

Mi avvicinai e la baciai. "No," le dissi vicino alla bocca, "non è stata l'unica cosa, ma è stata la prima volta che hai detto di trovarmi attraente. Scusami se sono eccitato."

Emma si calmò leggermente. "Oh," disse, "beh..." Poi arrossì. "Ti trovo davvero attraente. Più che attraente, a dire il vero."

"Qual è il termine esatto?" Le domandai.

Emma alzò le spalle. "Angel," rispose. "Sei così bello che a volte fa male guardarti."

La baciai di nuovo prima che potesse dire qualcos'altro per farmi impazzire e la spinsi di nuovo sul materasso. Mi posizionai tra le sue cosce e mi misi una delle sue gambe sulla spalla. Incrociando il suo sguardo, restammo a fissarci mentre entravo dentro di lei.

Spalancò leggermente gli occhi mentre spingevo e un gemito le uscì dalla gola. Mi accarezzò la nuca e mi tirò verso di sé per darmi un bacio. Mi piaceva baciarla; se avessi saputo quanto mi sarebbe piaciuto sentire la sua bocca sulla mia avrei fatto di tutto per corteggiarla. Condividemmo quei baci intensi e profondi che mi facevano perdere la testa mentre mi muovevo dentro di lei, lentamente ma profondamente, trascinandomi nel suo calore avvolgente. Si meritava di fare l'*amore* quella sera; non l'avevamo mai fatto in quel modo lento e tenero e volevo che sapesse cosa si provasse.

Emma agitò i fianchi intorno ai miei, estremamente eccitata. "Più veloce," mi implorò. "*Più veloce.*" La zittii, soddisfatto di farlo lentamente. Stava andando tutto bene; mi sentivo fremere il corpo, ma volevo godermi la connessione che stavamo condividendo.

Dopo qualche altro minuto, però, si sentì frustrata e mi diede una spinta sulla spalla. "Togliti," mi disse, "Togliti!"

Era fisicamente doloroso allontanarmi da lei, ma ubbidii e mi sedetti sui talloni. "Qualcosa non va?"

"Stavo per chiederti la stessa cosa," mi disse. "È come se avessi paura di toccarmi stanotte."

Emma aveva frainteso tutto. "Avevo intenzione di essere dolce con te stanotte," le risposi.

Assunse un'espressione irritata e intenerita allo stesso tempo. "Mi piace come ti comporti con me a letto," mi disse. "Non voglio che questo cambi perché ci siamo finalmente detti come ci sentiamo."

"Non ti piacerebbe che io sia dolce con te ogni tanto?" Le chiesi.

Emma alzò le spalle. "Lo sei," mi rispose, "ma questa non è dolcezza, è una tortura."

"Sei melodrammatica."

Sollevò un sopracciglio. "Lo pensi davvero?" Sollevandosi, mi fece cenno di scambiarci di posto e io le ubbidii. Emma mi spinse giù per farmi distendere, proprio come avevo fatto con lei.

Guardandomi negli occhi, Emma si chinò e me lo prese in bocca. "*Cazzo*," gemetti, stringendo le coperte sotto di me nel tentativo di non intrecciarle le dita tra i capelli. Il piacere mi fece sollevare la schiena mentre Emma muoveva la testa, prendendolo sempre più profondamente.

Poi si allontanò e lo prese in mano, ma non strettamente come avrei voluto. Mi toccò delicatamente, facendo scorrere il palmo della mano su e giù in modo da farmi tremare, il che presto divenne frustrante. "Ok," le dissi stringendo i denti. "Ok, ho capito cosa intendessi dire."

Emma mi rivolse un sorriso decisamente *malvagio*. Rabbrividii. "Davvero?" Mi chiese con tanta innocenza da farmi rabbrividire. "Sei sicuro?" Poi si sporse e lo riprese in bocca, senza fermarsi finché il suo riflesso faringeo non la costrinse a interrompersi.

"Emma, *cazzo!*" La mia schiena cercò di irrigidirsi, come se sapesse quanto volessi spingermi in quel calore accogliente. Mi leccò sotto la corona, sfiorando con la lingua tutti i punti più sensibili e, proprio mentre il piacere stava iniziando ad accumularsi, si ritrasse.

Francamente, ne avevo avuto abbastanza.

Mi sollevai a sedere, l'afferrai e la feci voltare in modo da mettermi sopra di lei. L'aggiuantai sotto le ginocchia e mi spinsi di nuovo dentro di lei; entrambi emettemmo un gemito. La camera da letto si riempì dei rumori del contatto dei nostri corpi e delle urla di Emma. "Così va meglio, *mi esposa?*" Le chiesi mentre la scopavo.

Emma si aggrappò a me. "Sì," urlò lei. "Oh, mio *Dio*, sì."

Andava decisamente meglio. I nostri corpi erano fatti per scontrarsi l'uno contro l'altro in quel modo; non eravamo dolci nella vita, quindi perché avremmo dovuto esserlo quando facevamo sesso? Stavo per avere un orgasmo, ma avevo bisogno che Emma venisse prima di lasciarmi andare.

Allungai una mano tra di noi e le toccai il clitoride, sfiorandoglielo al ritmo delle mie spinte e facendola praticamente gridare dal piacere. Mi graffiò la pelle con le unghie, spingendomi ad accelerare. "Angel, sto per..." Inarcò la schiena mentre il piacere la travolgeva e le gemetti sulla clavicola, sussurrandole addosso mentre raggiungevo l'orgasmo.

Mi stesi sopra di lei, ansimando, ed Emma mi strinse a sé, accarezzandomi la schiena. "Ti amo," mi disse.

Non mi sarei mai stancato di sentirglielo dire, proprio come non mi sarei mai stancato di dirglielo. "Anch'io ti amo, *mi esposa*."

CAPITOLO 33

Emma

DUE MESI DOPO

Il vestito bianco avorio era aderente sui fianchi. Proprio come temevo: anche se la pancia *ancora* non si vedeva, il mio abito da sposa da sogno mi stava stretto. Quella settimana, tutti i vestiti avevano iniziato a starmi stretti. Mi sembrava tutto troppo stretto; avrei dovuto riportare immediatamente il vestito al negozio per farlo allargare un po'. Ormai era troppo tardi. "Sarà impossibile alzare la cerniera sul retro. È tutto rovinato," mi lamentai con le *tías* di Angel, che erano venute dalle altre abitazioni circostanti della famiglia Castillo per il "rinnovamento" dei nostri voti.

Iniziarono a coccolarmi. *Tía* Angela, che mi ricordava molto mia madre, mi accarezzò le spalle. "Penso che tu sia agitata, *mija*," mi disse.

Scossi la testa. "Non sono mai stata tanto tranquilla," le risposi. Ero già la moglie di Angel e *sapevo* che non mi avrebbe mai lasciata, quindi perché avrei dovuto aver paura? Fatta eccezione per il fatto che il vestito mi stava stretto e che tutti gli invitati avrebbero capito che ero rimasta incinta.

Non che avesse importanza, mi ricordai, non per la prima volta. *Sei già sposata.*

Speravo che quel giorno sarebbe stato perfetto per Angel. Voleva un vero matrimonio dopo quell'assurda cerimonia in tribunale. Diceva che era per il mio bene, ma un matrimonio sontuoso era anche un modo per inviare un messaggio senza sporcarci le mani. Eravamo una famiglia unita e nessuno doveva infastidirci.

L'abito che avevo scelto diceva tutto ciò con un semplice movimento della gonna. Mi sentivo bella *ed* elegante indossandolo... almeno prima di quel giorno. In quel momento, invece, mi sentivo un salsicciotto.

"Sei bellissima," mi disse *Tia* Angela. "Il vestito è perfetto. Il nostro Angel non potrà resisterti."

Angel non poteva resistermi nemmeno se indossavo una tuta. Non sarebbe cambiato molto con quell'abito addosso. "Quando inizia la cerimonia?" Domandai.

"Tra dieci minuti."

Mi voltai e vidi Lili sulla soglia della sala d'attesa. Indossava il vestito da damigella d'onore, ma sarebbe stata in piedi accanto a Omar come testimone dello sposo. Non le avevo chiesto di farmi da damigella, né lei si era offerta di farlo.

Angel mi aveva chiesto perché non le avessi parlato dopo avermi spiegato che non era stata Lili a fare la spia, ma non era stata una spiegazione convincente. Avevo perdonato Angel senza problemi per ciò che mi aveva fatto, ma ero ancora risentita nei confronti di una donna che, in fin dei conti, non aveva fatto niente di male. Tanto per cominciare, aveva persino cercato di impedire a David di andare da Angel.

"Possiamo parlare?" Mi domandò Lili. "Solo noi due?"

Stavo per risponderle di no, ma poi le *tías* uscirono dalla stanza per lasciarci da sole. *Tía* Angela mi toccò il braccio. "Dalle una possibilità, *mija*," mi implorò. Non riuscivo a dire di no a quella donna. Doveva essere davvero magica... o forse mi mancava moltissimo mia madre.

"Di' ciò che vuoi dire," le dissi nell'istante in cui la porta si chiuse.

Lili fece un respiro profondo. "Mi dispiace." Tirò su con il naso e cercò di trattenere le lacrime. Non riuscendo a farlo, si mise una mano nel vestito, tirò fuori un fazzoletto ricamato e si asciugò delicatamente il viso per non rovinarsi il trucco. "Mi dispiace per tutto."

Non riuscivo a guardarla piangere. Abbassai lo sguardo sulle mie unghie perfettamente curate; erano dipinte di nero con una raffinata decorazione bianca e merlettata. Erano abbinate alle scarpe e a uno dei fiori di seta del mio bouquet. "Non è stata colpa tua, Lili," le dissi, interrompendo i suoi singhiozzi. "Angel mi ha spiegato che è stato David a dirglielo e che tu hai cercato di fermarlo."

"Angel... davvero?"

La guardai e annuii. "Sì, davvero."

"Allora perché sei così arrabbiata con me?" Mi chiese Lili. Assunse un tono di voce arrabbiato e reagii istintivamente. "Io non ti ho tradita."

"Sì, invece," le dissi. "L'hai fatto *ogni* volta che sei entrata in quella stanza con un vassoio di cibo e ti sei rifiutata di aiutarmi."

"Che cosa ti aspettavi che facessi? Che mi mettessi contro mio fratello?"

"Sì!" Le risposi quasi urlando. Entrambe ci prendemmo qualche istante per alleviare la rabbia che aleggiava nella stanza. "Non eri d'accordo con lui, vero?"

Lili scosse la testa. "Certo che no."

"Sapevi che ciò che mi stava facendo era sbagliato?"

Dopo un attimo di silenzio, mi rispose: "Sì."

"Ho perdonato Angel perché ha ammesso che ciò che ha fatto era sbagliato. Se avesse potuto tornare indietro forse l'avrebbe rifatto — nonostante fosse sbagliato, pensa ancora di aver fatto una scelta sensata per paura che me ne andassi — ma tu non hai mai ammesso di avermi ferita."

Lili mi prese le mani prima che riuscissi a pensare di liberarle dalla sua presa e me le strinse. "Ti ho ferita con la mia compiacenza," mi disse, "e mi dispiace molto. Ho lasciato che la mia paura e la mia capacità di distogliere lo sguardo dalle cose brutte fossero la mia scusa per ignorare ciò che ti stava accadendo. Mi dispiace. Mi *dispiace molto.*"

Accidenti! Come potevo continuare a essere arrabbiata con lei dopo quelle parole? Tolsi le mani dalle sue e, quando la sentii davvero singhiozzare, le misi le braccia al collo e la strinsi a me. Profumava di vaniglia speziata; era molto buono. "Mi sei mancata," ammisi.

Lili scoppiò a ridere tra i singhiozzi. "Anche tu mi sei mancata," mi disse. "Sono terribile a fare amicizia, sai? Trascorrevo il tempo con Omar quasi tutti i giorni."

"Dev'essere stato tremendo per te," le dissi. "Io ero bloccata con Angel."

Lili si mise a ridacchiare. "Che fatica passare del tempo con l'amore della tua vita!"

La lasciai andare. "Però mi mancava la migliore cognata che abbia mai avuto."

"Finora sono la tua unica cognata," precisò. "Omar dovrebbe rapire una donna se mai decidesse di trovare moglie."

Anche se non avrei dovuto, scoppiai a ridere — non era un bel modo di descrivere suo fratello. Il peso che non mi ero resa conto di sentire nel petto si alleviò. Avevo ancora lo stomaco un po' in subbuglio per la rabbia, ma sapevo che mi sarebbe passata. Potevamo andare avanti.

Lili guardò l'orologio appeso alla parete. "Dovrei andare," mi disse. "La cerimonia sta per iniziare."

Annuii, ma quando cercò di voltarsi le afferrai il braccio. "*Tia* Angela è la mia damigella d'onore e so che farai da testimone a tuo fratello... ma ti va di accompagnarmi all'altare?" Le domandai. "Ho percorso la navata da sola durante le prove di ieri e ce la faccio benissimo... ma è orribile non avere un genitore che mi accompagni all'altare."

"Ne sarei onorata," mi rispose Lili, sorridendo tanto che il suo rossetto opaco iniziò a creparsi.

Dopo gli ultimi ritocchi al trucco e ai capelli, la wedding planner si precipitò a metterci in posizione per la cerimonia. Per poco non cadde a terra quando le annunciammo che Lili mi avrebbe accompagnata lungo la navata: non sopportava che non ci fosse simmetria una volta arrivate all'altare, dato che Angel aveva più testimoni di me. Una volta, la wedding planner aveva usato le parole "inappropriato" e "sgradevole" per descrivere come sarebbero state le foto della festa nuziale.

In quel momento, però, sarebbe andato tutto bene perché qualcuno mi avrebbe accompagnata all'altare. Avevo alzato gli occhi al cielo a quelle parole, ma ero felice della decisione. Avrei avuto qualcuno che mi sosteneva mentre tutti gli invitati mi fissavano.

La marcia nuziale iniziò e Omar accompagnò *Tia* Angela lungo la navata. Poi fu il turno mio e di Lili e, quando vidi Angel che mi aspettava in smoking, ebbi quasi la tentazione di lasciare la mano di Lili per correre da lui. "Ferma," sospirò. "Non andrà da nessuna parte."

Più ci avvicinavamo — anche se continuavo a chiedermi perché in quel momento tutto sembrava tanto lento mentre alle prove era velocissimo — più l'espressione di Angel diventava famelica. Forse *Tía* Angela aveva ragione sul vestito. "Sei sicura di riuscire ad aspettare la fine del ricevimento?" Mormorò Lili. "Sembra che Angel voglia mangiarti."

Lo spero proprio, pensai. "Andrà tutto bene," le risposi senza alcuna certezza. "Siamo adulti; possiamo trattenerci."

Lili ridacchiò e cercò di nasconderlo come se stesse piangendo, ma sapevo che mi stava punzecchiando. "Forse *tu* riesci a controllarti," mi disse, "ma mio fratello sicuramente no."

"Chi accompagna questa donna all'altare?" Domandò padre Davies, il sacerdote della chiesa che i Castillo frequentavano di tanto in tanto.

Lili si gonfiò il petto e quasi scoppiai a ridere. "Io, padre," gli rispose. "Sua sorella."

Padre Davies fece cenno a Lili di passarmi ad Angel e, nel passaggio, accennammo entrambe una risatina. Una volta tra le mani di Angel, tuttavia, il tono della cerimonia si fece più solenne.

Lo smoking lo rendeva più bello di quanto non l'avessi mai visto. "Sei bellissimo," gli dissi, divertendomi a osservarlo mentre cercava di capire come rispondere.

"Grazie," sussurrò, "ma penso che tu mi abbia rubato la battuta."

Lo zittii proprio mentre il prete iniziava a parlare di amore, di impegno e di tutte le promesse che un marito e una moglie si fanno nel loro giorno speciale. Cercai di ascoltare e assimilare ciò che stava dicendo, ma era difficile con Angel accanto e le dita intrecciate alle sue.

Mi passò il pollice sul palmo della mano e quasi alzai gli occhi al cielo. Poco dopo mi mormorò qualcosa e trattenni di nuovo quel tipo di reazione, stuzzicandolo a mia volta, ma probabilmente sembravo solo affamata e disperata perché il matrimonio sarebbe durato delle *ore*.

Non potevo aspettare tanto: avevo bisogno di Angel il prima possibile, altrimenti tutte quelle persone avrebbero assistito a uno spettacolo gratuito.

"Angel ed Emma sono qui per fare una promessa l'uno davanti all'altra e davanti a Dio..." proseguì padre Davies.

"Dovevamo fare una cerimonia cattolica completa con la messa nuziale?" Borbottai ad Angel. Mi zittì, ma poi mi strinse la mano per farmi capire che anche lui stava soffrendo.

Quando arrivò il momento delle promesse, Angel e io decidemmo di pronunciare le nostre. "Emma," disse, "Prometto di amarti per tutto ciò che sei, con tutto ciò che sono. Prometto di amare i nostri figli e di proteggerli e guidarli nel nostro mondo. Ti prometto che sarai il mio unico amore in questa vita e nella prossima." Indossavo ancora l'anello di sua madre, ma Angel mi mise al dito una fascetta d'oro coordinata con un grosso solitario accanto.

Padre Davies si voltò verso di me. *Tocca a me*, pensai. "Angel, non mi aspettavo di incontrarti," dissi, e tutti coloro che non facevano parte dei Castillo probabilmente si sentirono confusi quando ogni membro della famiglia si mise a ridacchiare. "In realtà mi sentivo infastidita, perché hai stravolto il mio mondo e non lo volevo. Poi, però, tu eri lì per me, una costante in quel mondo tanto mutevole, e mi sono innamorata di te più di quanto avessi mai pensato di poter fare. Prometto di amarti per tutto ciò che sei, con tutto ciò che sono." Angel sollevò un sopracciglio e io gli sorrisi. Avevo dato un'occhiata alle sue promesse rubandogli un paio di battute... e allora? Angel le aveva pronunciate per primo; nessuno si sarebbe confuso su chi avesse rubato cosa a chi. "Ti prometto che sarò il tuo unico amore in questa vita e nella prossima."

Gli misi un anello al dito. Era una nuova fascetta, fatta dello stesso oro della mia. Al nostro primo matrimonio, Angel non aveva voluto un anello e io non avevo insistito. In quel momento, però, avevo bisogno che il mondo sapesse che era mio e Angel, nonostante non amasse i gioielli, aveva ceduto. Anche lui l'aveva voluto, affinché tutti sapessero che apparteneva a qualcuno.

"Per il potere che mi è stato conferito, vi dichiaro marito e moglie. Può baciare la sua bellissima sposa, signor Castillo."

Angel non se lo fece dire due volte. Mi prese tra le braccia e mi baciò sonoramente per attutire il mio urletto. Mi sciolsi sentendo le sue labbra sulle mie e quando mi ripresi ci stavamo ancora baciando. Tutti i presenti nella chiesa dovettero applaudire affinché ci fermassimo. Gli appoggiai il viso sullo smoking, facendo attenzione a non rovinarmi il trucco. "Come fai a sopportare tutti questi sguardi?" Gli chiesi mentre mi accompagnava lungo la navata.

"Concentrandomi solo su di te," mi rispose semplicemente. "Questo mi aiuta." Mi mise un braccio intorno mentre camminavamo, ma mi toccò la pancia con la mano e, per quanto mi sembrasse strano essere toccata in quel modo davanti a tante persone, mi sentivo rilassata. Finché avesse continuato a toccarmi, sapevo che sia io sia il nostro bambino saremmo stati bene, qualunque cosa sarebbe successa. Angel sarebbe sempre venuto in nostro soccorso.

CAPITOLO 34

Emma

Diedi una pacca sulla mano che sgattaiolava furtivamente nel vassoio di *arepas* per la quinta volta. "Se devo dirti di tenere le mani lontane dal cibo un'altra volta, ti mando via," dissi.

"Emma!" Piagnucolò Manny. "È il mio *compleanno*. Non dovrei poter assaggiare tutto prima?"

Aveva quindici anni, ma sembrava ancora un bambino. "Potrai assaggiare per primo tutto ciò che vuoi," lo rassicurai, "ma dovrai scegliere se avere questo privilegio *o* rubacchiare il cibo prima che arrivi in tavola. O l'una o l'altra, non entrambe le cose."

Il ragazzino mise il broncio. "Angel avrebbe potuto fare *entrambe* le cose."

Scrollai le spalle. "È altamente probabile," gli dissi in tutta onestà, "ma lo amo molto di più di quanto amo te."

Manny non mi credette. Mentre appiattiva l'impasto dell'*arepa* e lo riempiva di formaggio, mi diede un colpetto sulla spalla. "Ma io ti piaccio molto di più, vero?"

Scoppiai a ridere. "Certo, *mijo*," gli risposi. Manny e io ci eravamo avvicinati molto negli ultimi mesi. Nonostante le mie pressioni, si rifiutava di tornare a scuola. Ci accordammo affinché completasse il suo percorso di istruzione a domicilio prima di iniziare a fare qualsiasi cosa che assomigliasse all'addestramento. Fino a quel momento, Angel stava addestrando Manny come mia guardia di sicurezza personale per sostituire David. Non era entusiasmante come stare in prima linea, ma tutti erano un po' più sereni sapendo che Manny stava il più lontano possibile dalla potenziale violenza. "Sai che ti preparerei le *arepas* anche tutti i giorni se ti iscrivessi di nuovo a scuola."

Manny alzò gli occhi al cielo. "No, grazie," disse. "Aspetterò le occasioni speciali... o quando avrai una voglia come l'ultima volta."

Gli diedi una pacca sul braccio, sopra la cicatrice del proiettile. "Zitto," gli dissi. "Le voglie in gravidanza non durano per sempre."

"Peccato," mi disse, sigillando i bordi dell'*arepa* che aveva in mano. Sembrava più una palla che altro. Quanto formaggio aveva messo nell'impasto? "Ha un bell'aspetto, eh?" Chiese.

Annuii, indulgente. "Certo. Quella sarà *sicuramente* tua." Guardai l'orologio. Tutto era quasi pronto. "Potresti andare a mettere a tavola i bicchieri dell'acqua?"

Manny mise il broncio. "È il *mio* compleanno, però."

"Manuel." Ci voltammo e vedemmo Angel in piedi davanti alla porta. Il cuore iniziò a battermi all'impazzata e sentire il bambino che mi si contorceva nella pancia mi fece capire che anche lui l'aveva sentito. "Renditi utile."

Il ragazzino protestò, ma ubbidì, portando con sé il vassoio di bicchieri. "Non pensi che li lascerà cadere, vero?" Gli chiesi, guardando mio marito.

Angel scosse la testa. Un sorriso accennato, quello che riservava soltanto a me, gli comparve sulle labbra. "Se non è abbastanza coordinato da tenere in equilibrio un vassoio, non può imparare a maneggiare le armi con Omar."

"Hai sempre tutto sotto controllo," commentai, mettendo l'enorme *arepa* di Manny a cuocere in padella. Sentivo Angel avvicinarsi a me più di quanto lo vedessi; la sua presenza era un peso confortante che mi sembrava di sentire ogni volta che si trovava nella mia stessa stanza.

Angel mi mise le braccia intorno; mi accarezzò il pancione con le mani, sollevandolo delicatamente. Emisi un gemito mentre mi tirava su quel peso dal bacino per un istante. "Va meglio?" Mi chiese.

Gli appoggiai la testa sulla spalla. "*Gracias*, amore mio."

Mi sussurrò all'orecchio: "Come sta il bambino?"

Sentii un altro leggero movimento e gli presi la mano per vedere se riusciva a sentirlo. Fino a quel momento, il bambino non aveva permesso di sentire i suoi calcetti e i suoi movimenti. "Di' qualcosa," gli dissi.

"Come stai, piccolino?" Il bambino rispose con un colpetto e Angel emise un verso decisamente compiaciuto. "Gli piace la mia voce," si vantò Angel.

"O le piace," lo corressi. La settimana prossima avremmo fatto l'ecografia, quindi tutti facevano scommesse sul sesso del piccolo Castillo. Lili e io eravamo convinte che fosse una bambina e sospettavo che anche Angel ne fosse convinto, ma il suo orgoglio gli impediva di ammetterlo.

"Vedremo," mi sussurrò Angel all'orecchio, rabbrividii mentre mi mordicchiava delicatamente il lobo dell'orecchio.

Capovolsi l'enorme *arepa*, entusiasta di vederla dorata. Credevo che non si sarebbe cotta correttamente, tanto era grande. "Guarda questa roba," gli dissi.

Angel sbuffò. "Lo vizi."

"Anche tu," ribattei.

Angel non poté controbattere: entrambi avevamo un debole per quel ragazzino e mi piaceva viziarlo quando potevo. Se non altro per ricordargli che sarebbe stato innocente ancora per un po'.

Quando tolsi l'ultima *arepa* dalla padella, mi stiracchiai ed emisi un gemito, cercando di farmi scrocchiare la schiena. "Tutto bene, *mi esposa?*"

Guardai Angel, che stava già prendendo i piatti senza che dovessi chiederglielo; non riuscivo a smettere di sorridere. "Va tutto bene, Angel," lo rassicurai. Era stato eccessivamente protettivo da quando aveva preso il posto del padre e, per quanto mi piacesse, a volte era un po'... eccessivo.

"Non voglio che ti sovraccarichi di lavoro," mi disse Angel, non per la prima volta.

Scossi la testa. "Cucinare non è faticoso," ribattei, prendendo un'*arepa* e porgendogliela. "Vuoi assaggiarla?" Mi appoggiai un dito sulle labbra. "Ma non dirlo a Manny, feriresti i suoi sentimenti."

Angel diede un morso e gongolò. "Hai seguito la ricetta di mia madre? Sembra proprio la sua."

Sfiorai con la mano la scatola di latta che era diventata un elemento fisso in cucina. Quando l'aveva visto, Lara si era quasi messa a piangere e mi aveva abbracciata con fin troppo entusiasmo. "Certo," gli dissi.

Angel si avvicinò e mi diede un bacio sulla guancia. "Sei la migliore."

"Meglio che lo sia," gli risposi scherzando.

La famiglia Castillo, compresi tutti i cugini, le *tías* e gli *tíos*, era riunita nella sala da pranzo. Tutti ridevano e chiacchieravano, il che mi riempì di gioia nel momento in cui entrai. Non era perfetto? Assolutamente no. Quasi tutte le persone lì dentro erano pericolose e violente; avevano fatto cose indicibili in nome della loro famiglia.

Eppure... tutti ridevano e sorridevano. Non era come quell'orribile cena con Gustavo seduto a capotavola. Angel si sedette su quella che una volta era la sedia di suo padre e mi fece cenno di sedermi alla sua destra. Mentre lo raggiungevo, riempii i piatti degli invitati di *arepas* e quando finalmente mi sedetti emisi un gemito di felicità. "Ti avevo detto che avevi bisogno di sederti," mi disse Angel mentre iniziava a mangiare.

"Zitto," gli risposi, ma mi sedetti in modo da mettergli i piedi in grembo e la sua mano libera iniziò immediatamente a massaggiarmi le caviglie gonfie.

"Emma," mi disse *Tía* Angela dall'altra parte del tavolo, "è davvero delizioso!" Gli altri presenti emisero un mormorio di assenso e mi sentii arrossire. Non avrei mai immaginato quanto mi sarebbe piaciuto cucinare per un esercito di persone come quello, ma c'era qualcosa di davvero gratificante nel vedere tutti sazi e felici per merito mio.

Dopo aver finito di mangiare e sparecchiato, tornai in cucina e aprii il frigorifero. La torta di Manny, una grande torta al cioccolato con il suo ripieno di fragole preferito, si trovava in una grossa scatola. Avevo cercato di tenere quel ragazzino lontano dal dolce per tutto il giorno.

Quando cercai di sollevare la torta, sentii una fitta alla schiena. "Angel!" Urlai.

"*Mi esposa?*" Avendomi seguita, era già in cucina. "Hai bisogno d'aiuto?"

"Sì, per favore."

Angel fece un verso di disapprovazione. "Devi soltanto chiedere," mi disse, avvicinandosi per tirare fuori la torta dalla scatola. Vi misi rapidamente le candeline e le accesi. "Fammi strada, *mi esposa*."

Tornai nella sala da pranzo, spegnendo le luci nel tragitto. "Tanti auguri a te," cantai, facendo una smorfia per la stonatura. "Tanti auguri a te! Tanti auguri, caro Manny! Tanti auguri a te."

Angel posò la torta davanti al ragazzino, che spense le candeline; mi accorsi che aveva gli occhi lucidi. "Manny? Qualcosa non va, *mijo*?" Gli chiesi, chinandomi più che potevo.

"Sono passati anni da quando ho trascorso un compleanno così," disse guardando sua madre, che sembrava concentrata su una specie di app di appuntamenti sul suo telefono, "ed è tutto grazie a te. *Gracias*, Emma." Il ragazzino mi gettò le braccia al collo.

Mi sentii salire le lacrime agli occhi. "Oh, tesoro," sussurrai accarezzandogli la testa. "È un vero piacere."

Si strinse a me ancora per un po' prima che Angel gli facesse cenno di allontanarsi e mi prendesse tra le braccia. "Non farmi ingelosire," mi disse, e io gli diedi una pacca sul braccio con una risata.

"Non essere geloso di tuo cugino," gli dissi. "Non ha senso."

Angel mi baciò la guancia, poi il collo, fino a farmi rabbrividire. "Sarei geloso di chiunque abbia la tua attenzione."

Spostai la testa per guardarlo negli occhi. "Anche del bambino?" Gli chiesi.

Angel ci pensò su, poi scosse la testa. "Il bambino è parte di te," mi disse, come se fosse estremamente semplice. Forse lo era. "Lascia che sia io a tagliare la torta, *mi esposa*. Hai bisogno di sederti."

Non obiettai. Era divertente vedere Angel nel ruolo di patriarca della famiglia in un momento senza violenza o caos. Tagliò la torta in modo orribile — nessuna fetta era uguale all'altra — ma si assicurò che Manny ottenesse la fetta più grande e con più glassa.

Dopo aver distribuito i piatti, Angel mi portò una fetta da condividere. Ultimamente non avevo molta voglia di dolci e sembrava che ad Angel non importasse condividere un paio di bocconi, nonostante la sua dipendenza dallo zucchero. Mi offrì un boccone di torta con la sua forchetta. "Un pezzetto?" Lo accettai e cercai di non trasalire per la dolcezza sciropposa che sentii sulla lingua. Angel ridacchiò alla mia espressione. "Troppo dolce?"

Feci una smorfia. "Mi fanno male i denti posteriori," mi lamentai.

"Allora posso finirla io?"

Lo esortai a farlo con un gesto della mano. "Fa' pure."

Per il resto della festa di Manny, mi limitai a osservare. Parlavo quando qualcuno richiedeva la mia attenzione, ma mi limitavo soprattutto a osservare e ad accarezzarmi la pancia, incoraggiando le capriole e le giravolte del bambino, che stava diventando sempre più grande.

Non mi sentivo tanto felice da anni. Non da prima della diagnosi di mia madre, non da quando l'avevo persa. Non era la vita che avevo pensato di avere, ma guardando Angel, che in quel momento stava prendendo in giro i suoi fratelli e mangiando una seconda fetta di torta, non l'avrei cambiata per nulla al mondo.

CAPITOLO 35

Angel

Il mio telefono vibrò sul comodino. Un'altra volta. Era la quarta volta in dieci minuti. Volevo ignorarlo, ma se il telefono avesse svegliato Emma, chiunque fosse l'avrebbe pagata cara. Emma era esausta di recente e faceva fatica a dormire. Quando riusciva ad addormentarsi, che fosse in pieno giorno o di notte, facevo tutto il possibile per permetterle di dormire.

Presi il telefono: era l'ospizio. Mi sedetti. "Pronto?" Risposi a bassa voce.

"Signor Castillo?" Disse la donna dall'altra parte del telefono, pronunciando male il mio nome.

Sospirai. Era un'ora troppo tarda per quelle stupidaggini. "Sì, sono io."

"Suo padre è Gustavo Castillo, giusto?"

"Purtroppo sì," ribattei ignorando il suo squittio offeso. "Che cosa posso fare per lei, signorina...?"

"Jackson," mi rispose. "Sono l'infermiera di suo padre."

Mi diedi un pizzico sul naso. "Mio padre è morto o qualcosa del genere? Questa è l'unica ragione per la quale vi ho richiesto di chiamarmi." Quell'uomo era all'ospizio da quasi nove settimane. Considerando la sua prognosi, sembrava che avesse già vissuto molto più a lungo del previsto.

"Sta morendo, signore," mi disse quella donna, *profondamente* offesa dalla mia totale indifferenza. "Vorrebbe che lei venisse a trovarlo un'ultima volta. Pensiamo che non superi la notte."

No, assolutamente no. Avevo quella risposta sulla punta della lingua, ma poi Emma si mosse nel sonno. Spostò la coperta e la canotta le si sollevò, mostrandomi la dolce curva della sua pancia. La accarezzai delicatamente.

Mi accusava di essere ossessionata dal suo pancione e non si sbagliava del tutto. Da quando aveva iniziato a vedersi, non riuscivo a smettere di guardarlo e, da quando il bambino era abbastanza cresciuto da sentirne i movimenti, non riuscivo a smettere di toccarlo. C'era qualcosa di incredibilmente sensuale nel suo corpo che cresceva e cambiava per il benessere di nostro figlio.

"Signore? *Signore?* Sto per riattaccare, signore!"

Non sapevo da quanto tempo quella donna mi stesse parlando. "Arrivo subito," le risposi, sforzandomi di pronunciare quelle parole. Non volevo andarci, ma accertarmi che Gustavo morisse mi dava una sensazione di pace della quale non sapevo di avere bisogno fino a quel momento.

Avevo bisogno di sapere che non avrebbe mai più potuto fare del male né a Emma né a nostro figlio. Chinandomi, diedi un bacio a Emma sulla guancia, facendo attenzione a non disturbarla. "Tornerò prima che ti svegli, *mi esposa*," sussurrai. Anche nel sonno, accennò un sorriso quando sentì la mia voce.

L'ospizio che avevamo scelto era appena fuori dalla contea di Miami-Dade e, nonostante il suggerimento di Omar, quel posto non era una merda. Avevo scelto una struttura all'avanguardia, con cure di prim'ordine. Volevo che gli ultimi mesi della vita di mio padre fossero dolorosi perché era circondato da estranei, non perché non riceveva le cure necessarie. Sarebbe stato troppo semplice farlo soffrire in quel modo.

Le uniche macchine nel parcheggio appartenevano al personale notturno: non c'era nessuno alla reception che verificasse la mia identità. Dovevo aspettare che venisse qualcuno, poiché non sapevo nemmeno in che stanza fosse mio padre. "Posso aiutarla?" Mi chiese la giovane infermiera.

"Mi ha contattato la signorina Jackson," le spiegai. "Sembra che mio padre, Gustavo Castillo, stia per morire."

La giovane sbatté le palpebre, evidentemente confusa dalla mia calma indifferenza. "Ehm... il signor Castillo è nella stanza 323." Indicò la doppia porta alla mia destra. "Da quella parte, quasi in fondo al corridoio."

"Posso entrare senza problemi?" Le domandai.

L'infermiera annuì. "Non ha ricevuto nessuna visita. È... bello che qualcuno venga a trovarlo nelle sue ultime ore di vita."

Ore? Cercai di non borbottare; non avevo intenzione di restare tanto a lungo. *Se gli mettessi un cuscino sul viso, se ne accorgerebbero?* "*Gracias*," le risposi, incamminandomi nella direzione che mi aveva indicato.

Nonostante le recensioni molto positive, quel posto odorava comunque di ospedale e di morte: era un odore sterile simile alla candeggina, ma con un sentore di fondo che mi pizzicava il naso. Avrei dovuto fare cinque docce prima che Emma mi facesse avvicinare a lei più tardi: in quel periodo aveva un olfatto talmente sensibile che qualsiasi cosa poteva farla correre in bagno. Lara dovette smettere di cucinare il bacon perché quell'odore faceva immediatamente venire la nausea a Emma.

Omar aveva fatto molta fatica ad abituarsi a quel cambiamento, ma sapevo che andava a fare colazione nella tavola calda vicino all'Elíseo. Sembrava che Lara fosse l'unica e non esserne infastidita.

Trovai la stanza 323; la porta era leggermente socchiusa. Quando la aprii, vidi mio padre su un letto, collegato a un macchinario che gli monitorava i parametri vitali e a quella che sembrava una flebo, ma non era circondato da attrezzature mediche. In quel posto non erano previste misure salvavita. Sembrava più piccolo nel letto, come se si fosse prosciugato e raggrinzito. Una parte di me sorrise nel vederlo rimpicciolirsi e scomparire davanti a qualcosa dalla quale non aveva via di scampo.

Una donna, seduta accanto a lui, gli stringeva una mano con le sue. Si voltò sentendo il rumore e un'espressione di sollievo le apparve sul viso. "Lei deve essere Angel," mi disse, lasciandogli delicatamente la mano per alzarsi.

"Signorina Jackson?" Le chiesi, poi la donna annuì.

"Gustavo non fa altro che parlare di lei da quando è arrivato qui."

Potevo solo immaginare cosa avesse detto: niente di piacevole, ovvio. "Mi ha detto che stava morendo." Lanciai un'occhiata all'uomo disteso sul letto, che sembrava tranquillamente addormentato. "Mi sembra che stia bene."

Mi espose tutti i segnali di una morte imminente, indicando vari punti del monitor e sottolineando il modo in cui respirava; non era neanche lontanamente interessante, ma cercai di non risponderle a tono. "Pensa che ci voglia molto?" Le domandai. "Mia moglie è incinta e non voglio lasciarla da sola troppo a lungo."

La signorina Jackson sospirò. "La morte è come la nascita, signor Castillo," mi disse. "Ci vuole il tempo che ci vuole."

Non quando qualcuno fa in modo che succeda, pensai. "Bene," le risposi. "Posso aspettare un po'."

Quella donna aveva un sorriso accecante; era inquietante. "Si sieda," mi disse, indicando la sedia. "Posso portarle un po' di caffè?"

"*Gracias*," le risposi, anche se non lo volevo. Non volevo stare lì, ma mi sedetti sulla sedia vuota.

Non appena la porta si chiuse alle sue spalle, mio padre aprì gli occhi. "Guarda chi c'è," mi disse con un tono di voce affannato, appena più di un sussurro. "Sapevo che non mi avresti lasciato morire da solo." Le labbra sottili di Gustavo si contorsero in un ghigno traballante, che assomigliava vagamente a un sorriso.

"Volevo vederti esalare il tuo ultimo respiro," gli risposi. "Avevo bisogno di sapere che eri morto."

Emise un colpo di tosse grassa e malaticcia. "Sono un uomo tanto pessimo, *mijo*?" Mi chiese.

Mi appoggiai allo schienale, incrociando le braccia sul petto per non avere la tentazione di soffocarlo. Sarebbe stato molto facile farlo morire in quel modo. "Hai cercato di uccidere mia moglie e mio figlio," gli risposi. "Sei fortunato per i pochi mesi che Emma ti ha risparmiato. Ti avrei picchiato a morte, sorridendo mentre lo facevo."

Gustavo tossì di nuovo, ma quando allungò la mano verso il pulsante sulla ringhiera del letto ci arrivai prima io. "Che cos'è questo?" Gli domandai. Sembrava il pulsante di un vecchio quiz televisivo, ma era attaccato al macchinario sull'asta della flebo.

"La mia morfina," mi disse allungando la mano. Tutta tremante, dovette riappoggiarla sul letto. "Ridammela."

"Patetico," ribattei. "Sei un uomo finito e patetico. Non riesci a sopportare il dolore? Ne hai così tanto bisogno?" Stavo sfidando un uomo in fin di vita; Emma ne sarebbe rimasta inorridita. Tuttavia, la parte cattiva di me si divertiva a vederlo soffrire. Prima aspettavo che morisse per poter prendere il controllo della famiglia, come ero destinato a fare; in quel momento, invece, volevo che morisse in agonia. "Non puoi morire sereno."

Il respiro di Gustavo divenne un rantolo. Ci misi un po' a capire che stava ridendo. "Sapevo che non mi avresti lasciato morire da solo, *mijo*," mi disse. "Sei proprio prevedibile." Mi toccò la mano. Aveva la pelle secca e squamosa. "Ci vediamo all'inferno."

"Che cosa...?"

La porta si spalancò sbattendo contro il muro e sobbalzai dalla sedia, facendola cadere a terra. Due uomini che riconobbi come subalterni di Luis Rojas uscirono allo scoperto, con le pistole in mano. Cercai di prendere la mia 9mm, ma fui troppo lento. Udii una piccola esplosione, poi un'altra, ed ebbi la sensazione di essere stato colpito da una mazza. Sopraffatto dal dolore, cercai di urlare, ma non emisi alcun suono.

Non riuscivo a respirare; avevo i polmoni tesi e sembrava che mi si stessero riempiendo d'acqua. Guardando in basso, sulla mia camicia erano spuntati dei fori rossi. *Cazzo. Resta sveglio. Continua a respirare.* Tuttavia, il petto mi tremava e si rifiutava di riempirsi d'ossigeno.

Le ginocchia toccarono il pavimento con un *tonfo sordo* e la vista iniziò a traballare e a oscurarsi... poi mi tornarono in mente due gelidi occhi azzurri. Un sorriso accennato. La dolce curva di un pancione. *Emma*, pensai con lo sguardo appannato, *mi dispiace*.

Sapevo che stavo perdendo conoscenza e, per quanto cercassi di oppormi, non riuscivo a rimanere sveglio. Avevo il petto bagnato, ma il dolore stava iniziando a diminuire. *Non è un buon segno. Dovrei soffrire. Due spari al petto dovrebbero essere dolorosi.*

Omar si sarebbe preso cura di Emma e del bambino; non mi avrebbe mai tradito. Mi aggrappai a quel pensiero mentre perdevo conoscenza. L'ultima cosa che sentii fu una risata, seguita da un colpo di tosse grassa e forte.

Fine di Un Erede Crudele
IL CARTELLO DEI CASTILLO: LIBRO 1

Un Erede Crudele, 6 Novembre 2024

Grazie!

Grazie mille per aver acquistato il mio libro. Faccio fatica a esprimere a parole quanto apprezzo i miei lettori. Se vi è piaciuto questo libro, ricordatevi di lasciare una recensione. Le recensioni sono fondamentali per il successo di un'autrice e apprezzerei molto se mi regalaste un minuto del vostro tempo per recensire il mio libro. Adoro scoprire le vostre opinioni!

Informazioni su Bella

Bella Ash è un'autrice di romanzi dark romance e mafia romance. Adora scrivere di eroi oscuri e dominanti, ossessionati da eroine forti e ribelli. Le sue storie sono ricche di azione, suspense e passione, con affascinanti antieroi e donne che non possono fare a meno di imparare ad amarli.

Cari lettori, vi promette emozioni intense, trame mozzafiato e un lieto fine che vi lascerà sempre soddisfatti e sorridenti.

Bella vive con la sua famiglia a Chicago e adora partecipare a tour nei vecchi luoghi della mafia per raccogliere dettagli intriganti da inserire nei suoi libri. Quando non scrive, ama trascorrere del tempo con il suo affascinante marito, andare agli spettacoli di Broadway e sorseggiare tanto caffè nero.

Milton Keynes UK
Ingram Content Group UK Ltd.
UKHW021927151124
451262UK00014B/1643